교수대 위의 까마귀

한국본격 미스터리 작가 클럽 1
교수대 위의 까마귀
서랍의날씨

서문

조동신

본격 미스터리란 1925년 고가 사부로가 만들어 낸 용어로, 영미권에서는 오늘날 puzzler, puzzle story, classical whodunit 등으로 불리고 있다. 그는 "탐정소설은 우선 범죄(주로 살인)가 일어나고, 그 범인을 수사하는 인물(반드시 직업 탐정일 필요는 없다)이 주인공으로 활약하는 소설이다."라고 밝히기도 했다.

고가 사부로는 당시 일본의 추리소설이 괴기스러운 분위기, 심리 등을 중시하는 쪽으로 흘러가는 데 반기를 들고 본격적으로 수수께끼를 풀이하는 데 중점을 두는 작품을 꾸준히 발표했다.

이러한 작품의 특징은 탐정과 독자가 서로 공정한 조건에서 사건을 풀이해 나간다는 점이고, 이 형식의 유명한 작가는 엘러리 퀸, 존 딕슨 카, 애거사 크리스티, 도로시 세이어스 등을 들 수 있다.

추리소설 중 가장 오래된 장르이기도 하며, 최초의 수수께끼 풀이형 추리소설은 에드거 앨런 포가 쓴 〈모르그 가의 살인사건〉(1841)이다. 어느 날 파리의 한 아파트 4층에서 단둘이 살던 모녀가 처참하게 살해된 채 발견되고, 범인이 어떻게 현장에 드나들었는지 알 수 없었다. 그 집에는 계단이 하나뿐이고 문은 잠겨 있었으며, 뛰어내릴 수도 없었다. 과연 누가 왜 그런 범행을 저지른 걸까.

그 뒤 세계 각국에서는 보통 상황에서는 발생하기 어려운, 불가사의한 사건들이 일어나고 천재적인 두뇌를 가진 탐정들이 사건을 해결하는 모습을 그린 이야기가 크게 유행했다. 대표적인 탐정 캐릭터는 역시, 탐정의 대명사라 할 수 있는 셜록 홈스다.

앞서 언급한 고가 사부로를 비롯하여 로렌스 등의 대부분 추리소설가가 정의한 바에 따르면, 본격 추리소설의 구조는 단순하다. 1) 범죄가 발생하고, 2) 탐정(꼭 경찰이 아니어도 좋음)이 무슨 동기에서든 수사에 나서고, 3) 각종 단서와 관계자들을 모으고 이것들은 독자에게도 탐정과 같은 수준으로 알려져야 하며, 4) 탐정의 활약으로 진상과 범인의 정체가 밝혀진다.

본격 추리소설의 거장 엘러리 퀸은 추리소설의 평가 기준을 구성, 서스펜스, 의외의 결말, 해결 방법의 합리성, 문장,

성격 묘사, 무대, 살인 방법, 단서, 페어플레이까지 총 10가지로 분류하고 하나당 10점 만점씩 점수를 주었다. 하지만 아직 100점짜리인 작품은 없다고 했다.

그 외에도 검색하면 금방 나오는 '녹스의 10계'와 '반 다인의 20칙'은 본격 추리소설의 조건이 무엇인지 알 수 있는, 일종의 암묵적인 규칙이라고 할 수 있다.

마쓰모토 세이초가 《점과 선》(1958)을 낸 이후 일본에서는 사회 문제 등을 다룬, 사회파라 불리는 추리소설이 인기를 끌었지만 나중에 상당히 그로테스크하거나, 사회 반영보다는 자극적이기만 한 이야기로 흘러간 작품이 많아 비판을 받기도 했다.

사회파가 유행하는 동안에도 본격 미스터리는 꾸준히 쓰였다. 대표적인 작가는 아유카와 데쓰야다. 그의 작품은 한국에는 《리라장 사건》(1958)만이 나와 있지만, 그는 꾸준히 본격 추리물을 창작했다. 또한 시마다 소지 역시 본격 추리소설로 유명한 작가다. 하지만 신본격이라는 용어가 본격적(?)으로 쓰이게 된 작품은 아야쓰지 유키토의 '관 시리즈' 중 두 번째 작품인 《수차관의 살인》(1988)이다.

노리즈키 린타로, 아리스가와 아리스의 작품도 신본격에

서 빼놓을 수 없다. 두 작가 모두 엘러리 퀸의 영향을 많이 받았다. 노리즈키 린타로는 엘러리 퀸과 마찬가지로 작가와 탐정의 이름이 같으며, 극중 탐정 역시 아버지가 경찰관이라서 가끔 수사를 돕는다는 설정까지 같다.

아리스가와 아리스 역시 노리즈키 린타로만큼이나 재미있는 설정의 캐릭터 시리즈를 내고 있다. '작가 아리스' 시리즈와 '학생 아리스' 시리즈다.

'작가 아리스' 시리즈는 30대 초반의 범죄심리학자로서 경찰에 자문으로 나서는 히무라 히데오와 추리소설가 아리스가와 아리스가 콤비로 사건을 해결한다. 두 사람은 대학 때 만난 친구로서 늘 티격태격한다. 이 시리즈는 2016년《임상범죄학자 히무라 히데오의 추리》라는 제목으로 드라마화되기도 했다.

'학생 아리스' 시리즈는 한 대학의 추리소설부를 배경으로 하고 있다. 이 시리즈에서는 이 부의 부장인 에가미 지로가 탐정으로 활약한다. 극중에서 부원들이 자주 가는 카페 이름은 '리라'로서, 아유카와 데쓰야의《리라장 사건》에서 비롯되었음은 물론이다. 둘 다 작가 이름을 딴 아리스가와 아리스가 화자 겸 탐정의 조수로 등장하므로 탐정이 아니라 조수의 이름을 딴 시리즈물로 불린다는 점이 특징이다.

본격 미스터리에서 중요한 것 중 하나는, '녹스의 10계'에도 언급되어 있지만 비과학적인 요소를 배제하는 일이다. 특이한 약물이나 초능력, 유령 등이 나오지 않아야 한다. 하지만 20세기 후반에는 그런 점이 있어도 그 안에서만의 논리로 사건이 해결되는, 이른바 '특수설정' 미스터리 및 스릴러가 나오기 시작했다. 대표적인 예는 야마구치 마사야의 <살아있는 시체의 죽음> 이고, 오바타 타케시 그림, 오바 츠구미 글의 만화 <데스노트> 역시 특수설정의 스릴러라고 할 수 있다.

본격 추리소설에서 가장 중요한 두 가지는 논리에 맞는 이야기와 매력적인 탐정 캐릭터이다. 《미스터리 가이드북》의 저자 윤영천은 탐정을 크게 셜록 홈스의 후예와 필립 말로의 후예로 나누어서 설명하기도 했다. 전자는 고전 본격 미스터리의 탐정으로, 생계도 크게 걱정하지 않고 꽤 존경받는 인물이다. 초인적인 이성을 이용하여 어떤 사건이라도 가볍게 해결해 낸다. 후자의 경우 고용된 노동자나 개인 사업가로서, 늘 수임료나 보고서 걱정을 하는 등 세파에 휩쓸리는 인물이기도 하다. 물론 전자의 경우에도 수입 걱정을 하는 사람들도 있지만 고전 본격 미스터리를 대표하는 탐정인 뒤팽, 푸아로 등은 그런 점에는 크게 얽매이지 않는다.

본격 미스터리에서 매력적인 탐정이란, 역시 셜록 홈즈와 비슷한 천재형이라고 할 수 있지만 근성 있는 탐정이 끈질기게 이곳저곳을 조사하면서 진실을 밝혀내는 이야기도 나쁘지 않다.

또한, 탐정의 개성과 능력도 중요하다. 예를 들어 수학 계산을 통해서 범인이 굳이 돈을 더 받을 수 있는 날에 휴가를 내야 했는지, 즉 효율성을 생각하는 탐정부터 지도를 머릿속에 넣고 다니는 탐정은 범인이 왜 그런 도주로를 택했는지 등을 추론한다는 등, 그 탐정의 독특한 능력도 그 작품을 읽는 재미가 되기도 한다. 히가시노 게이고의 탐정 갈릴레오 시리즈의 주인공 유가와 마나부의 경우, 불가능해 보이는 사건의 수수께끼 풀이에만 힘쓰고 사건의 동기 등에는 거의 관심을 두지 않는다.

추리소설의 질을 결정하는 큰 요소 중 하나는 역시 페어플레이다. 독자가 추측을 전혀 할 수 없다면 이는 실패했다고 할 수 있다. 추리소설은 독자에게도 추리할 기회를 주는 소설이기 때문이다. 반대로 너무 쉽게 범인이나 트릭 등을 알아맞힐 수 있다면, 역시 이도 좋은 추리소설이라 할 수 없다.

오늘날 추리소설, 특히 본격 추리소설은 많이 진부해졌다. 하늘 아래 새로운 트릭은 없다고 할 정도로 수많은 작품과 트릭이 나왔고, 또한 추리소설만큼 암묵적인 규칙을 요하는 장르는 드물기 때문이다. 이 규칙을 어기면 더 이상 '추리'라는 말을 붙이기 어려워졌다고 할 수 있다.

본격 추리소설은 더욱 그렇다. 앞서 언급했듯 특수설정이라 하여 마법이나 SF 요소를 넣은 추리소설도 있기는 하지만, 그러려면 세계관 설정이 잘 되어 있어야 하며 그 안의 논리에 충실해야 한다.

더욱이 과학수사 기법이 발달하면서 탐정이 나서기도 전에 온갖 사건이 다 해결되기 때문이다. 또한 CCTV나 블랙박스 등이 보편화되어서 범죄의 단서를 얻기도 과거에 비해 매우 편리해졌다.

그런 와중에도 본격 추리소설은 꾸준히 나오고 있고, 오늘날 본격 미스터리를 가장 많이 내는 나라는 역시, 일본이다. 미스터리의 원조라 할 수 있는 영국이나 미국 등에서는 명맥이 끊기지 않았지만, 그 발행 수가 매우 적다. 일본에서는 일찍부터 본격 미스터리 작가 클럽이 만들어져서 앤솔로지 발행 및 본격 미스터리 대상 수상 등을 하고 있다.

이번에 한국 본격 미스터리 작가 클럽의 설립 취지는 국내 본격 추리소설의 발달을 위해서다. 일본의 그것처럼 작가들끼리 계속 꾸준히 연구하고 의견을 받으며 교류하자는 취지에서이다. 그 때문에 본격 미스터리의 클리셰라 할 수 있는 밀실, 소실 트릭, 기발한 흉기, 알리바이, 독살, 암호 풀이, 다잉 메시지, 클로즈드 서클 등 구체적인 부분과, 본격 미스터리에서 부족할 수도 있는 입체적이고 인간미 있는 캐릭터. 합리적인 동기 등을 만들어 내기 위해서였다.

그 때문에 추리작가협회 내 소모임으로, 본격 미스터리 작가 클럽을 만들게 되었다. 이 클럽의 회원은 반드시 본격 미스터리 작품을 내며, 꾸준히 연구하고 의견을 주고받으며 교류하고 있다. 더 나은 트릭이나 줄거리를 만들고, 서로의 작품을 피드백하면서 본격 미스터리이자 또한 이야기로서도 수준이 높은 작품을 만들고자 노력하기로 했다.

중요한 건 한국 본격 미스터리의 수준을 높이는 데 있고, 본 단편집은 모두 자신이 쓰기로 한, 본격 추리와 그에 맞는 사건 해결 이야기를 담아 썼다. 늘 이제부터 시작이라는 생각으로 나아가고자 한다. 독자 여러분 모두 한국형 본격 추리를 즐겨 주시길!

차례

눈 뜬 심봉사

홍정기

황해도 서북쪽 황주목의 어느 작은 마을.

북녘에서 불어오는 서늘한 칼바람에 두루마기를 여미게 만드는 10월의 어느 날.

웬 초로의 남자가 세평 남짓 코딱지만 한 초가집 마당에 발을 들이지도 못하고 싸리 문밖을 서성인다. 발등에 불이라도 떨어진 양 가만히 있지를 아니하고 연신 안절부절못하는 남자는 성은 심씨. 이름은 학규라 불리우는 남자였다.

"힘줘!"

"끄으으으으응."

굳게 닫힌 방안에서 아낙의 헐떡이는 소리가 들려온다.

"후우… 후우…후우… 흐으으으읍!"

몇 시간째 이어지는 아낙의 심호흡에 심학규의 가슴속이 새카맣게 타들어 갈 때쯤.

"으앵." "으애애앵."

심학규의 고개가 반사적으로 방문으로 향했다. 마침내 장지문 밖으로 새어 나오는 연이은 울음소리에 파리한 심학규의 안색에 모처럼 화색이 돌았다.

"아이고. 여보. 장하네. 장해. 수고했구려."

이마에 흥건히 배어 나온 땀을 두루마기 소매로 닦아내며 나직이 읊조리는 심학규. 그는 그제야 오른손에 들고 있던 나무 지팡이로 땅바닥을 두드려 천천히 마당 안으로 들어섰다. 더듬더듬 옮기는 심학규의 발걸음은 부자연스럽기 그지없었다. 환한 대낮인데도 한 치 앞도 보이지 않는 어두운 밤거리를 걷는 듯한 부자연스러움.

그랬다. 심학규는 앞이 보이지 않는 봉사다.

몰락한 양반 가문의 선비인 심학규는 일찍이 부모를 여의고 팍팍한 형편에도 좌절하지 않고 꿋꿋이 입신양명을 준비했다. 그러던 중 올곧은 성품에 번번한 낯짝 때문인지 검소하고 현명한 곽 씨를 아내로 들이게 된다.

하지만 이 무슨 얄궂은 운명의 장난이랴. 스무 살 때 심한 열병을 앓은 심학규는 양 눈의 시력을 잃고 만다.

갑자기 앞이 보이지 않게 된 심학규는 봉사가 된 그날부터 아내에게 전적으로 의존한다. 다행스럽게도 부인 곽 씨의 현철함으로 가난한 살림에도 궁색지 않게 살아가지만, 부인을 고생시켜 입에 풀칠한다는 자책감 때문에 심학규의 마음은 언제나 불편했다.

어떻게든 눈을 떠 과거시험을 보고 싶다는 마음은 더욱 간절해져만 갔다.

이윽고 좌절과 고뇌의 시간은 흐르고 흘러. 심봉사의 씨를 수태한 곽 씨 부인이 마침내 아이를 출산한 것이다.

간드러진 아기 울음소리가 이어졌다.

심봉사의 가슴이 격동했다. 뛸 듯이 기쁜 마음과는 달리 마당을 가로지르는 심봉사의 발걸음은 더디기만 했다. 고추일까. 복숭아일까. 자식새끼의 성별만큼이나 아내 곽 씨의 안위도 궁금했다.

심봉사에게는 덧없이 길었던 마당을 가로질러, 마침내 손에 쥔 나무 지팡이가 안채의 댓돌에 부딪혀 둔탁한 소리를 내던 순간.

"곽 씨. 이봐 곽 씨. 눈 좀 떠봐. 곽 씨!"

안채에서 들리는 산파의 당황스러운 목소리에 심봉사의 몸이 굳었다.

"어머, 세상에 이 피 좀 봐. 곽 씨! 곽 씨!!!"

심봉사의 겨드랑이 사이로 축축하게 식은땀이 배어났다. 그와는 반대로 등골에서는 차디찬 한기가 흘러내렸다. 다급한 산파의 목소리가 귓가에서 급격히 멀어져 갔다. 두 손을 허공에 대고 허우적댔지만, 손에 잡히는 건 아무것도 없었다.

"부…부인…"

다리에 힘이 풀려 땅바닥에 주저앉아 버렸다. 순간 두 볼이 뜨끈해졌다. 감은 두 눈에서 눈물이 왈칵 쏟아진 것이다.

그렇게 심봉사는 아빠가 되던 날, 아내 곽 씨를 잃었다.

아이의 이름은 '심 청'이라 지어주었다.

슬픔에 빠질 시간도 없었다. 아니, 애도의 감정은 사치에 불과했으니. 앞이 보이지 않는 봉사가 핏덩이를 키워내는 건 불가능에 가까웠다. 더군다나 주위의 모든 것을 얼려버리는 혹독한 겨울이 다가오고 있었다.

별수 없었다. 배가 고파 빽빽 울어대는 심청이를 둘러메고 이집 저집 젖동냥을 다니는 수밖에. 명분만 남아있던 양반의 체면은 집어치운 지 오래. 오로지 자식새끼를 굶겨 죽이지 않기 위해 이웃집 대문을 두드렸다.

하지만 건장한 사내도 아사하고 마는 겨울이 아니던가. 그나마 젖이 도는 마을의 부인들은 꼬르륵 소리를 내며 묽디묽은 젖을 제 자식 물리기에 바빴고, 찾아오는 심봉사에게는 매정하게 문전 박대했다.

빽빽거리며 울부짖던 아이의 울음소리가 꺽꺽 숨이 넘어가는 소리로 바뀌었다. 심봉사는 가슴팍에 품은 보자기를 조심스레 벗겨보았다. 귀를 가까이 가져가야 겨우 들리는 희미한 숨소리에 심봉사는 덜컥 겁이 났다.

"이, 이대로는 굶어 죽고 말겠어."

별 소득도 없이 날이 저물고 있었다. 바닥을 치는 심봉사의 나무 지팡이 소리가 급해졌다.

"아이고 세상에나, 아직도 젖동냥 다니고 있는 거예요?"

귀에 익은 목소리에 심봉사가 고개를 홱 돌렸다.

"귀덕어멈 아니오."

모처럼 굳어있던 심봉사의 얼굴에 옅은 미소가 떠올랐다.

귀덕어멈은 이웃에 사는 여성으로 마음씨 좋고 친절하여 심봉사 부부를 자주 돕던 사람이다.

"대체 얼마 동안 이러고 있던 거예요. 갓난쟁이 감기 걸리겠네."

눈을 감은 심봉사의 낯빛이 대번 어두워졌다.

"젖동냥을 다니긴 하는데 아무래도 어렵네요."

귀덕어멈의 기나긴 한숨이 이어졌다.

"에휴. 쯧쯧쯧쯧. 밥 한 끼 먹기도 힘든 판에 넘에 애새끼까지 먹일 차례가 오겠어요?"

그러니 미칠 노릇 아닌가. 심봉사는 쭈뼛거리며 어렵게 입을 열었다.

"귀덕어멈은… 안 되겠죠?"

"으, 응?"

잠시 멈칫하던 귀덕어멈이 자지러지게 웃음을 터트렸다.

"나? 호호호호. 우리 아들이 5살이에요. 5살. 그런데 젖이 나오겠어요?!" 귀덕어멈은 다시 웃음을 터트린 뒤 말을 이었다. "이럴 때 보면 사람 참 엉뚱하다니까. 호호호."

심봉사는 도저히 따라 웃을 기분이 아니었다. 오죽하면 이러겠나.

"참, 마을 어귀에 있는 뺑덕어멈네는 가봤어요?"

"뺑덕어멈?"

귀덕어멈이 갑자기 목소리를 낮추어 말했다.

"이웃집 가마어멈이 그러는데, 그 여편네가 수태도 안 했는데 젖이 막 흘러넘친다지 뭐예요. 망측하게도. 하지만 그 여편네라면 젖을 먹일 아기가 없으니, 배불리 먹이고도 남지 않겠어요?"

귀덕어멈의 말에 그늘진 심봉사의 얼굴이 환해졌다.

"고, 고맙소. 내 당장 가보리다."

심봉사는 인사도 하지 않고 허겁지겁 발걸음을 옮겼다.

귀덕어멈의 말대로 뺑덕어멈은 심봉사의 간절한 청을 들어주었다.

미친 듯이 빽빽 울어대던 아기도 뺑덕어멈의 젖을 물자 언제 그랬냐는 듯 울음을 멈추고 힘차게 빨아재꼈다. 고비를 넘긴 심봉사의 얼굴에 비로소 안도와 한숨, 그리고 눈물이 뒤범벅되었다.

심 청은 뺑덕어멈의 젖을 물며 성장해 갔다.

뺑덕어멈의 집 문턱이 닳도록 뻔질나게 드나들던 심봉사는 아이가 성장하여 젖을 떼고 나서도 그 발길을 그치지 않았다. 두 남녀가 매일 같이 얼굴을 마주하며 젖동냥만 했던 것은 아니었다. 몰래몰래 정을 통한 심봉사와 뺑덕어멈은 마침내 새로운 가정을 꾸리기에 이른다.

그때가 심 청의 나이 4살이 되던 해였다.

새로운 아내, 엄마를 얻은 심봉사 가족은 그제야 안정을 되찾은 듯 보였다.

하지만 모처럼 얻은 가족의 행복은 그리 오래가지 않았다.

*

"청아. 청아. 느이 아버지는 또 어디가셨다니?"

한낮이 되어서야 안방 창호문을 열고 나온 뺑덕어멈이 물었다. 간밤에 무얼 했는지 눈꼽이 잔뜩 낀 뺑덕어멈의 눈이 팅팅 부어있었다. 16살이 되어 아리따운 규수로 성장한 청이가 마당에 걸린 빨랫줄에 이불을 널다 말고 돌아보았다.

"새벽에 일어나 김을 매고 왔는데, 7시쯤에 돌아왔을 때 아버지는 이미 출타중이셨어요, 어머니."

"어젯밤부터 안 보이던데… 대체 어딜 간게니, 나참."

투덜거리는 뺑덕어멈의 볼이 아구처럼 부루퉁해졌다. 이내 커다란 입이 찢어지도록 하품을 한 뺑덕어멈이 배를 문지르며 말을 이었다.

"흐아아암. 그나저나 아침은 차렸니? 배가 몹시 고프구나."

해가 중천에 떠서야 아침을 찾는 뺑덕어멈이었다.

"싸, 쌀이 떨어져서… 쌀 항아리에 남아있던 쌀가루로 미음을 끓이는 중이에요."

부엌에서 들리는 목소리에 격분한 뺑덕어멈이 벌떡 일어섰다.

"그러게 좀 더 바지런히 품앗이라도 다니라고 이르지 않았더냐! 게으른 식충이 같으니라고."

"죄, 죄송해요. 어머님. 지금 당장 밭에 나가보겠습니다."

청이는 역정을 내는 뺑덕어멈에게 머리를 조아렸다. 다행히도 오늘은 집기가 머리 위로 날아오지는 않는 듯했다.

이윽고 희멀건 미음을 뺑덕어멈에게 차려 올린 심청은 밭에 나갈 채비를 마치는데. 싸리문에서부터 지독한 술 냄새가 풍겨오기 시작했다.

"아, 아버님. 무슨 술을 이리 드셨어요."

심 청이 싸리문으로 달려가 몸을 휘청이는 심봉사의 양 어깨에 팔을 끼웠다.

한쪽 손에는 낡디낡은 지팡이를, 다른 한쪽 손에는 탁주가 든 주병을 든 심봉사의 얼굴은 이미 한껏 불콰해져 있었다.

정오를 갓 넘긴 시간인데 대체 언제부터 술을 쏟아부었기에 이리도 망가진 것인가. 청이는 코를 찌르는 역한 술 냄새에 저절로 인상이 찌푸려졌다.

청이의 말을 들었는지, 안방 장지문이 활짝 열렸다. 열린 문 안에서 성난 표정의 뺑덕어멈이 버럭 소리를 질렀다.

"밤새 술을 처마실 돈은 대체 어디서 나는 게요? 예?"

뺑덕어멈은 당장이라도 심봉사에게 뛰어들 듯한 기세로 말을 이었다.

"눈도 안 보이는 반병신이랑 사는 내가 병신이지. 생활비 한 푼 못 벌어오는 반푼이를 내가 뭘 보고 시집을 왔담. 아이고 내 팔자야."

뺑덕어멈의 서슬에 발걸음을 멈춘 심봉사를 향해 청이가 작게 속삭였다.

"아버님. 어머님께는 제가 잘 말씀드릴 터이니 어서 방에 들어가 쉬셔요. 몸도 못 가누실 정도로 취하신 아버님이 발이라도 헛디딜지 소녀 몹시 걱정되옵니다."

이 얼마나 하늘도 감복할 지극한 효심이란 말인가. 비록 반푼이 심봉사라도 자식 농사 하나는 잘 지었으렷다!

이제야 그 사실을 깨달아서였을까. 심청이의 말을 들은 심봉사의 어깨가 가늘게 떨리기 시작했다.

"아, 아버님."

심봉사의 감은 두 눈에서 뜨거운 물줄기가 흐르기 시작했다. 심 청이 놀라는 것도 잠시, 심봉사의 거친 호흡이 긴 한숨으로 이어지고 곧 꺽꺽거리는 오열로 뒤바뀌었다.

"참나. 네 아비가 드디어 실성했구나."

뺑덕어멈은 손가락으로 자신의 관자놀이에 대고 빙빙 돌리며 비꼬았다.

"심… 청아. 내, 내가 무슨 짓을! 미안하다."

한참 동안 오열하던 심봉사가 어렵게 입을 떼더니 다짜고짜 사과했다. 방안의 뺑덕어멈과 심 청 모두가 어안이 벙벙해졌다. 심봉사는 땅바닥에 무릎을 꿇고 하늘을 향해 고개를 쳐들었다. 그리고 절망에 빠진 얼굴로 나직이 지껄였다.

"이 아비가… 이 아비가 크나큰 실수를 저질렀구나."

심청이는 심봉사의 등을 살살 어루만졌다.

"무슨 실수이기에 이렇게 낙담하셔요."

"흐윽. 꺽. 끅. 내… 가. 내가. 투전판에서. 끅. 큰돈을. 흐흑. 잃었단다."

"!!!!!"

"네, 네?!!"

"아니 뭐가 어쩌고 어째?!"

심봉사의 충격 고백에 뺑덕어멈이 안방에서 버선발로 뛰쳐나왔다. 그길로 수십 번은 기웠을 심봉사의 도포 자락을 잡아채더니 냅다 땅바닥에 내다 꽂았다. 호리호리 빼빼 마른 심봉사는 그대로 땅바닥에 일자로 엎어졌다.

"꺄아아아!"

날카로운 비명소리와 심가네에 울려 퍼졌다. 부스스 일어선 심봉사의 코에서 시뻘건 코피가 주르르 흘러나왔다. 입을 오물거리던 심봉사가 퉤 하고 침을 뱉자, 피거품이 뒤섞인 이빨 하나가 튀어나왔다. 그래도 분이 풀리지 않는지, 여전히 씩씩거리던 뺑덕어멈이 소매를 걷어붙이며 말했다.

"노름에 빠지면 어미고, 아비고, 자식이고 뭐고 없다더니

만. 당신이 딱 그 짝이고만. 오늘 이 자리에서 뒈지고 싶지 않으면 당장 이실직고하는 게 좋을 게야."

빵덕어멈의 서슬 때문일까. 아니면 마당에 내다 꽂힌 충격 때문일까. 몸을 한 번 부르르 떤 심봉사는 조금 전보다 정확한 발음으로 이야기를 시작했다.

"그, 그게 말이지…"

심봉사의 입에서 나오는 충격적인 내용에 심 청은 아연했다.

"투전판에서 계속 잃다 보니 오기가 생기는 게 아니겠어."

심봉사는 '이래 뵈도 내가 사내대장부인데 말이야.'라고 중얼거리더니 소매로 코피를 훔치며 말을 이었다.

"어젯밤에는 꿈도 아주 좋은 꿈을 꿨고 느낌이 아주 좋았단 말이지. 뭐랄까. 대박이 터진다는 느낌적 느낌이 들었단 말야. 그래서…"

말을 멈추고 입맛을 다시는 심봉사. 빵덕어멈은 틈을 주지 않고 추궁했다.

"그래서 뭐?"

"그래서는 뭐. 그 느낌이 틀린 거지. 쩝, 빚을 좀 졌어, 내가."

"빚?" 빵덕어멈이 짐승처럼 으르렁거렸다. "얼마나?"

심봉사가 비지땀을 흘리며 더듬거렸다.

"우리 딸을 밑천삼아… 싸, 쌀 600석을 받았다네."

"그래서?" 빵덕어멈의 눈빛이 전에 없이 차가워졌다. "딸어?”

한참을 망설이던 심봉사는 이내 다짐한 듯 입을 열었다.

“…이, 잃었다네.”

“….”

순식간에 주변의 공기가 냉각됐다.

심봉사가 다시 입을 떼려던 찰나, 외마디 비명이 하늘을 갈랐다. 마당에는 흙먼지가 자욱하게 피어났다. “아버니이이이임!” 이어지는 딸의 애처로운 절규. 허나 심봉사는 대답할 수가 없었다. 뺑덕어멈의 이단 옆차기에 적어도 5보는 나가떨어졌기 때문이다.

“아이고. 이건 서방이 아니라 웬수야 웬수! 이제 생활비는 누가 벌어오라고, 히이잉.”

절규하는 뺑덕어멈 옆으로 심청은 힘없이 고개를 떨구었다.

며칠 뒤.

한여름의 긴긴 해가 저물고. 귀가 따갑도록 매미가 울어대는 밤이 찾아왔다.

방 안의 심봉사는 안절부절못하고. 심 청은 심봉사의 양 바짓가랑이를 붙들고 매달렸다.

“아버님, 살려주세요.”

“살고 싶어요.”

"끄응…."

심봉사는 딸의 간청을 애써 외면했다.

심봉사는 투전판에서 진 빚을 전혀 갚지 못했다. 그리하여 심 청은 항해의 안전을 기원하는 제의의 제물로 어부에게 팔려 갈 처지에 놓이고 말았다.

바로 오늘 밤이 어부에게 끌려가는 그날인 것이다.

뺑덕어멈은 울화통이 터진다며 집을 나가 들어오지 않았다.

"이보시게, 학규. 방에 있소?"

갑자기 문밖에서 들리는 목소리에 심 청이 화들짝 놀랐다. 소녀의 얼굴은 거의 울상이 되었다.

심청이 다급하게 아비를 향해 손가락을 입에 세워 붙여 보였으나 봉사인 심봉사가 그것을 볼 리 만무했다.

"안에 있소."

심봉사의 눈치 없는 말에 깊은 탄식이 새어 나왔다.

"그러면 실례 좀 하겠소."

말이 떨어지기 무섭게 안방의 맹장지가 열렸다. 문밖으로 거칠게 생긴 장정 너덧이 서 있었다. 심청은 새카만 장정들을 보고 기겁했다.

"아버님, 살려주세요."

"살고 싶어요."

심봉사의 양 바짓가랑이를 붙든 딸을 꼭 감은 눈으로 외면

하는 심봉사.

“미, 미안하다. 심 청아.”

“자, 시간 됐다. 가자꾸나!”

“아버지!”

“꺄아아아아!”

칠흑 같던 밤.

심 청은 그렇게 어부들의 손에 끌려 집을 나섰다.

심 청이 사라지고 마을에는 효심이 지극한 심 청이 아버지의 눈을 뜨게 하려고 스스로 공양미 600석에 팔려 갔다는 소문이 돈다.

물론 소문의 출처가 누구인지는 굳이 밝히지 않아도 잘 알고 있으리라.

한편, 심봉사는 심 청이 사라진 뒤에도 정신을 차리지 못하고 도박에 빠져 지내다 뺑덕어멈마저 도망가고 거렁뱅이 신세로 전락한다.

*

구름 한 점 없이 뜨거운 태양이 작열하는 드넓은 바다.

거대한 목제 어선이 거친 파도 위를 넘실거리며 미끄러지듯 나아갔다.

어선 안에서는 구슬픈 흐느낌이 끊이지 않았으니 흐느낌의 주인공은 다르면 아닌 심 청이렷다. 용왕에게 바칠 심 청을 싣고 인당수로 향하는 어선이었던 것이다.

갑판 아래 어두컴컴한 감옥에서 심 청의 구슬픈 울음소리는 더욱 깊어만 지는구나.

갑판에서부터 구불구불 기나긴 통로와 출입문을 거쳐, 어선의 제일 밑바닥 깊숙한 곳에 있는 감옥은 압도적인 위압감과 폐쇄감에 숨이 막힐 지경이었다.

그도 그럴 것이 천장은 심청의 키를 훌쩍 뛰어넘었고 폭은 심청이 팔을 활짝 펼쳐도 닿지 않을 넓이였으며, 사방은 외부로 통하는 창문 하나 없이 꽉 막혀 있었다. 유일한 출입문은 커다란 목재를 빈틈없이 조립한 문으로 쥐구멍 하나 찾을 수 없을 정도로 촘촘했다. 그나마 잠긴 문 하단으로 나 있는 손바닥 한 뼘 정도 크기의 여닫을 수 있는 배식구가 유일한 통로라면 통로랄까.

물론 난쟁이가 되지 않는 이상 배식구로 탈출하는 것은 불가능했다.

문밖으로 맞물린 나무 바닥이 뒤틀리며 삐걱대는 소리가 들렸다. 구부린 무릎 사이로 머리를 파묻고 있던 청이가 고개를 들었다.

몰골이 말이 아니었다. 밝게 빛나던 눈동자는 탁하게 흐려졌고, 백옥같던 피부는 거칠어졌다. 광대가 도드라지고 볼이 쏙 파여 다른 사람을 보는 듯했다.

'지금은 몇 시고, 오늘은 며칠인가.'

어두컴컴한 감옥에서는 날짜와 시간 감각이 무뎌진다.

멀리서 삐걱대던 소리가 점차 가까워진다. 철그렁 쇳소리에 이어 자물쇠의 잠금쇠가 돌아가는 소리가 들렸다. '덜커덩.' 목재 문 하단의 배식구가 활짝 열렸다.

갑자기 감옥 안으로 들이치는 빛에 심 청의 눈이 머는 것 같았다. 잠시 후 빛의 잔상이 사라지고 눈이 차츰 익숙해지자 배식구의 실루엣이 들어왔다.

"꺄악!"

작디작은 배식구 구멍 밖으로 안쪽을 쳐다보는 선원의 음흉한 눈빛에 청이는 소스라치게 놀랐다. 음흉한 눈빛이 사라진 뒤 배식구 구멍 안으로 죽사발 두 개가 던지듯 들어왔다.

"용왕님께 바치기엔 조금 아까운데 말이야."

입맛을 쩝쩝 다시는 선원이 말을 이었다.

"저리 반반한 여식을 그냥 바쳐야 한다니. 이거 원, 부정 탈까 건드리지도 못하고. 하아, 아깝다. 아까워."

배식구는 이내 다시 잠겼다. 한참이나 문밖을 서성이던 선원은 알아들을 수 없는 말을 중얼거리더니 가래침을 '퉤' 뱉고 멀어져갔다.

청이의 눈에서 옥구슬 같은 눈물이 방울져 흘러내렸다.

"흐흐흑." 구슬픈 울음소리가 다시 시작됐다.

심청은 이미 지칠 대로 지쳐있었다.

"어차피 죽을 몸. 이리 살아 뭐하누."

"차디찬 바닷물에 빠져 고기밥이 되느니 차라리 자결하는 게 나으리라."

청이가 무언가 결심하듯 내뱉었다.

어둠 속 웅크린 그림자가 천천히 고개를 끄덕인 뒤 조용히 옷고름을 풀기 시작했다.

얼마나 시간이 흘렀을까.

먹구름에 달빛마저 가려진 야심한 밤. 저녁부터 내리던 이슬비가 어느새 장대비가 되어 갑판 위를 적시고 있었다.

"꺼억, 끅. 끅, 컥! 끄아아아아악!"

감옥에서 들리는 요란한 소리가 고요한 어선에 울려 퍼졌다.

"끄윽. 칵. 커헉!"

"뭐, 뭐야."

감옥 근처 책상에서 구부정하게 졸고 있던 선원이 짜증 섞인 목소리를 냈다.

"으으윽. 끅. 끄으으윽."

"무, 무슨 일이야! 어? 뭔데?!"

서둘러 눈을 비빈 선원이 벌떡 일어섰다.

감옥으로 향하는 발걸음이 빨라졌다. 뭔가가 잘못되었음을 직감한 선원은 서둘러 허리에 두르고 있던 열쇠 다발을 끌러 배식구 열쇠를 찾았다. 당황한 나머지 손가락이 떨려 배식구 열쇠를 찾는 데 상당한 시간을 소요했다. 그 사이에도 감옥에서의 기괴한 음성은 끊이지 않았다.

마침내 문 밑의 배식구가 열리고. 선원이 배식구로 얼굴을 들이밀었다.

"히익"

선원의 눈으로 들어온 아찔한 광경에 순간적으로 숨을 삼켰다.

공중에 뜬 채로 이리저리 흔들리는 버선발.

버선발 끝으로 툭, 툭. 방울져 떨어지는 노란 액체가 나무 바닥을 흥건히 적셨다.

"이런 젠장 맞을."

선원의 입에서 욕지기가 치밀었다.

"설마 목을…?"

선원은 낮게 탄식하며 떨리는 손으로 감옥 문의 자물쇠에 열쇠를 꽂아 넣었다.

순간, 갑자기 몰아친 커다란 파도에 어선이 기우뚱 기울었다.

"으악!"

그와 함께 감옥 문이 활짝 열리고 선원은 그 문에 머리를 맞아 정신을 잃었다.

"김 씨. 어이 김 씨. 정신 좀 차려봐."

오른뺨에 이는 불에 덴 듯한 격통에 김 씨가 눈을 떴다.

어두컴컴한 나무 천장. 일정한 주기를 두고 흔들리는 시야. 익숙한 배 안의 모습이었다.

"아이고 머리야."

머리가 깨질듯한 두통에 온몸이 얻어맞은 것처럼 쑤셨다. 딱딱한 바닥과 맞닿은 등이 몹시 배겼다.

"김 씨. 대체 이게 무슨 일이야? 어서 설명 좀 해보라고."

눈앞에 잔뜩 화가 난 동료들이 얼굴을 들이미는 통에 멍했던 김 씨의 정신이 번쩍 들었다.

"아…."

불현듯 떠오르는 어젯밤의 일.

김 씨라 불리는 선원은 그제야 고개를 돌려 감옥 안을 바라봤다.

활짝 열린 감옥 문 안으로 천장을 가로지른 커다란 나무 기둥에 옷고름을 목에 매단 여성이 죽어 있었다. 시커멓게 변색된 피부에 가슴께까지 혀를 길게 내민 여성. 그녀의 목은 기린처럼 몸통에서 길게 빠져 있어 바다 건너 왜놈들이 '로쿠로쿠비'라 부르는 요괴와 꼭 같은 모습이었다.

"우욱."

더없이 괴기스러운 모습에 김 씨는 헛구역질이 올라왔다.

"인당수에 거의 다 도착했거늘 이 무슨 변고란 말인가."

"드럽게 바닥에 토하지 말고, 어서 속 시원히 설명 좀 해보드라고."

김 씨는 눈가에 맺힌 눈물을 훔치고 천천히 입을 열었다.

거친 파도를 헤치던 어선이 점차 속도를 줄여갔다.

찌뿌둥했던 날씨는 어느새 맑게 개고 따가운 햇살이 만물을 환히 비췄다.

마침내 바다 위에 정지한 어선. 갑판 위에 웅성웅성 선원들이 모여들더니 제사상을 차리기 시작했다.

목적지였던 인당수에 도착한 것이다.

뭍에서 준비해 간 음식들로 제사상을 차린 선원들은 이내 기도문을 외우고 의식을 시작했다. 제사는 엄숙한 분위기 속에서 진행됐다. 하지만 선원들의 얼굴에는 제의에 대한 엄숙함보다 깊은 당혹감이 드리웠다.

그도 그럴 것이 예정되었던 산 제물이 아닌, 죽은 제물을 바칠 수밖에 없었기 때문이다.

죽은 시신을 도로 싣고 가느니 제물로 바다에 던져버리자는 게 선원들이 내린 결론이었다. 물론 시신을 공양했다는 사실은 절대 함구하기로 서로가 약조를 맺었다.

혹여나 용왕님이 노할까 두려운 선원들의 공포는 햇볕에 검게 그을린 굳은 얼굴 뒤로 묻었다.

"공양인 납시오."

*

한순간 선원들의 고개가 일제히 선실로 향했다. 선실문이 활짝 열리고, 두 명의 선원이 머리 위로 하얀 무명천에 싸인 시신을 들고 나왔다.

"용왕님. 올해도 만선할 수 있게 도와주시옵소서."

단정하게 의복을 갖춰 입은 선원의 선창에 이어 선원들이 선창한 말을 되풀이했다. 이어서 의복을 입은 선원이 바다를 향해 수신호를 했다.

"입수우우우우."

두루마기를 걸친 선원이 말끝을 늘어뜨리며 선창했다.

"입수우우우우."

선원들의 힘찬 합창에 이어 무명에 꽁꽁 싸인 시신은 차가운 바닷물에 내던져졌다.

'푸풍덩.'

물소리와 함께 잔잔한 파도에 한순간 커다란 파문이 일었다. 그리고 얼마 안 있어 무명천에 싸인 시신은 깊이를 알 수 없는 바닷속으로 침잠했다.

던져졌을 때의 충격 때문일까. 머리를 감싸고 있던 무명천이 벗겨져 여성의 얼굴이 훤히 드러났다.

벌어진 입으로 길게 빼문 혀가 해류의 흐름에 맞춰 하늘하늘 춤을 췄다.

끝없이 가라앉는 여성의 아래로 바다 밑바닥에 지어진 거대한 용궁이 보이기 시작했다.

한순간 눈을 부릅뜬 여성의 얼굴 위로 거대한 그림자가 드리웠다 사라졌다.

*

'철썩. 쏴아아아. 철썩. 쏴아아아.'

규칙적으로 귓가를 때리는 파도 소리.

입안을 적시는 짜디짠 물맛.

얼굴을 적시는 차가운 파도에 번쩍 눈을 떴다.

'살았나…'

파도가 하얗게 부서지는 모래사장. 저승은 아닌 듯했다.

"…으응?"

흐릿한 눈앞으로 거대한 자라와 자라의 등껍질에 올라탄 새하얀 털의 짐승이 보였다.

'이승이 아니던가. 저승인가?'

현실에서는 보기 힘든 생소한 광경에 머릿속이 혼란스러웠다.

그때 등지고 서 있던 짐승이 천천히 고개를 돌렸다.

'!!!!'

기다란 귀를 늘어뜨린 토끼의 새빨간 눈과 마주친 순간, 힘겹게 붙들고 있던 정신을 다시 놓치고 말았다.

동이 트고 얼마 되지 않은 이른 아침.

해변을 거닐던 도령은 저 멀리 미역 뭉텅이를 발견하고 발걸음을 서두른다.

잰발로 미역 뭉텅이 앞에 다다른 도령은 그것이 미역 뭉텅이가 아니라 머리를 풀어헤친 사람의 머리통임을 확인하고 소스라치게 놀랐다.

"대관절 이게 무슨 일이란 말이냐!"

도령은 바로 무릎을 굽히고 미역처럼 엉긴 머리카락을 쓸어 올렸다.

"허헉!"

도령은 숨을 삼켰다. 머리카락을 걷어낸 얼굴은 이제껏 본 적이 없는 절세가인의 얼굴이었다. 잠시 넋을 놓고 여인의 얼굴을 바라보던 도령이 눈을 질끈 감고 머리를 흔들었다. 그리고 여인의 가녀린 어깨를 잡고 흔들었다.

"이보시오. 정신 차리시오."

하지만 눈을 감은 여인은 좀처럼 눈을 뜨지 못했다. 호흡이 몹시 약했고 입술은 파리했다. 한눈에 봐도 여인의 상태는 그리 좋아 보이지 않았다. 이에 도령은 다짐한 듯 여인 앞에 고개를 숙이고 말했다.

"미, 미안하오. 잠시 실례하겠소."

도령은 사과한 뒤 미미하게나마 호흡이 있는 여인의 입술에 자기 입술을 포개고 숨을 불어 넣기 시작했다.

"후우. 하아. 흡. 쉬익."

도령의 볼에 점차 홍조가 떠오르기 시작했다. 맞닿은 입을 떼고 여인의 입에 귓가를 가져갔다. 호흡을 확인한 뒤 다시 입을 맞댔다.

"후우. 하아. 흡. 쉬익."

맞닿은 입을 떼고 여인의 입에 귓가를 가져갔다. 호흡을 확인한 뒤 다시 입을 맞댔다. 도령은 가랑이 사이가 불편한 듯 자세를 고쳐 잡다가 깜짝 놀랐다. 고개를 내리니 잔뜩 성난 중심이 바지 위로 봉긋 솟아 있었다.

"이, 이럴 수가."

이제껏 불감증으로 단 한 번도 반응이 없던 중심이 잔뜩 성이 난 것이다. 도령은 당황스러웠지만 이내 마음을 다잡았다. 다시 여인의 입에 자기 입술을 포개고 하던 일을 이었다.

"후우. 하아. 흡. 쉬익."

"흐읍!"

도령이 서둘러 입을 뗐다.

"콜록. 콜록."

여인이 갑작스럽게 기침을 터트렸다. 기침과 함께 입에서 삼켰던 바닷물을 토해냈다.

이윽고 천천히 눈을 뜨는 여인. 도령은 한 발 뒤로 물러선 뒤 여인이 충분히 정신을 차릴 시간을 주고 나서 물었다.

"이름이 무엇이냐?"

여인은 누운 채로 위에서 아래로 도령을 훑었다. 그러고 나서 도령을 똑바로 바라보지 못하고 내리깐 시선으로 천천히 입을 열었다.

"처, 청이라… 하옵니다."

"청이라…."

도령은 여인의 이름을 되뇌었다. 그리고 잠시 망설이는 듯하더니 똑바로 서서 여인을 향해 입을 열었다.

"청이 낭자. 나, 나와 혼인해 주겠소."

이 무슨 백주대낮에 다짜고짜 뜬금없는 고백 아니, 청혼이란 말인가.

한순간 청이의 얼굴에 놀라움이 스쳤다. 그리고 슬며시 도령의 튀어나온 바지에서 시선을 돌렸다. 떠오르는 햇살에 환히 빛나는 청이의 두 볼이 발그레 달아올랐다.

"네…."

청이는 쑥스러운 얼굴로 작게 고개를 끄덕거렸다.

비로소 긴장했던 도령의 만면에 웃음이 떠올랐다.

*

황해도 장산곶의 한 마을에 성대한 잔치가 열린다는 소문이 황해도를 넘어 조선 팔도에 퍼졌다.

소문인즉슨 장산곶의 명망 높은 대감댁 장손이 혼인을 치른다는 것. 사흘간 잔치를 벌이는데, 특이하게도 눈이 보이지 않는 봉사를 하객으로 초대한다는 것이었다.

봉사들을 귀빈으로 극진히 모실 거라는 소문이 퍼져나가자, 전국의 봉사들이 장산곶으로 모여들기 시작했다.

이윽고 혼례 날이 밝았다.

마당을 가득 채운 봉사들이 인산인해를 이룬 가운데 혼례가 시작됐다. 눈도 보이지 않는 봉사들은 입안 가득 음식을 머금고 신랑과 신부의 외모를 칭송했다.

잔치는 낮 밤을 가리지 않고 연일 대성황을 이루었다.

그렇게 3일이 훌쩍 지나, 잔치의 마지막 날이 되었다.

때가 잔뜩 낀 나무 막대를 짚은 거렁뱅이가 대문의 문지방을 넘었다. 걸레와 다름없는 누더기를 두른 노인은 언제 깎았는지 모를 덥수룩한 수염에 땟국물이 줄줄 흐르는 초라한 행색이었다.

거렁뱅이 노인을 본 하인이 노인을 내치려 하자 노인이 두 손을 들어 보이며 다급하게 외쳤다.

"나, 나도 앞이 보이지 않는 봉사요."

노인은 자신의 감은 눈을 가리키며 말을 이었다.

"내 소문을 듣고 아주 먼 길을 걸어왔소이다. 행색은 남루하나 부디 내치지 말아주시오."

말을 마친 노인의 뱃속에서 꼬르륵 소리가 났다. 마주 선 하인에게도 충분히 들릴 정도로 커다란 소리였다.

대체 얼마나 굶었기에 뱃속에서 이런 천둥 같은 소리가 난단 말인가.

기골이 건장한 하인은 잠시 고민하더니 길을 터주었다. 봉사는 무조건 극진히 모시라던 주인의 말을 어길 수는 없는 노릇이었다.

"자, 안으로 드시오."

"에헴."

절박했던 노인의 태도가 급변했다. 한차례 헛기침을 한 노인은 허리를 뒤로 젖히고 지팡이를 휘두르며 팔자걸음으로 거만하게 대궐 같은 집 마당을 거닐었다.

마당 한 켠 말석을 겨우 안내받은 거렁뱅이 노인이 드디어 뜨끈한 국밥을 한술 뜨려던 바로 그때!!

"아, 아버님."

생각지 못한 목소리에 노인의 숟가락이 입 앞에서 딱 멈췄다. 귀에 익은 목소리 같았지만 목소리의 정체가 퍼뜩 떠오르지 않았다.

"뉘시오?"

떨리는 목소리로 봉사가 물었다. 대답은 바로 돌아오지 않고 잠시 정적이 흘렀다. 봉사와 마주한 이가 잠시 심호흡을 한 뒤 어렵게 입을 뗐다.

“저예요. 아버님. 청이….”

“....뭐, 뭐시라?!”

심봉사가 자리에서 벌떡 일어섰다. 상을 밀치고 일어선 바람에 상 위에 있던 국밥이 홀라당 엎어졌다.

심봉사가 두 손을 뻗어 허공을 휘저었다. 심봉사의 감긴 눈에서 뜨거운 눈물이 줄줄 흘러내렸다.

“우리, 우리 청이는…용궁에 있을 텐데….”

청이의 입꼬리가 기이하게 올라갔다. 청이가 허공을 맴돌던 심봉사의 손을 덥석 붙잡았다.

“맞아요. 용궁에서 무사히 돌아왔답니다. 흐흐흑.”

참고 참았던 울음을 터트리는 청이.

“아니, 그게 정말이란 말이냐!”

심봉사가 소리쳤다. 순간 기적이 일어났다. 커다란 충격을 받은 심봉사의 감긴 눈이 번쩍 뜨인 것이다.

수십 년간 멀었던 눈이 개안하였으니, 이것이 기적이 아니라면 무엇이 기적이더냐.

부녀를 지켜보던 주변 사람들의 입에서 탄성이 터져 나왔다. 더러는 눈물을 훔치는 이도 있었다.

“네, 네가 청이냐? 이리도 고왔구나.”

심봉사가 더러운 손으로 청이의 얼굴을 어루만졌다. 심봉사의 손이 지나간 자리에 눈물과 손때가 뒤섞여 땟국물로 번졌다. 청이는 아랑곳없이 고개를 주억거렸다.

눈물을 쏟아내던 심봉사가 퍼뜩 생각난 듯 다시 물었다.

"심이는? 네 누이 심심은 어디 있느냐?"

붉게 충혈된 청이의 눈에 또다시 눈물이 가득 고였다.

"이제야 언니를 찾으시네요."

청이는 비단 소매로 눈물을 훔친 뒤 먼 산을 응시했다. 심이 누이를 떠올리는 것이리라.

"아버님은 심이 언니가 크고 나서부터는 절대 '심심'이라는 이름을 부르지 않으셨죠. 긴히 할 말이 있을 때는 언니와 저를 '심 청'이라 합쳐 부르거나, 그것도 여의찮을 때는 제게만 말씀하셨어요."

심청은 잠시 쉬었다가 말을 이었다.

"네. 저도 잘 알고 있어요. 비록 아버님은 앞이 보이지 않지만, 언니가 죽은 엄마의 외모와 목소리를 똑 닮았다는 걸요. 어릴 적부터 저희 얼굴을 일일이 손으로 짚어가며 구분하던 아버님은 언젠가부터 언니의 얼굴이 죽은 엄마의 얼굴과 같아지는 걸 깨달았어요. 물론 목소리까지도요."

심봉사는 정곡을 찔린 듯 떨리는 손으로 왼쪽 가슴을 눌렀다. 심청은 개의치 않고 이었다.

"심이 언니에게서 엄마를 본 아버님은 의도적으로 언니를 피했어요. 새엄마와 개가하여 살면서 친엄마를 닮아가는 언니가 부담스러우셨겠죠. 언니의 말수가 유난히 적어진 게 아버님의 마음을 알아챈 바로 그 시기부터라는 걸 아버님은 아시나요?"

심청은 심봉사의 대답을 기다리지 않고 바로 말했다.

"모르시겠죠. 하지만 언니는 친엄마의 외모만 닮은 게 아니에요. 제게 있어 언니는 엄마 그 이상의 존재였답니다."

심청의 시선이 다시 먼 산으로 향했다.

이제, 아직도 생생한 그날의 이야기를 시작할 때였다.

*

인당수로 향하던 감옥 안.

심청이 심심의 등을 밟고 올라서 감옥 천장을 가로지른 서까래에 길게 찢어 이은 옷고름 두 개를 걸었다.

"자, 우리 둘 다 한 날, 한 시에 태어났으니, 가는 것도 똑같이 함께 가요."

심청이 눈빛을 빛내며 의연하게 말했다.

과묵한 심심은 심각한 얼굴로 고개를 끄덕였다.

자매는 서로 등을 맞대고 감옥의 벽을 한 발자국, 두 발자국 걸어 올라가기 시작했다. 혼자서라면 감옥의 양쪽 벽에 팔이 닿지 않았을 테지만 서로의 등으로 지탱하면서 다리를 뻗으니, 힘은 들지만, 감옥 천장 서까래에 옷고름을 걸 수가 있었다.

마침내 끝을 둥글게 묶은 옷고름에 머리를 집어넣은 자매는 잠시 말없이 등을 맞댄 채 공중에 서 있었다.

"준비는 다 됐어. 언니."

"응. 그래."

심청은 다짐하듯 말했다.

"셋에 발을 떼는 거야."

돌아오는 대답 대신 심심의 등으로 떨림이 전해졌다. 슬슬 감옥 벽을 지탱하고 있던 다리가 떨려오기 시작했다. 더 이상 버티는 것은 무리였다.

마침내 심청이 입을 뗐다.

"하나."

심심이 답했다.

"둘."

심 청이 동시에 외쳤다.

"셋!"

쿠당탕.

요란한 소리와 함께 목에서 시작된 격통이 전신을 휩쓸고 지나갔다. 그대로 정신을 놓을뻔한 심심이 깜짝 놀란 눈으로 아래를 내려다봤다.

감옥 바닥에 엎드린 심청이 자신의 등허리를 문지르며 일어섰다.

"미안해, 언니. 하지만…."

심청의 한쪽 입꼬리가 비굴하게 올라갔다.

"우리 둘 다 개죽음당할 수는 없잖아. 나라도 살아야지."

심청이 목을 감고 있던 옷고름의 매듭이 풀려 허공에서 하늘거렸다.

심심의 얼굴이 금세 붉으락푸르락해졌다. 풍선처럼 부푼 얼굴이 금방이라도 터져버릴 것 같았다.

"컥… 크윽… 너…끅. 썅년이…."

심심이 허공에서 미친 듯이 발버둥 쳤지만 때는 늦은 일. 목을 감은 옷고름은 더욱 깊숙이 파고들었다.

"끅…끄윽… 크으으으윽."

심심의 충혈된 눈에서 피눈물이 흘러내렸다.

"이제 곧 감옥을 지키는 변태 새끼가 들어오겠지. 언니 조금만 더 버텨줘."

심청은 발버둥 치는 심심의 등을 타고 올라가 업힌 자세로 매달렸다.

"끄아아아아아악!"

자신의 몸무게에 심청의 무게까지 더해진 심심의 목에서 '투둑' 하며 뭔가가 부러지는 소리가 들렸다. 그와 동시에 어깨와 머리를 잇던 모가지가 기린처럼 길게 늘어졌다.

이윽고 심이의 움직임이 멈추고, 다리를 타고 흘러내린 실금 소리가 감옥을 울렸다.

"끅. 꺼억. 끄윽."

심청은 심심의 등에 매달려 고통에 찬 신음 소리를 연기했다.

잠시 후, 감옥 문 바닥의 배식구가 열리는 소리가 들렸다.

"히익…."

심청의 머릿속에 까맣게 그을린 선원의 당황한 얼굴이 그려졌다.

마침내 그토록 기다리던 감옥문의 자물쇠가 돌아가는 소리가 들렸다.

심청은 재빨리 감옥 바닥으로 내려가 열리는 감옥문을 힘껏 밀었다. 그 바람에 감옥문에 머리를 찧은 선원은 비명을 지르며 정신을 잃었다. 심청은 쓰러진 선원을 훌쩍 타고넘어 갑판으로 향했다. 어선 내부가 미로처럼 복잡했지만, 밤이 깊은 시각 피로에 지친 선원들이 잠에서 깨는 일은 없었다.

마침내 갑판 위로 올라온 심청은 선미에 말아 놓은 그물 속에 숨어 탈출의 기회를 노렸다.

이윽고 칠흑 같던 밤이 지나고, 그물망 사이로 희뭅한 햇살이 비춰들었다.

동이 트자 갑자기 갑판 위가 분주해졌다. 심청이 귀를 기울이자, 파도 소리에 묻혀 희미하게 제를 지내는 소리가 들려왔다.

'옳거니. 언니 시신을 인당수에 버리려는 것이구나.'

배에서 탈출하려면 기회는 지금뿐이었다. 제아무리 어선이 넓다지만, 들키지 않고 항구까지 가는 건 사실상 무리였다.

심청은 조용히 그물에서 기어나와 돛대 기둥 뒤에 몸을 숨겼다. 선원들은 선두에 제사상을 차려놓고 연신 절을 올리고 있었다. 제의에 정신이 팔린 선원들은 등 뒤에 숨은 심청을 전혀 알아차리지 못했다.

'응?' 발끝에 걸리는 것이 있어 들어보니 부러진 널빤지 조각이었다. 심청은 널빤지 조각을 주워들어 가슴에 꼭 끌어안았다.

제사를 진행하던 의복을 입은 선원이 팔을 번쩍 들어 올리며 외쳤다.

"공양인 납시오."

그러자 선실문이 활짝 열리고, 무명천에 싸인 심심을 머리 위로 들어 올린 선원들이 걸어 나왔다.

심청은 저도 모르게 침을 꿀꺽 삼켰다.

"용왕님. 올해도 만선할 수 있게 도와주시옵소서."

단정하게 의복을 갖춰 입은 선원의 선창에 이어 선원들이 선창한 말을 되풀이했다. 이어서 의복을 입은 선원이 바다를 향해 힘차게 팔을 뻗었다.

"입수우우우우."

두루마기를 걸친 선원이 말끝을 늘어뜨리며 선창했다.

"입수우우우우."

선원들은 합창과 동시에 들고 있던 심심을 바다에 내던

졌다.

심청은 무명천에 싸인 심심이 인당수에 빠지는 타이밍에 맞춰 반대편 선미에서 바다로 뛰어들었다.

'푸풍덩.'

잔잔한 바다에 두 번의 물보라가 일었다.

심청은 널빤지 조각에 의지해 어선에서 멀어지고자 온 힘을 다해 헤엄쳤다.

얼마나 물질을 해댔을까. 뜻대로 어선에서 멀어지는 데는 성공했다. 허나 기력을 모두 소진한 심청은 힘겹게 붙들고 있던 정신의 끈을 놓아버렸다.

*

"그, 그래서… 네가 심이를… 심이를 죽였다는 게냐?!"

심봉사의 이마에 혈관이 불툭 튀어 올랐다. 꽉 다문 입꼬리는 가늘게 떨렸다.

순간 눈물로 번들거리던 심청의 눈동자가 돌변했다.

심청은 분노 가득한 얼굴로 심봉사를 쏘아보았다.

"이게 전부… 전부…"

심청의 어깨가 눈에 띄게 떨렸다. 떨림은 금세 온몸으로 번져갔다.

한 순간의 정적이 흐르고, 심청의 얼굴에서 표정이 사라졌다.

심청의 앙다문 입술이 떨어졌다.

"당신 때문이잖아!"

말이 끝나기 무섭게 심청은 이야기 내내 손에 들고 있던 바가지를 심봉사에게 끼얹었다.

심봉사의 시야 앞으로 부글거리는 끓는 기름이 날아왔다.

"끄아아아아악!"

노인의 입에서 터져 나온 고통의 단말마가 대가를 아니, 마을 전체를, 그것도 아니라 황해도 전체를 뒤흔들었다.

눈을 뜬 지 채 십 분도 되지 않아 심봉사의 안구가 펄펄 끓는 기름에 익어 '퍽'하고 터져버렸다. 터진 눈구멍에서 흘러내린 안구액이 기름에 닿아 고소한 냄새를 풍기며 지글지글 끓어 올랐다. 입과 코가 기름에 눌어붙어 숨을 쉴 수 없는 심봉사는 고통과 질식의 괴로움에 바닥을 데굴데굴 구르며 몸부림쳤다.

그리고 그 모습을 묵묵히 지켜보던 심청이 나직이 중얼거렸다.

"이 모두가 당신에게서 비롯된 거야."

오랜만에 전래 미스터리로 돌아와 기쁩니다. 제 전작 《전래 미스터리》를 보신 분은 이 〈눈 뜬 심봉사〉가 반가우셨을 것이고, 처음 접하시는 분은 동화의 세계관에서 펼쳐지는 특수설정 미스터리가 흥미로우셨으리라 생각됩니다. 전자던, 후자던 모두 이 엽기적이고 발칙한 어른 동화를 즐겨 주셨으면 좋겠습니다.

혹시 작품 속에 숨겨둔 또 다른 동화를 찾으셨나요? 〈눈 뜬 심봉사〉 다음으로 기획 중인 작품이 바로 그 동화입니다. 이렇게 하나, 둘 작품을 모아 하루빨리 《전래 미스터리 2》로 찾아뵙고 싶습니다.

이제껏 많은 작품을 써왔지만, 전래 미스터리를 쓸 때가 제일 즐겁고 행복합니다. 동화 속 세계는 제약이 없습니다. 그 무엇이든 상상하는 대로 실현됩니다. 꽤나 매력적인 세계이죠. 하하.

익숙한 전래 동화의 이야기를 전혀 다른 방향으로 비틀어 버렸을 때 야기되는 반전의 카타르시스를 독자분들도 느껴주셨으면 좋겠습니다.

한국 작가들의 본격 미스터리, 전래 미스터리 응원해 주세요. 감사합니다.

자살하러 갔다가 살인사건

김범석

눈이 내리는 12월의 어느 날. 오전 10시 30분경.

젊은 남녀 네 명은 외딴 산 중턱에 있는 폐업한 모텔로 향했다. 다 같이 죽기 위해서였다.

'번개탄이랑 수면제 구했습니다. 다 같이 편히 죽죠. 산속에 조용한 장소 있음. 오세요.'

자살 모임에 참여하기로 한 다섯 번째 사람, 제로가 보낸 메시지였다.

제로는 산속의 폐모텔 사진과 약도를, 모임장인 차중혁의 텔레그램으로 보냈다. 네 사람은 자살 장소에서 제로와 합류하여 함께 죽기로 했다. 일면식조차 없는 상대가 한 미심쩍은 약속이었건만, 네 사람은 제로가 한 약속을 믿고 산을 올랐다. 고통 없는 동반 자살 기회에 대한 기대가 그만큼 컸기 때문이었다.

눈발이 거세질 무렵, 네 사람은 간신히 폐업한 3층짜리 모텔 앞에 도착했다.

"사진으로 본 거랑 좀 다르네."

이유진이 중얼거렸다. 배유승, 차중혁, 김준도 사실 같은 생각이었다. 사진과의 가장 큰 차이점은 창문이었다. 제로가 직접 찍어 보냈던 사진 속 폐모텔은 곳곳의 창문이 깨져 있었는데, 지금은 모든 창문이 나무판자로 막혀 있었다. 허름한 건물 창문을 매끈한 새 나무판자들이 막고 있으니 그게 더 기이해 보였다.

"들어가자."

차중혁이 앞장서서, 무거운 유리로 된 현관문을 열고 들어갔다. 천장의 깨진 석면 패널 일부가 바닥에 떨어져 있었고, 눈 묻은 신발 바닥에 들러붙었다.

현관 쪽은 유리문으로 들어온 햇빛 덕분에 그나마 밝았으나, 조금만 더 깊이 들어가도 몹시 어두워졌다. 예상대로 전기는 들어오지 않아서, 일행은 일제히 스마트폰의 손전등 기능을 작동시켰다. 불빛으로 비춘 부분만 제대로 보이고 주변부는 여전히 어두웠기에, 일행은 조심스럽게 이동했다.

"제로 님? 안에 계세요?"

차중혁이 물었다. 그때, 3층 쪽에서 그헉, 하는 소리가 들려왔다. 놀란 일행은 일제히 계단을 뛰어올랐다.

3층에는 세탁실이 있었다. 세탁기는 철거했는지 굵은 수도관과 배수관만 보였고, 그 옆에 목에서 피를 줄줄 흘리는 젊은 남자 시체가 벽에 기대어 앉아 있었다. 시체의 손은 피로

흥건했고, 그 옆에는 날카로운 식칼이 떨어져 있었다. 시체 앞의 타일 바닥에는 편지가 떨어져 있었다. 배유승은 그 편지가 피에 젖기 전에 얼른 주웠다.

<제로의 유서>

죄송합니다. 혼자 죽기 싫어서 거짓말했어요. 저도 수면제랑 번개탄은 구하질 못했습니다. 대신 다양한 흉기를 준비해 두었습니다. 흉기는 1층 카운터 밑에 숨겨두었습니다. 그걸로 자유롭게 자살해 주세요. 먼저 가서 기다립니다. 빨리 따라오세요. 제로 올림.

세탁실 밖으로 나온 일행은 놀란 가슴을 진정시켰다.

"어쩌지?"

제로의 유서를 열 번 정도 읽은 배유승이 물었다. 다들 막막했다. 고통 없이 자살하고 싶어서 왔건만, 처참하게 죽은 시체를 목격해 버렸다. 일행은 충격보다는 실망감과 조바심을 더 강하게 느꼈다.

"일단, 우린 제로한테 속은 거네. 그치?"

이유진이 확인하듯 물었다. 일행이 반응이 없자, 약간의 조바심을 내비치며 제안했다.

"산에서 내려간 다음, 앞으로 어떻게 할지 생각해 보자.

응?"

그러자 차중혁이 고개를 가로저은 뒤 서약서를 꺼냈다.

"그럴 순 없어. 우린 서약했으니까. 그렇지?"

이들 네 사람은 오늘 기차역에서 서약서를 썼다. 아주 위험한 내용의 서약서였다.

<서약서>

이유진, 배유승, 차중혁, 김준. 이 4인은 오늘 안에, 한 장소에서 모두 죽는다. 도중에 그만두지 않겠다. 도망치지 않겠다. 만약 도망치는 자는 나머지 인원의 손에 살해당해도 할 말 없다. 우리의 이 서약은 우리 네 사람이 모두 죽을 때까지 유지된다.

법적인 구속력은 없는 서약서였지만, 죽기로 각오한 이들에게 법은 중요치 않았다.

"서약한 대로, 우린 오늘 여기서 동반 자살하는 거야. 동의하지 않는 사람?"

차중혁이 살기가 가득 담긴 눈으로 이유진, 배유승, 김준의 면면을 살폈다. 배유승은 움찔한 표정으로 고개를 끄덕였고, 김준은 무표정하게 고개를 끄덕였다. 반면에 이유진은 차중혁에게 항의했다.

“난 동의 못 하겠어.”

“뭐?”

“우린 제로의 말을 믿고 고통 없이 죽으러 온 거였어. 그렇지?”

“그런데?”

“그런데 속았잖아. 그렇다면 일단 여길 떠나서 다른 방법을 찾아야 하는 거 아냐?”

그 말에 차중혁이 버럭 소리 지르려는 순간, 김준이 먼저 이유진에게 말했다.

“서약서에 그런 내용은 없어.”

“뭐?”

“서약서를 다시 봐, 이유진. 우리는 같은 장소에서 모두 함께 죽을 것이며 도망치지 않겠다는 내용만 있어. 고통스럽냐 아니냐, 속았냐 아니냐는 서약과 무관해.”

김준은 세탁실 문을 원망스럽게 쳐다본 뒤 덧붙였다.

“나도 제로가 우릴 속였다는 사실을 인정하고, 당혹스럽고 화가 나. 하지만 속았으니 원천 무효라는 식의 네 주장도 선뜻 받아들이긴 어렵군.”

이유진은 입을 앙다물었다. 배유승이 머뭇거리며 손을 들었다.

“저기, 애들아. 일단 유서에 적혀 있는 흉기부터 확인해 보면 어떨까?”

제로가 남긴 유서에는 1층 카운터에 온갖 흉기를 숨겨두었다고 적혀 있었다.

"그중에는 덜 고통스럽게 죽게 해주는 흉기들이 있을지도 몰라. 일단 확인 해보자."

모두가 찬성했고, 일행은 1층 입구 바로 앞의 카운터를 살펴봤다.

"어디… 이건가?"

차중혁이 묵직한 가방 하나를 하나 꺼낸 뒤, 밝은 유리문 앞 바닥에 활짝 열었다.

"읏!"

도끼, 넉넉한 밧줄, 가위, 쪽가위, 다수의 커터 칼과 나이프, 청테이프, 낚싯줄 따위가 담겨 있었다.

"제로 이 새끼…!"

차중혁이 이를 갈며 중얼거렸다. 가방 속에 든 물건들은, 딱히 고통 없는 자살에 도움이 되는 물건들이 아니었다.

"제로는 우리를 놀리려고 이런 걸까?"

배유승이 중얼거렸고, 김준은 무표정하게 흉기들만 살펴봤다.

그때, 이유진이 갑자기 바닥을 박차고 현관 밖으로 뛰쳐나갔다.

"잡아!"

차중혁이 외쳤고, 김준은 즉시, 배유승은 내키지 않는 듯

한 몸짓으로 쫓아 나갔다. 사실, 이들 셋은 왠지 이유진이 도망칠 것 같다는 예감을 공유하고 있었다. 이유진은 현관 유리문 바깥으로 10미터 정도 도망쳤으나, 그 직후 김준에게 붙잡혔다.

"놔! 놔아아!"

앙칼진 외침 소리는 눈보라 앞에서 흩어질 뿐이었다. 배유승과 김준은 이유진을 붙잡아 다시 모텔 안으로 들어왔다.

"이게 무슨 짓이지, 이유진?"

차중혁이 준엄한 목소리로 물었다. 그러자 이유진은 씩씩거리며 소리쳤다.

"내 말을 안 들을 테니까 그렇지!"

"들어볼 테니 해봐."

"제로는 미친놈이야!"

"흠, 우리보다 먼저 자살해서?"

"그게 아니야. 그놈의 목적은 애초에 고통 없는 자살이 아니었어! 그놈이 바란 건 우리가 자기만큼, 아니면 자기보다 더 고통스럽게 뒤따라 자살하는 거였다고!"

"어떤 논리로?"

"우리는 반드시 자살하기로 서약을 맺었어. 제로도 그 사실을 알았고. 그렇지?"

이들 4인은 언제 죽을지 인터넷 게시판과 텔레그램으로 대화해왔고, 결행 당일에 서약서를 쓰자는 대화도 나눴다. 비교

적 최근에 합류한 제로도 그 사실을 알고 있었다.

"제로는 자기 뒤를 따라 아프게 죽어줄 사람들을 바란 이기적인 미친놈이었을 뿐이야. 고통 없는 죽음 따위는 제로의 관심사조차 아니었어. 제로가 남긴 유서랑 흉기만 봐도 빤히 보이잖아? 제로는 우리가 자기만큼 참혹한 방식으로 따라서 죽기를 바라는 마음으로 우릴 유인한 거야! 우린 거기 휘둘려서 제로가 원하는 방식대로 죽으려 하고 있고!"

"그게 말이 돼?"

"실제로 지금 그러려고 하고 있잖아!"

이유진의 논리는 거칠었지만 실제로 그렇게 진행되려고 한다는 지적은 사실이었다. 남겨진 흉기들과 제로의 유서 내용이 이유진의 해석을 어느 정도 뒷받침했다. 다만 이유진의 논리를 받아들인다고 해도, 굳이 그런 미친 짓을 구상한 제로의 심리까지는 정확하게 알 수 없었다.

"그러니까 제로는 미친놈이라는 거잖아! 우리가 자기보다 더 아프고 힘들게 자살하길 바라는 마음 밖에는 없었던 거야! 그래서 나는 일단 뛰쳐나갔던 거고!"

이유진은 재차 반복해서 말했다. 차중혁은 턱을 쓰다듬었고, 배유승은 눈치를 봤고, 김준은 고개를 끄덕이며 입을 열었다.

"일단 흉기 가방에 든 게 뭔지 확인했으니 잠시 멈추자. 우리가 제로의 의도대로, 꼭 이걸 이용해서 죽어야만 한다는 원칙은 서약에도 없으니까."

김준의 말에 차중혁은 동의했다.

"좋아. 풀어줘."

배유승과 김준은 이유진을 놔줬다. 그리고 차중혁은 엄포를 놓았다.

"하지만 원칙은 원칙이야. 한 번만 더 도망치려고 하는 경우, 이유가 어쨌건 서약대로 죽이자고. 다들 동의하지?"

배유승과 김준은 고개를 끄덕였다. 이유진도 마지못해 고개를 끄덕였으나, 그녀는 한 가지 조건을 덧붙였다.

"하지만 만장일치로 여길 떠나기로 하는 경우에는 예외."

"젠장, 이유진! 아직도 미련을 못 버렸어? 살고 싶어졌으면 그냥 살고 싶어졌다고 말해!"

"그런 게 아니야! 여기서 다 같이 죽기로 합의해서 서약을 맺었다면, 다시 합의로 서약을 일부 변경할 수 있어야 해!"

조금 구차하긴 했지만, 논리적으로는 맞았다. 서약이 지니는 권위와 정당성은, 그 서약이 당사자들의 자발적 합의로 이루어졌다는 부분에 있을 테니까.

"이 부분은 이유진 말이 맞아. 지금은 예상치 못한 상황이니까, 거기에 대해 논의를 해볼 필요는 있어. 그 논의 끝에 만장일치로 기존 서약을 변경하자는 합의가 도출되는 경우, 어쩌면 기존 서약을 폐기할 수도 있겠지."

김준이 말하자, 배유승은 그런가? 하는 표정을 지었고, 차중혁은 마지못해 고개를 끄덕였다.

"좋아, 그럼. 우리가 오늘 여기서 안 죽는다면, 언제 어디서 어떻게 죽을 것인지 한번 토론해 보자고. 단, 아까와 같은 불상사가 일어나는 것을 막기 위해 입구를 막도록 하지."

차중혁은 살기 위해 도망치는 걸 불상사라고 칭했다. 그는 흉기 가방에서 청테이프와 가위를 꺼냈다. 그리고 현관 유리문을 잠근 뒤, 유리문의 손잡이를 청테이프로 완전히 칭칭 감아버렸다.

"이걸로 1층 현관으로는 그 누구도 나갈 수 없어. 다른 출구가 있는지 살펴보자."

일행은 모텔을 이리저리 돌아다니며 내부 구조를 확인했다.

1층 : 현관문. 카운터. 카운터와 뒤편에 주인이 쓰던 쪽방. 자판기 있는 휴게실. 단체 손님용 객실인 101호와 102호. 복도 끝의 공용 화장실.

2층 : 201호부터 208호까지, 1인용 객실 8개.

3층 : 청소실, 세탁실, 리넨실, 수도실, 보일러실.

1층 현관문을 제외한 다른 출입구는 없는 것이 확인되었다.

계단은 총 두 개가 존재했는데, 하나는 카운터를 조금 지나서 나오는 전방 계단과, 건물 깊은 곳에 있는 후방 계단이었다.

건물 내부 구조 확인을 마친 뒤, 이유진이 입을 열었다.

"이제 어쩔 건지 투표해 볼까? 나가서 다른 곳에서 더 편하게 죽자는 사람 손."

이유진이 손을 들었다. 나머지 셋은 손을 들지 않았다. 김준이 입을 열었다.

"그전에 대화부터 해보자고. 우선, 여기가 생을 마감하기에는 아주 더럽고 안 좋은 장소라는 것은 분명해. 죽기에는 최악의 장소야."

"내 말이!"

이유진이 얼른 추임새를 넣었다. 하지만 김준은 고개를 가로저었다.

"그럼에도 더 나은 조건을 찾아서 시간을 질질 끌고 싶진 않아. 우리가 서약서를 쓴 것도 마음이 약해지는 걸 막기 위해서잖아? 그러니 아프고 더럽더라도 여기서 죽는 게 나을 것 같군. 밧줄을 이용하면 그나마 덜 고통스럽게 죽을 수 있을 거야."

"좋은 생각이다, 김준. 하지만 밧줄로 죽기에는 좀 애매해."

차중혁이 끼어들었고, 김준은 되물었다.

"어째서? 다른 흉기로 죽는 것보다는 밧줄로 목을 매는 게 가장 덜 아픈 방법 아닌가? 마침 밧줄도 넉넉하고."

"우리가 밧줄로 목을 매면 당장 즉사하지 않는다는 게 문제야."

"그게 문제가 되나?"

"되지. 우선 이 모텔 안에서는 다 같이 동시에 목을 매고 죽을 만한 자리가 마땅치 않아. 밖에 나가서 큰 나무에 동시에 목을 매더라도, 실제 죽는 데까지 걸리는 시간은 사람마다 조금씩 다르잖아? 남들이 다 컥컥거리는 동안에, 혼자서 자기 올가미만 끊거나 벗어 던지고 튀려는 사람이 있을 수도 있지. 다 같이 죽자고 서약해놓고, 막판에 혼자만 안 죽고 튀려는 애는 늘 한 명쯤 있단 말이야."

차중혁은 이유진을 대놓고 노려보며 말했다. 그러자 이유진이 화를 냈다.

"왜 자꾸 나만 의심해? 나도 너희만큼이나 죽고 싶다고!"

차중혁은 이유진의 항의를 무시한 채 말했다.

"그러니 다 같이 동시에, 공평하고 덜 고통스럽게 죽을 방법이 있는지 좀 더 생각해 보자."

마땅히 떠오르는 게 없었다. 김준은 새삼, '수면제와 번개탄이 없어서 아쉽네.' 하고 생각했다. 담배가 절실해진 김준이 제안했다.

"다들 좀 지친 것 같은데, 각자 생각 좀 정리하는 시간을 갖지."

다들 동의했다. 현재 시각은 정확히 낮 12시 30분이었다.

"1시 30분에 여기, 현관 앞에 모이는 걸로 하자."

일행은 등산의 피로를 풀고 생각을 정리할 겸 일단 해산했다.

김준은 후방 계단의 문을 열었다. 습기를 머금은 시멘트 냄새가 훅 밀려왔다. 계단에 걸터앉은 다음, 발로 문을 차서 닫았다. 어둡고 밀폐된 공간 속에서, 담배를 입에 물고 불을 붙였다. 그리고 자해하듯 담배를 피워댔다.

'우린 죽어야 한다. 그렇게 하기로 서약도 했고. 어쩌면 사는 게 더 합리적일지도 모른다는 생각이 불쑥 떠오르더라도 굴복하지 말자.'

김준은 재차 다짐했다. 그리고 다른 생각을 하지 않으려 애썼다.

차중혁은 현관의 유리문 밖을 노려보았다. 올라올 때보다 눈발이 두 배 이상 굵어졌다.

'눈보라 속에 갇혔군. 차라리 잘 됐어.'

이제는 오도 가도 못했다.

차중혁은 그나마 깨끗해 보이는 1층 101호에 들어간 뒤, 냄새가 가장 덜 나는 담요를 찾아서 몸에 두르고 아무렇게나 누웠다.

배유승은 1층 휴게실 벽에 달린 개수대의 수도꼭지를 돌려봤다가 실망했다. 깨진 물탱크에 고여 있던 냄새 나는 오염수만 졸졸 흘러나왔기 때문이었다. 배유승은 챙겨 온 생수를 아껴 마셔야겠다고 생각했다.

'내 기대랑 다르네.'

배유승은 우울하게 생각했다.

'좀 더 결연하게, 외롭지 않게, 자유로운 마음으로 함께 죽는 걸 상상했는데.'

아쉽게도 그런 분위기는 아니었다. 서로의 서약에 떠밀려 자살하게 생겼다.

이유진은 2층의 빈 객실 중 그나마 깨끗한 곳인 204호에 들어갔다. 침대와 의자가 불결했기에, 차라리 바닥에 쪼그려 앉았다. 꽉 끼는 청바지와 벨트 때문에 허리가 아팠다.

'역시 고통스럽게 죽는 건 싫어.'

이유진이 자살하려는 이유는 현생의 고통에서 벗어나기 위해서였다. 그런데 고통스럽게 죽어야 한다니, 다 때려치우고 싶었다.

'경찰을 불러볼까?'

그럴 수 없었다. 두 가지 이유 때문이었다. 첫째는 이 상황에서도 부끄러움이 앞섰기 때문이었다. 둘째는 경찰이 폐모텔 앞에 나타나는 경우, 다른 이들이 자신을 배신자로 여기며 무참하게 죽일 것이라고 확신했기 때문이었다.

이유진은 고민하며 긴 머리카락을 쥐어뜯었다.

오후 1시 30분.

이유진을 제외한 나머지 세 사람이 현관 쪽에 모였다. 차중혁은 짜증을 냈다.

"이유진은 왜 안 와?"

그러자 배유승과 김준이 각각 다른 반응을 보였다.

"이미 자살한 거 아닐까?"

"산을 오르느라 피곤해서 잠든 걸 수도 있지."

차중혁은 둘 다 틀렸다는 듯이 손을 내저었다.

"둘 다 아니야. 걔는 숨어 있다가 혼자 도망칠 생각이야. 너희도 알잖아?"

남자 셋은 이유진을 찾아 나섰다. 그러던 중 2층의 한 객실의 문이 잠겨 있는 것을 확인했다. 2층의 204호실이었다. 남자 셋은 이유진의 이름을 여러 차례 부른 뒤 문을 열어보려 했지만, 문은 열리지 않았다.

"열쇠 가져올게. 아까 카운터에서 봤어."

1층 카운터에는 나무 명패가 달린 열쇠들이 걸린 함이 벽에 그대로 붙어 있었다. 차중혁은 204호 열쇠를 찾으려 했다. 하지만 다른 객실 열쇠와 달리, 204호 것만 찾을 수 없었다. 정황상 이유진이 가지고 들어간 것이 분명했다.

빈손으로 다시 올라간 차중혁이 제안했다.

"문을 부숴보자."

차중혁과 김준은 어깨로 문을 밀쳤다. 몇 번 반복하자, 문의 경첩이 뜯어져 나가면서 문이 통째로 쓰러졌다. 그리고 204호 안을 불빛으로 비추자, 곧 이유진의 모습을 찾을 수 있었다.

이유진은 벽에 달린 전등에 목을 매고 죽어 있었다.

전등은 횃불 모양으로, 객실 문 맞은편의 벽에 높이 달려 있었다. 전등의 하단부는 벽에 단단히 박혀서 고정되어 있었고, 전등의 상단부는 천장에 닿을 듯 말 듯 했다.

이유진은 그 전등 하단부의 벽과 연결되는 단단한 고정 부위에 밧줄 끝을 묶고, 반대편 끝에는 올가미를 만들었다. 그리고 그 올가미에 목을 매고 죽은 것이었다.

목이 매달린 몸은 공중에 대롱대롱 떠 있었고, 발밑에는 의자가 쓰러져 있었다. 긴 머리카락은 축 늘어져 얼굴을 덮고 있었다.

"아, 이유진…!"

배유승은 탄식했다.

"쳇. 알 만하군."

차중혁이 투덜거렸다.

"궁리 끝에 가장 덜 고통스러운 방법이 목을 매는 거라고 판단한 뒤 그렇게 먼저 죽은 게 분명해."

"가능성 있군. 너는 무조건 다 같이 죽어야 한다며, 더 잔혹한 자살법도 강요할 기세였으니까."

"지금 내 탓 하는 거냐, 김준?"

"탓이라기보단, 사실이잖아? 아까 흉기가 든 가방 들여다보는 네 눈빛은 내가 봐도 좀 무섭던데."

"칫."

세 사람은 문가에 선 채 시체와 그 주변을 스마트폰 불빛으로 비추어 보았다. 그리고 거의 동시에 무언가를 발견했다.

"아, 저건!"

지저분한 침대 위에 204호 열쇠가 있었다.

열쇠를 집어 든 차중혁은 부서진 문을 살짝 들어 올렸다. 객실의 잠금장치에는 작고 둥근 잠금 손잡이가 달려 있었다. 그것을 위로 돌리면 열림, 아래로 돌리면 잠김이 되는 회전 잠금 방식이었다. 이 잠금장치는 객실 문고리보다 약간 위쪽 높은 곳에 부착되어 있었고, 틀림없이 잠겨 있었다. 차중혁은 그 반대편인 문의 열쇠 구멍에 열쇠를 넣어 돌려서 침대 위의 열쇠가 204호 열쇠가 맞다는 걸 확인했다. 다른 이들도 그것을 확인한 뒤, 열쇠를 다시 침대 위에 그대로 두었다.

"잠긴 방 안에서 목매고 죽었으니 자살인 건 확실하겠군."

"근데 시체는 어쩌지? 굳이 내릴 필요는 없으려나?"

"아아, 어쩌면 아직 완전히 안 죽었을 수도 있으니 더 매달아 두자."

안타까움이라고는 한 톨도 없는 의견 교환을 나눈 배유승, 차중혁, 김준은 밖으로 나갔다. 그리고 다시 1층 현관 앞에 모인 뒤, 차중혁이 말했다.

"이제 각자 생각을 말해보자. 배유승. 너부터."

"내 생각엔…."

덜컹! 누군가 1층 현관의 잠긴 유리문을 밖에서 열려고 했다. 남자 셋은 기겁했다. 눈보라가 휘몰아치는 밖에서, 두꺼운 오렌지색 겨울 등산복을 입은 남자 한 명이 현관의 유리문을 두드리고 있었다.

"저기요! 안에 계신 분들! 문 좀 열어주세요!"

눈보라 속의 남자는, 장갑 낀 손으로 유리문을 텅텅 두드렸다.

"어쩌지? 어쩌지?"

차중혁은 제자리에서 발을 동동 굴렀다. 주도적으로 의견을 개진하던 그도 이런 돌발 상황에는 어쩔 수 없었다.

"흠. 이유진과 제로의 시체를 저 사람이 보면 어떻게 받아들일지…."

김준의 중얼거림도 현 상황에서는 별 도움이 안 됐다.

"저기요! 안에 계신 분들! 좀 열어달라니까요! 멀뚱히 서서 뭘 하는 거야, 지금!"

남자가 성화를 부렸다. 이대로 방치하면 그냥 돌아가지 않고, 돌 같은 걸 주워서 유리문을 깨려고 시도할 것 같았다. 그

때, 배유승이 재빨리 의견을 냈다.

"차중혁. 너는 일단 카운터의 흉기를 안 보이게 감추고 남자한테 떠나 달라고 설득해. 굳이 들어와야만 한다고 하면 일단 현관 안쪽까지만 들어오게 해. 그리고 김준. 너는 세탁실 열쇠를 가지고 세탁실에 가서 문을 잠가. 제로의 시체가 안 보이도록. 그리고 나는 2층 204호로 가서 문짝을 일으켜 세우고 테이프로 고정할게. 일단 이유진의 시체를 안 보이게 해두는 게 좋겠지."

역할을 나누어 맡은 세 남자는 빠르게 행동했다.

조난객은, 문을 안 열면 깨고 들어가겠다는 기세를 보였다. 차중혁은 하는 수 없이 청테이프로 감아 둔 유리문의 손잡이를 커터 칼로 뜯어낸 뒤 열어야 했다.

조난객은 막상 모텔에 들어온 순간부터 주춤했다. 폐모텔인 줄은 알았지만, 내부가 지독하게 어두웠고, 불길한 냄새가 감돌았기 때문이었다.

조난객과 차중혁은 현관 언저리에서 서로 머뭇거리며 통성명을 했다. 조난객의 이름은 류성락. 모자를 벗자 30대 초반 남자의 얼굴이 드러났다.

시체를 안 보이게 하는 일을 마친 김준과 배유승이 차례로 내려왔다. 3인은 류성락에게 5분만 더 기다려달라고 양해를 구한 뒤, 카운터 뒤편으로 이동했다. 그리고 각자 맡은 일을 제대로 했는지부터 확인했다.

차중혁은 흉기가 든 가방을 카운터 뒤편 쪽방에 두었다고 말했다. 김준은 세탁실을 열쇠로 잠갔다는 것을 밝힌 뒤, 세탁실 열쇠를 열쇠함에 다시 걸어두었다고 말했다. 배유승은 부서진 문을 다시 세워서 막았으며, 문에 딱 맞게 세우진 못했지만 청테이프를 잔뜩 발라서 사람이 다시 드나들기 어렵게 만들었다고 했다.

"좋아. 저 외부인이 시체를 갑자기 보는 일은 없겠군. 우린 할 만큼 했어. 진실을 밝히자."

김준이 말했다. 상대가 갑자기 시체를 보면 설명을 제대로 듣지 않을 테지만, 일단 시체를 바로 볼 수 없게 가려두긴 했으니, 진실을 말해서 설득 해보겠다는 것이었다.

그렇게 셋은 합의를 보았고, 외부인인 류성락에게 가서 사실대로 말했다. 세 사람의 걱정과 달리, 류성락은 격분하거나 기겁하지 않았다. 침착하게 어이없어했다.

"허, 그러니까 여러분은 다섯 명이 자살하려고 왔는데, 두 명이 이미 자살했다, 이 말인가요?"

"정확히는 넷이 같이 왔습니다. 제로라는 남자는 미리 와서 자살했고, 이유진이라는 여자 한 명이 조금 전에 자살했습니다."

"어쨌거나 이 폐모텔에 시체가 두 구가 있다, 이거 아닙니까, 지금."

"그렇습니다."

김준의 설명에, 류성락은 믿을 수 없어 하다가 스마트폰을 꺼냈다.

"이거, 경찰에 신고해야 할 것 같은데."

"그냥 조용히 떠나주시죠."

김준이 약간 위압적으로 말했고, 차중혁과 배유승의 표정도 험악해졌다. 그러자 류성락은 혀를 찼다.

"그냥 가겠다고 하면 보내줄 겁니까?"

"네."

의외로 순순히 보내준다는 답변을 들은 류성락은 유리문 밖을 내다봤다. 하지만 문밖에서는 눈보라가 몰아치고 있었다. 류성락은 재차 혀를 찬 뒤 말했다.

"그럼 이렇게 하죠. 제 제안을 따라주신다면, 저는 경찰에 신고하지 않고 조용히 있다가 떠나겠습니다."

"말해보시죠."

"제가 있는 동안에는 더 이상 아무도 자살하지 말 것. 왜냐면 기분 나쁘니까."

그러자 차중혁이 이를 가는 듯한 말투로 말했다.

"그쪽 말투도 기분 나쁜데요. 폭설만 아니었으면 두들겨 팬 다음 쫓아냈을 겁니다."

"말투가 거슬렸다면 미안합니다. 대신, 여러분이 자살을 보류하면 이걸 드리죠."

류성락은 가방에서 먹을 것들을 잔뜩 꺼냈다. 특히 부대찌개 재료가 푸짐했는데, 육수도 넉넉하게 페트병에 담아왔다. 휴대용 가스레인지를 꺼낸 그가 말했다.

"먹을 걸로 회유하는 것 같아서 좀 그런데, 어떻습니까? 같이 부대찌개 먹으면서 자살을 조금 보류하는 건?"

류성락은 약간 농담조로 말했지만, 자살하러 온 자들의 마음은 크게 흔들렸다. 이들은 겨울산을 오른 탓에 무척 허기가 졌고, 여태 점심도 못 먹었다. 부대찌개가 주는 유혹은 자살에의 의지를 보류시킬 정도로 강렬했다.

결국, 일행은 류성락의 제안을 받아들였다. 차중혁은 모두가 보는 앞에서 다시 청테이프로 유리문 손잡이를 감아서, 멋대로 일행이 도망치지 못하게 막았다. 그걸 본 류성락은 떨떠름한 표정을 지었다. 그러자 차중혁은 이렇게 말했다.

"눈이 멎으면 다시 열어드리죠. 도중에라도 나가고 싶으면 알아서 나가도 좋고."

차중혁은 커터 칼을 류성락에게 건넸고, 류성락은 납득하며 커터 칼을 받았다.

잠시 뒤, 그들은 1층 휴게실에 모여 앉아 식사 시간을 가졌다. 류성락이 큼직한 등산용 램프를 켜자, 주위가 밝아졌다. 중간중간 류성락은 그동안 여기서 있었던 일에 대해 더 구체적으로 물었고, 차중혁은 적당히 요약해서 답해줬다. 이어서 김준이 역으로 류성락에게 물었다.

"직업이 뭡니까?"

"지금은 무직입니다. 일하던 사무소에서 짤렸거든요."

"왜요?"

"어휴, 묻지 마세요. 그보다 여러분은 왜 죽으러 온 겁니까?"

세 남자는 의외로 선선히 대답했다. 사실, 누가 좀 물어봐줬으면, 하는 마음도 갖고 있었다.

"틀림없이 오를 줄 알았던 주식에 몰빵했는데, 지금 마이너스 50%입니다. 사실 내 주식 떨어진 것보다, 남들 주식 오르는 걸 보는 게 더 괴롭더라고요. 별다른 희망도 없고, 더 기다려봐야 미쳐버릴 것 같아서, 그전에 그냥 죽기로 결심했습니다."

김준이 말했다. 투자 실패에서 정말로 괴로운 건 내 돈을 잃었다는 것에서 그치지 않는다는 점이다. 주변에서 쏟아지는 비웃음과 훈수도 감내해야 했다. 김준은 울화병을 달랜답시고 담배까지 배웠지만 소용없었다.

"저는 헬스장 개업했는데 동업자 놈이 사기 치고 날랐습니다. 나 혼자 뒤집어쓰게 될 지경이 되자 울화병이 생겼습니다."

차중혁이 말했다. 돈 문제는 둘째 치고, 말없이 도망친 동업자를 생각할 때마다 몸이 부르르 떨렸다. 동반 자살하기로 한 이들이 도망칠까 유난히 민감하게 구는 것도, 배신당했을 때의 기억이 너무 아프게 떠오르기 때문이었다.

마지막으로 배유승이 자신의 자살 동기를 말했다.

"첫째. 자유의지를 구현하고 싶어서. 둘째. 혼자 죽기 외로워서."

배유승의 자살 동기는 조금 생소했고, 류성락은 고개를 갸웃했다.

"음, 앞에 두 분 건 이해가 가는데, 자유의지를 구현하려 죽는다? 그건 뭔가요?"

"아, 별 건 아니고요. 우리는 원해서 태어난 적 없죠? 사는 것도 내 뜻대로 안 되고요. 그래서 저는 죽음만은 자유롭게 선택해서 죽기로 했어요. 늙거나 병들기 전에, 가장 건강할 때."

류성락은, 솔직히 전혀 공감하기 어려운 동기라고 생각했다. 그리고 모두에게 물었다.

"혹시 지금이라도 생각을 바꾸실 의향은?"

"전혀."

세 사람은 동시에 말했다.

느릿느릿 식사를 마치고 나니 시간은 오후 3시 정각이었다.

류성락이 확인한 실시간 일기예보에 따르면 오후 4시에 눈보라가 그치고, 5시에 다시 눈보라가 시작된다고 했다. 즉, 4시가 가장 떠나기 좋은 시각이었다. 그때까지는 각자 자유시간을 갖기로 했다.

차중혁이 류성락에게 경고했다.

"시체를 보고 싶진 않겠죠? 반드시 1층 휴게실에만 머무르세요. 그리고 약속대로 경찰에 신고하지 말 것. 일일이 감시하진 않겠지만, 수상한 짓은 마십쇼."

"음, 그럼 저도 당신이랑 같은 방에 머무르는 게 낫지 않겠습니까?"

"뭐, 그러시던가."

그렇게 류성락과 차중혁은 1층 101호에서 함께 쉬기로 했다. 그동안 김준은 시멘트 냄새 풍기는 후방 계단 쪽으로 담배를 피운다며 갔고, 배유승은 부대찌개를 급하게 먹었는지 소화가 잘 안된다며, 모텔 내부를 돌아다니며 배를 꺼트리기로 했다.

그렇게 30분이 지난 오후 3시 30분, 따르르르릉! 귀청을 찢는 듯한 화재 경보음이 울렸다. 3층이었다.

1층 101호에 있던 차중혁과 류성락은 함께 복도로 뛰쳐나왔다. 차중혁은 류성락을 데리고 전방 계단을 이용해 3층까지 뛰어올랐다. 후방 계단에 있던 김준도 담배를 끄고 3층으로 뛰어갔다.

3층 복도에서 만난 차중혁, 류성락, 김준은 복도 벽면에 붙어 있는 화재 경보기를 확인했다. 정전과 상관없이 작동하는 독립형 모델이었는데, 모텔이 폐업한 지금도 배터리가 남아서 시끄러운 경보음을 울려댔다.

차중혁이 화재경보기의 버튼을 다시 꾹 누르자 소리가 그쳤다. 차중혁은 화를 냈다.

"제기랄, 오작동인가?"

"아마 아닐 거야."

김준은 화재경보기의 '화재 발생시 누름' 이라고 적힌 아크릴 버튼을 스마트폰 불빛으로 비추었다. 손자국이 있었다. 피 묻은 엄지로 꾹 누른 듯한 자국이었다.

"이런 손자국이 전에도 있었나?"

"아니, 방금 생긴 것 같아."

김준은 불빛을 옆으로 비춰서, 버튼 표면이 살짝 젖어 있음을 보였다. 이 핏자국은 1, 2분 이내에 생긴 것이 분명했다. 차중혁의 손가락에도 방금 묻은 핏자국이 희미하게 남아 있었다.

"그나저나 아까 소화 안 된다던 사람이 안 보이는데요."

류성락이 말했다. 차중혁과 김준도, 사라진 배유승이 신경 쓰였다.

"찾아보자."

세 사람은 자연스럽게, 화재경보기가 붙은 복도에서 가장 가까운 방부터 의심했다. 그곳은 세탁실이었다.

"거긴 시체가 있다면서요?"

류성락이 내키지 않아 했지만, 두 사람은 세탁실 문을 두드리며 배유승을 불렀다. 김준이 세탁실의 문고리를 돌려봤더니, 잠겨 있지 않았다. 좋지 않은 징조였다.

"아까 내가 분명히 잠갔는데 열려 있다고?"

김준은 중얼거리며, 세탁실의 문을 확 열었다. 그 안에서 발견한 것은 제로의 시체였으나, 완전히 변해버렸다.

"우윽…!"

시체는 심각하게 훼손되어 있었다. 훼손은 주로 머리통과 얼굴, 목 언저리에 집중되어 있었는데, 누군가가 분노와 악의를 담아 부수고 짓이긴 것처럼 보였다. 과장 좀 보태서, 제로의 부서진 머리, 얼굴, 목은 무너져 흘러내리다시피 했다. 제로의 시체 곁에는, 제로가 자살할 때 썼던 식칼과, 시체를 훼손할 때 사용한 것으로 보이는 피 묻은 도끼, 그리고 세탁실 열쇠가 떨어져 있었다.

"누가 이런 짓을?"

"배유승 짓이겠지."

김준과 차중혁이 중얼거렸고, 두 사람 뒤에서 류성락은 어이없어했다.

"이봐요! 아까는 분명히 자살이라고 했잖습니까!"

류성락의 눈에 보이는 제로의 시체는 도끼에 의해 잔혹하게 살해당한 것으로만 보였다.

"오해입니다. 이미 자살한 시체를 배유승이 도끼로 훼손한 겁니다. 그래서 타살로 보이는 겁니다."

김준이 침착하게 말했고, 류성락은 미심쩍어 하면서도 일단은 수긍했다.

"그럼 다 함께 배유승을 찾… 잠깐. 지금 이 소리 뭐지?"

누군가가 1층 현관을 막은 청테이프를 찍찍 찢는 소리였다.

"배유승 이 새끼!"

차중혁이 미친 듯이 뛰어 내려갔다. 바로 뒤를 김준과 류성락이 따랐다.

"히익!"

배유승이 기괴한 비명을 지르며 밖으로 도망쳤다. 뒤도 안 돌아보고 도망치는 배유승의 옷과 손에는 피가 무척 많이 튀어 있었다. 도끼로 제로의 시체를 훼손한 것은 그가 분명해 보였다.

배유승은 새하얀 폭설을 뚫고 달렸다. 하지만 길이 미끄러운 탓에 몇 번이고 넘어지고 일어서고를 반복했다. 그때, 배유승은 주머니에서 검은색 플라스틱으로 된 무언가를 떨어뜨렸다. 뒤쫓던 김준이 그것을 주웠고, 차중혁은 더 빠르게 배유승을 쫓았다.

"뭔 생각이야, 배유승! 거기 서!"

차중혁이 고함을 내지를 때마다 배유승은 허둥거렸다. 그리고 길가를 벗어나서 도망치려 했다.

"앗! 아악!"

두꺼운 눈 밑에 쌓인 미끄러운 돌을 밟은 배유승은 슬랩스틱 코미디 속 주인공처럼 공중에 붕 떴다. 그리고 매우 깊은 낭떠러지 아래로, 얼어붙은 계곡 위로 추락했다.

콰직! 얼어붙은 계곡이 깨졌다. 배유승의 머리도 깨졌다.

"왜 배유승은 제로의 시체를 훼손하고 도망치다가 죽은 거지?"

차중혁은 깊은 계곡에서 피가 빨갛게 번지는 것을 보며 중얼거렸다. 배유승이 자살하기 싫어져서 도망친 거라면 이해할 수 있었지만, 그전에 도끼로 제로의 시체를 훼손한 이유는 알 수 없었다.

"그리고 이건…."

김준은 배유승이 떨어뜨린 것을 들어 보였다. 그것은 스턴건이었다. 살짝 스위치를 눌러봤더니, 강력한 전기 스파크가 튀었다. 하지만 자살에 크게 도움이 되는 물건은 아니었다.

"일단 안으로 돌아가자. 너무 춥다."

김준은 차중혁과 류성락을 데리고 모텔로 돌아갔다. 그리고 류성락이 말했다.

"여러분. 이제는 정말로 경찰에 신고할 때입니다."

이미 자살한 경우는 그렇다 쳐도, 눈앞에서 추락사까지 발생했다. 누가 봐도 의심스러운 추락사였기에, 이제는 정말로 신고해야 했다.

당연히 김준과 차중혁은 반발하려 했지만, 류성락은 그 전에 자신이 쓰던 명함을 꺼냈다.

'해피 월드 탐정 사무소. 탐정 류성락.'

"얼마 전까지 다니다 짤린 곳에서 쓰던 명함입니다. 전직 탐정의 감으로 말씀드리는 건데, 지금까지 보고 들은 걸 종합하면 이건 단순 자살 소동이 아닙니다."

"그래서요? 꼭 경찰을 부르시겠다?"

차중혁이 이를 악문 채 물었고, 류성락은 고개를 저었다.

"내기를 하자는 겁니다. 제가 이 사건의 미스터리를 전부 해결하면, 딴소리 말고 나랑 같이 하산하는 겁니다. 그리고 여러분이 직접 경찰을 부르는 겁니다. 반대로 제가 사건을 해결 못하면? 그때는 사죄의 의미로 여러분과 함께 자살하겠습니다."

말 그대로 목숨을 걸겠다는 소리였다. 차중혁은 감명받았고, 김준은 미심쩍은 듯이 물었다.

"내기라면 제한 시간이 있어야죠?"

"30분 정도만 주시죠. 그때가 되면 눈발도 많이 약해질 테니, 딱 해결하고 같이 하산하면 되겠네."

류성락은 확실한 것부터 따져보기로 했다.

"차중혁 씨. 당신은 분명히 저와 떨어지지 않고 같이 있었죠?"

"네. 다 같이 부대찌개 먹은 이후부터 화재 경보 울리기 전까지의 시간 내내, 우리는 1층의 큰 방인 101호에 같이 있었습니다."

차중혁이 대답했고, 김준은 음울한 어조로 말했다.

"그럼 두 사람은 알리바이가 있군. 반면에 나는 후방 계단에 혼자 있었어."

류성락은 고개를 끄덕였다.

"하지만 김준 씨, 당신이 죽은 제로의 시체를 도끼로 훼손한 건 아닐 겁니다. 손이나 옷에 피가 묻지 않았으니까요. 반면에 도망쳤던 배유승의 경우 피투성이였죠."

류성락의 지적이 맞았다. 이곳은 수도가 끊긴 곳이므로, 그 짧은 시간에 몰래 피를 씻어냈다는 식으로 해석하기도 어려웠다.

"문제는, 왜 배유승은 제로의 시체를, 특히 머리통을 엉망으로 훼손했냐는 겁니다. 의견 있습니까?"

류성락이 묻자, 김준과 차중혁이 고심했다. 마땅한 이유가 떠오르지 않았다. 그러자 류성락이 의견을 냈다.

"가장 알기 쉬운 동기는 '화풀이'일 겁니다. 여러분은 제로라는 사람한테 속았다죠? 그런데 제로는 이미 죽었으니, 배유승은 그 시체의 머리통을 깨부수는 식으로 화풀이하고 싶어진 거 아니겠습니까?"

단순한 논리였지만, 달리 다른 가능성은 떠오르지 않았다. 씻을 물도 제대로 나오지 않는 곳에서, 배유승이 굳이 시체의 머리통을 도끼로 난도질하러 갔을 만한 다른 이유는 없었다.

"말로만 추론하는 것은 여기서 킵하고, 일단 가서 시체들을 검시해봅시다."

류성락이 제안했고, 김준은 되물었다.

"검시는 경찰만 해야 하는 거 아닙니까?"

엄밀히 따졌을 때, 형사소송법상 검시의 주체는 검사였다. 다만 실무상의 이유로 현장에서 경찰이 우선 맡는 경우가 더 일반적이었다.

"대개 그렇지만, 지금은 목숨을 건 내기 중이니까요. 제가 틀리면 어차피 저는 여러분과 자살할 테니 상관없고, 제가 진실을 알아내면 여러분이 자수해서 다 뒤집어쓸 테니 괜찮고."

류성락은 앞장서서 이유진의 시체가 있는 곳부터 향했다. 204호에 도착한 그들은 경첩째 부서졌다가 청테이프로 고정해 둔 문을 살폈다.

류성락은 이유진의 시체를 처음 발견했을 때의 정황에 대해 구체적으로 물었고, 상황을 파악했다.

"현장은 밀실이었던 거군요. 문은 잠겨 있었고, 창문은 나무판자로 막혀 있었고, 객실 열쇠는 침대 위에 있었으니까."

그러자 차중혁이 퉁명스럽게 되물었다.

"밀실을 따지는 건 보통 살인사건일 때 따지는 것 아닙니까? 자살인데 밀실인지 아닌지가 무슨 상관?"

류성락은 답변하는 대신, 늘 지니고 다니는 일회용 라텍스 장갑을 착용했다. 그리고 204호의 문을 고정한 청테이프를 커터 칼로 조심스레 제거했다. 그리고 부서진 문을 눕혀서 복도로 꺼내고 204호 안으로 들어갔다. 그리고 벽의 높은 곳에 달린, 횃불 모양 전등에 매달린 시체 곁으로 가서 까치발로 섰다. 그리고 가까이서 살펴봤다.

"매듭지어진 올가미에 목을 매고 죽은 전형적 의사에, 발끝이 떠 있는 완전의사체로군. 자살이라면 정말 교과서적인 자살인데."

류성락은 중얼거린 뒤 질문했다.

"여러분도 와서 봐주십쇼. 현장은 여러분이 봤던 그대로가 맞습니까?"

두 사람은 스마트폰의 불빛을 비춰가며 확인했다. 이유진의 시체는 말할 것도 없고, 발밑의 의자도 그대로, 열쇠도 침대에 그대로 있었다.

"헌데."

김준이 조심스레 입을 열었다.

"이게, 각도 차이인지도 모르겠습니다만."

"사소한 거라도 좋으니 말씀해 주시죠."

"목을 맨 시체가 처음 봤을 때보다 아주 약간 옆으로 틀어져 있고, 놓여 있던 의자도 약간 틀어진 것 같습니다. 안 그러냐, 차중혁?"

그러자 차중혁도 천천히 고개를 끄덕였다.

"네 말대로야. 아주 약간이지만."

류성락은 두 증언을 참고하기로 했다.

"시체를 내릴 테니 도와주시죠."

일행은 밧줄을 끊고, 이유진의 시체를 바닥에 눕혔다. 류성락은 이유진의 목을 더 자세히 살펴봤다.

"매달려 있을 때는 올가미와 머리카락 때문에 잘 안 보였는데, 이렇게 보니 손톱으로 목을 긁은 자국이 있군요. 피해자의 손톱에도 핏자국이 있고요. 이것들도 원래 있던 자국입니까?"

차중혁과 김준은 모른다고 했다. 창문이 판자로 막힌 캄캄한 방 입구 언저리에 서서, 스마트폰의 불빛으로 대충 살펴봤을 뿐이었으니까.

메달린 시체를 내리지 않은 상황에서 목의 상처 여부를 확인하려면, 시체의 턱 밑까지 얼굴을 들이밀고 관찰해야만 했다. 게다가 이유진의 경우 머리카락이 긴 편이었으므로, 머리카락에 가려져서 더욱 확인하기 어려웠다. 그리고 손톱 밑을 확인하려면 시체의 손을 잡고 그 손톱에 불빛을 비춰야만 했는데 일행 중 그렇게 가까이서 확인하려 한 사람은 없었다.

그들도 자살하러 왔고, 이유진은 그저 먼저 자살했을 뿐이었기에, 멀찍이 선 채로 냉소적인 품평만 주고받았었다.

류성락은 조심스럽게 올가미를 벗겨냈다.

"밧줄 올가미의 자국과 목의 삭흔이 일치하며, 이중삭흔이 보이지 않으므로, 누군가 교살한 뒤 자살로 위장했을 가능성은 일단 제외하도록 하죠. 다만 목의 손톱자국은, 흐음, 죽기 직전 본인이 후회해서 올가미를 벗기려다가 목을 쥐어뜯게 된 경우이거나, 아니면…."

"아니면, 뭐요?"

차중혁이 물었지만, 류성락은 아직 확실치 않다며 말을 아꼈다. 그리고 확인할 게 있으니 시체를 뒤집는 걸 도와달라 했다. 그리고 류성락은 이유진의 벨트를 유심히 살폈다.

"벨트 뒷부분에만 생긴 이 세로 자국은 원래 있던 겁니까?"

허리 뒤편을 가로지르는 벨트의 중심 쪽 하단부가, 가느다란 무언가에 의해 깊이 파인 듯한 자국이었다.

차중혁과 김준은 그것도 잘 모르겠다고 답했다.

이어서 류성락은 이유진의 주머니를 뒤졌다. 딱 맞는 청바지라 주머니를 뒤지는 데 시간이 좀 걸렸는데, 뒷주머니에서 긴 낚싯줄 뭉치와 10cm쯤 되는 청테이프 조각이 나왔다.

"이걸 보고 어떤 생각이 듭니까?"

김준은 별 생각 안 든다고 했고, 차중혁은 이렇게 답했다.

"이유진은 마지막까지 밧줄로 죽을지 낚싯줄로 죽을지 고민한 거 아닐까요? 청테이프는 밧줄 고정할 때 보조용으로 쓸 일이 있을까 해서 챙겼던 거고."

류성락은 고개만 한 번 끄덕였다. 그리고 다시 전등으로 가더니, 더 자세히 살펴봤다.

"역시. 여기에도 자국이 있군요."

전등에는 밧줄을 걸었을 때의 자국만 있는 것이 아니었다. 이유진의 벨트 허리 뒤편에 있던 가느다란 자국과 유사한 자국이 전등에도 있었다.

류성락은 이유진의 시체 옆으로 돌아와 앉아 시체를 다시 똑바로 눕혔다. 고인에게 양해를 구하는 말을 몇 마디 중얼거린 뒤, 상의를 약간 위로, 바지는 약간 아래로 내려서 복부를 확인했다. 벨트가 하복부를 깊이 짓누른 듯한 흔적이 남아 있었다.

확인을 마친 류성락은 얼른 이유진의 옷차림을 원래대로 돌려놓고 일어났다.

"이제, 제로의 시체를 살펴보도록 하죠."

제로의 시체는 참혹한 모습 그대로였다. 김준과 차중혁조차도 고개를 돌렸으나, 류성락은 처음 세탁실에 왔을 때보다 더 자세히 시체를 관찰했다. 도끼에 의해 엉망으로 망가진 머리, 얼굴, 목을 확인한 뒤, 몸통을 확인했다. 복부에는 도끼에 의한 손상은 없었으나, 대신 다른 자국이 있었다.

"배에 화상 자국이 있군요."

복부의 화상 자국은 최근에 생긴 것으로 보였다. 김준은 놀라서 소리쳤다.

"아까 그 스턴건!"

화상 자국의 크기와 모양 모두 스턴건으로 지졌을 때의 것이 분명했다.

"어어, 근데 죽은 지 좀 지난 사람의 배를 스턴건으로 지져도 이런 식으로 화상을 입나요? 전깃불로 지졌을 때, 산 사람이랑 죽은 사람 몸에 남는 자국이 미세하게 다르다고 어디서 들었는데요."

차중혁은 어디선가 주워들은 지식으로 물었다. 김준도 의아해했고, 류성락은 히죽 웃었다.

"우린 이미 답에 도달한 것 같군요."

세 사람은 진실에 도달했다. 다만 제대로 이해한 사람이 류성락 혼자였을 뿐이었다.

"추리를 시작하겠습니다."

마침 눈발이 약해지고 있었다.

<진실>

"우선, 이유진은 자살한 게 아니라 살해당한 겁니다."

류성락이 말했고, 차중혁과 김준은 믿을 수 없어 했다. 다만 놀람의 방향성이 조금 달랐다.

"아니, 어차피 다 자살하기로 했는데 살인범이 이유진을 왜 죽여야 했다는 겁니까? 그 살인범은 누구고?"

이것이 차중혁의 의문.

"우리가 204호에서 죽은 이유진을 발견했을 때, 틀림없이 밀실이었습니다. 그런데 어떻게 이유진이 타인에게 살해당할 수 있었단 말입니까?"

이것은 김준의 의문이었다. 류성락은 답변했다.

"둘 다 타당한 의문입니다. 범인의 이름과 동기, 밀실의 정체도 곧 밝히겠지만, 이 모든 일의 근본 원인이 여러분의 서약에 대한 집착 때문이었다는 것부터 미리 언급하고 진행해야겠군요. 여러분은 서약을 어긴 이유진을, 꼭 필요한 경우에는 죽여야겠다고 다짐했을 겁니다. 그리고 그게 비정상이란 생각도 깊이 안 했을 겁니다. 왜냐? 어차피 여러분도 죽을 생각이었고, 서약을 작성했다는 사실이 인간성의 브레이크를 제거해 버렸을 테니까. 그리고 여러분은 그런 잔혹한 기세를 숨기지도 않았지요. 이러한 사실들이 여기서 일어난 모든 사건의 발단이 됩니다."

류성락은 약간 힐난조로 말했다. 하지만 차중혁과 김준은 부정하지도, 부끄러워 하지도 않았다.

"제가 오기 전 시간대의 자유시간, 즉 12시 30분에서 1시 30분 사이에 사건이 시작됩니다. 이유진은 살고 싶었고, 도움이 필요했기에 여러분 중 그나마 대화할 수 있어 보이는 사내를 찾아갑니다."

차중혁은 도망치려는 이유진을 죽이려 했었고, 김준은 후방 계단 구석에서 담배만 뻑뻑 피워대는 사내였다. 그나마 대화하기 만만한 사람은….

"예, 배유승이었겠지요. 어쩌면 배유승이 먼저 이유진의 속마음을 시험하려고 찾아갔을 가능성도 있습니다만, 어느 쪽이건 같습니다. 이유진은 배유승에게 애원하지요. '여기서는 죽기 싫어. 나중에 꼭 자살할 테니까 내보내 줘.'라는 식으로요. 그걸 본 배유승은 기묘한 살인 계획을 떠올리며 이렇게 말합니다. '일단 죽은 척만 해. 그리고 우리들 셋이 자살하고 나면 혼자 탈출해.' 라고요. 그리고 이유진은 구체적인 계획을 묻고, 배유승은 '밀실에서 목매달고 자살한 척하기'라는 트릭을 알려주고 도와줍니다."

"밀실에서 자살한 척 트릭?"

"네. 우선 배유승은 흉기 가방에서 밧줄과 낚싯줄, 약간의 청테이프를 준비합니다. 그런 다음 204호로 가서 밧줄의 한쪽 끝으로 올가미를 만들고, 밧줄 반대편은 전등에 묶어 둡니다. 그리고 낚싯줄은 이유진의 바지 뒤쪽의 벨트 가운데 부분을 묶고, 반대편을 전등에 묶어 둡니다. 이 낚싯줄은 몸의 무게를 분산해 주는 생명끈 역할을 합니다."

영화나 연극에서 목매달아 죽은 시체를 연기할 때 쓰는 방법이다. 요즘은 더 튼튼한 전문 장비를 쓰지만, 벨트에 매단 낚싯줄도 무게 분산 효과는 충분했다. 다만 오래 매달릴수록 낚싯줄이 벨트를 조금씩 파고들면서, 허리가 무척 아프고 목이 갑갑해지는 것은 피할 수 없었다. 죽은 이유진의 하복부에도 벨트가 파고든 듯한 자국이 남아 있을 정도였으니, 이유진은 무척 힘들었을 것이다. 하지만 이유진으로서도 절박한 상황이었기에 배유승의 제안을 받아들였다.

"이제야 알겠습니다. 허리 뒤쪽 벨트에 세로로 새겨져 있던 자국은, 낚싯줄로 만든 생명끈이 파고든 흔적이었던 거군요?"

답을 눈치챈 김준이 물었고, 류성락은 고개를 끄덕였다.

"맞습니다. 즉, 여러분이 밀실의 문을 부수고 처음 봤던 이유진은 죽은 게 아니라, 배유승의 조력을 받아 죽은 척하고 매달려 있던 겁니다."

이때 사용된 생명끈은 허리 뒤편을 따라 목에 맨 굵은 밧줄 뒤편을 타고 전등까지 이어져 묶인 것이었기에, 어두운 객실 속, 시체의 정면 쪽에 선 사람들의 눈에는 보이지 않았다. 그럼에도 이유진의 몸에 남은 벨트가 파고든 부자연스러운 하복부의 자국, 전등에 남은 자국이라는 증거들은 뚜렷하게 남아 있었다.

"여러분은 어차피 다들 죽을 생각이었기 때문에, 이유진의 시체를 보고도 큰 감흥 없이 방치하기로 결정했습니다. 그래서 멀찍이서 구경, 품평만 하고 시체에는 손을 대지 않았습니다. 만약 여러분이 이유진을 살리려고, 또는 매달린 시체의 모습이 가여우니 내려주자고 결심했다면, 이 죽은 척하기 트릭의 진상은 금방 밝혀졌겠지요."

탐정이 두 사람의 몰인정함을 재차 힐난조로 말했지만, 여전히 두 사람은 수치심을 느끼지 못했다. 대신 다른 궁금증이 생긴 차중혁이 손을 들고 물었다.

"자살한 척 트릭은 그렇다 치고, 그 밀실 부분은 어떻게 된 겁니까?"

그러자 김준이 반문했다.

"음? 그 시점의 이유진은 죽은 게 아니었으니까 밀실이건 아니건 상관없지 않나?"

"아니지. 이 매달린 채 죽은 척하기는 혼자 할 수 있는 게 아니야. 그래서 배유승이 204호 안에서 도운 거잖아? 이유진은 대롱대롱 매달린 채로 죽은 척하고 있는 상태인데, 그럼 배유승은 어떻게 204호를 밀실로 만들고 탈출한 거야?"

"듣고 보니 그러네."

생명끈의 길이가 너무 길거나 짧으면, 이유진은 가짜 죽음을 연기하는 게 아니라 실제로 목이 졸려 몸부림치다 죽을 수 있었다. 너무 길지도 짧지도 않게 생명끈 길이를 조절해 줄 조력자가 필요했다. 게다가 몸 뒤쪽에 묶은 생명끈이 정면에서는 잘 안 보이도록 밧줄 뒤쪽으로 해서 전등에 묶어 둬야 했으므로, 배유승이 204호 안에서 이유진을 돕는 과정이 필요했다.

그렇다면 그 이후에 배유승은 어떻게 밀실에서 나갔는가?

류성락이 그 부분도 설명했다.

"배유승이 204호에서 밀실을 완성하고 나간 게 아니라, 204호를 나간 다음 밀실이 완성된 겁니다. 낚싯줄과 청테이프를 이용하면 가능합니다. 204호의 잠금장치는 객실 문고리 위쪽에 붙어있고, 위아래로 돌리는 방식의 둥근 잠금 손잡이가 달린 형태였지요? 자, 우선 배유승과 이유진은 위장 자살을 위한 세팅을 마칩니다. 이유진은 매달린 상태죠. 그리고 배유승은 여분의 낚싯줄을 길게 늘린 뒤, 그 낚싯줄 끝을 테이프로 잠금 손잡이의 약간 윗부분에 붙여둡니다. 단, 테이프를 꽉 붙이는 게 아니라 다소 느슨하게 붙여 둔 상태입니다. 그리고 붙여 둔 낚싯줄의 반대쪽 끝을 이유진이 잡게 만듭니다. 그리고 배유승 자신은 204호를 빠져나가고 문을 닫습니다. 그런 다음 이유진은 낚싯줄을 약한 힘으로 지긋이, 잠금 방향으로 잡아당겨 잠금장치를 잠급니다. 그 상태에서 낚싯줄을 자기 몸 방향으로 힘껏 당기면, 느슨하게 붙여둔 테이프 부분이 함께 떨어져 나옵니다. 이유진은 그 테이프 조각 붙은 낚싯줄을 슬슬 감아서 청바지 뒷주머니에 넣습니다. 물론 이렇게 하면 나중에, 범인인 배유승에 의해 이유진이 실제로 죽었을 때, 그녀의 바지 주머니에서 낚싯줄과 테이프가 발견될 가능성이 존재합니다. 그러나 범인 입장에서 크게 문제

될 건 없습니다. 그때가 되면 이미 이유진은 자살로 위장되어 죽은 뒤일 것이며, 발견된 밧줄과 낚싯줄과 테이프는 그녀가 그것들을 자살에 활용할지 말지 고민하다가 주머니에 넣은 것으로 해석될 수 있으니까요. 배유승이 그렇게 해석을 몰고 갈 수도 있을 테고요."

류성락은 한숨 쉬듯 마무리했다.

"여기까지가 밀실에서의 가짜 자살 트릭의 핵심이었습니다."

그러자 김준이 뒤늦게 의문을 제기했다.

"잠깐. 배유승이 이유진을 죽일 목적이었다면, 그냥 한 방에 단둘이 있었을 때 죽이면 되는 거 아닙니까? 기회를 봐서 뒤에서 목을 조르거나 하는 식으로. 굳이 가짜 자살을 구현할 필요가 있나요?"

"배유승의 최대 목적은 이유진을 그냥 죽이는 게 아니라, 최대한 자살한 모습으로 보이게 죽이는 것이었습니다. 만약 배유승이 이 시점에서 위장 자살을 돕는 척하다가 기습적으로 이유진을 공격했다면, 그녀는 훨씬 더 격렬하게 저항했을 것이고, 자살과는 거리가 먼 모습으로 죽었겠지요."

"하긴. 이유진이 명백히 피살된 것처럼 보였다면, 그때는 우리도 자살 계획을 접고 경찰을 불렀겠죠."

김준은 납득했고, 류성락이 이어서 설명했다.

"지금부터는 이유진의 진짜 죽음이 어떻게 이뤄졌는지 설명하죠. 일단 여러분을 속이는 데 성공한 범인, 즉 배유승은 나중에 기회를 봐서 이유진을 정말로 죽일 계획을 세웁니다. 다시 말해 배유승은 이유진과 여러분을 모두 속인 게 되겠지요. 이때, 돌발 상황이 발생합니다."

류성락이 멋대로 이 폐모텔에 찾아온 것이었다.

"눈 내리는 산을 얕보고 올랐다가, 예상보다 거센 폭설을 만나 당황한 저는 무작정 폐모텔의 유리문을 두드렸죠. 여러분 셋은 저 때문에 크게 당황했겠지만, 배유승은 그 상황에도 냉철하게 자신에게 어드벤티지를 줬습니다. 바로, 두 분에게는 각자 현관과 세탁실을 맡으라고 지시한 뒤, 자신은 204호의 문을 바로잡겠다면서 떠난 것이지요."

그러자 김준과 차중혁이 동시에 외쳤다.

"아! 그때 죽인 거구나!"

"맞습니다. 그때 배유승은 204호로 간 뒤, 이유진을 죽입니다. 죽이는 것도 간단합니다. 흉기 가방 안에 있던 가위나 쪽가위, 아니면 커터 칼 따위를 이용해, 이유진의 등 뒤에 묶은 생명줄인 낚싯줄을 확 끊어버리면 그만이죠. 이유진은 배유승을 완전히 믿고 있었고, 또 오랫동안 매달려 있느라 기진맥진한 채로 있던 탓에, 무슨 일이 일어나는 것인지도 모르다가 목이 졸렸을 겁니다. 올가미 안쪽의 목을 긁고 쥐어뜯는 상처는 아마 이때, 이유진이 뒤늦게 당황하다가 생겼을 겁니다. 이유진의 시체 위치와 바닥의 의자 위치가 살짝 비뚤어진 것도, 이유진이 뒤늦게 몸부림치던 과정에서 생긴 흔적일 겁니다. 하지만 오래 매달려 있느라 기진맥진했던 이유진은 크게 저항하지도 못한 채 금방 숨이 끊어졌고, 배유승은 낚싯줄로 만든 생명끈만 모두 회수합니다."

끊어진 낚싯줄의 절반은 이유진의 벨트에 묶여 있고, 나머지는 전등에 묶여 있는 상태였다. 배유승은 그것들을 신속하고 꼼꼼하게 전부 회수한다. 그리고 회수한 낚싯줄은 잘 뭉쳐서, 빈 객실의 배수구 따위에 버려서 처리한다.

"더 완벽하게 하려면, 이유진의 몸을 뒤져서 밀실을 만들 때 사용한 여분의 낚싯줄과 청테이프 조각도 회수할 수 있었겠지요. 하지만 배유승은 그것들은 그냥 두고 떠났습니다. 이유진이 입고 있던 청바지의 뒷주머니가 다소 빡빡했을 것이고, 시간이 촉박했기에 그냥 방치한 것이었겠지요. 비슷한 이유에서, 이유진이 손톱으로 목을 긁을 때 생긴 목의 상처와 손톱 밑의 핏자국도 일부러 감추려고 할 필요가 없습니다. 이유진이 스스로 목을 매고 죽어갈 때, 마지막 순간 작은 후회 때문에 목을 긁은 것으로 해석될 여지가 있으니 배유승 입장에서는 무리해서 통제할 필요가 없는 흔적이었겠지요. 그렇게 배유승은 꼭 필요한 뒤처리만 마친 뒤, 표면상의 목적대로 문짝을 들어 올려서 204호 입구를 막습니다. 그리고 청테이프를 이용해 문을 대충 고정한 뒤, 1층에 내려와 여러분과 합류합니다."

얄궂게도, 처음 밀실이었을 때는 피해자가 살아서 죽은 척만 하고 있었고, 밀실의 문이 열린 이후에 죽었다. 밀실과 살인이 각각 두 번에 나뉘어 발생하고 합쳐져 밀실 살인이 완성된 셈이었다.

그러자 김준이 탄식하듯 물었다.

"배유승은 이유진을 왜 죽인 걸까요? 그것도 굳이 자살로 위장시켜 가면서."

"간단합니다. 추리를 처음 시작할 때 살짝 언급했는데요, 여러분이 맺은 서약, 그것이 핵심 동기였습니다."

차중혁과 김준은, '겨우 그거라고?'라고 되묻지 않았다. 왜냐하면 두 사람도 바로 그 이유 때문에 도망치려던 이유진을 죽일까 말까 고민했었기 때문이다. 더 나아가 배유승이 이유진을, 굳이 혼자서 몰래 자살로 위장해서 죽인 이유도 서약과 관련이 있었다. 도망치려던 그녀를 희생제물로 삼아 다 함께 자살하자는 본래의 진지한 분위기와 서약의 뜻을 되살리기 위해서였던 것이다.

"이 지점의 연장선에서, 이 밀실 자살처럼 보였던 살인사건의 마지막 의문을 겨누어보죠. 범인과 피해자는 왜 굳이 밀실을 만든 것이었을까요?"

탐정의 질문을 들은 두 사람은 동시에 생각했다.

'그러게. 굳이 왜 밀실을 만들었던 거야?'

두 사람은 왠지 알 듯 말 듯한 느낌 속에서 머뭇거렸고, 탐정은 설명했다.

"밀실을 만든 데에는 각자 나름의 이유가 있었습니다. 우선, 범인인 배유승이 밀실을 만들었을 때의 이로움은 앞서 한 설명에 대부분 들어 있습니다. 이유진을 방심시키고, 기진맥진하게 만든 뒤 나중에 쉽게 죽이려고. 그것도 이유진이 혼자 스스로 목을 매어 자살한 것이라고 나머지 인원들에게 보여주고 인식시킴으로써, 자신과 남은 이들의 동반 자살을 수월하게 진행하려고. 배유승은 이러한 자잘한 목적을 위해, 이유진에게 밀실을 만들자고 먼저 제안했을 겁니다."

두 사람은 납득했고, 탐정은 설명을 이어나갔다.

"그렇다면 이유진이 밀실 만들기에 동참한 이유는 무엇일까요? 이유진 입장에서 가짜로 위장 자살을 꾸밀 거라면, 자신이 자살한 모습을 남들에게 빨리 보여주는 편이 더 나을 텐데요. 괜히 밀실을 만들면 번거롭고, 발견되기까지 시간이 더 걸립니다. 그럼에도 이유진은 배유승과 힘을 합쳐 굳이 밀실을 구현했습니다. 그 이유가 무엇이었을까요?"

두 사람은 이 부분을 설명하기 어려웠기에 머뭇거렸다. 탐정은 설명했다.

"저는 여기서 이유진의, 안타까울 정도의 절박함을 보았습니다."

"절박함이요?"

"이유진은 정말로 목숨 걸고 죽은 척을 해야 했습니다. 만약 그녀가 죽은 척한 것이 들켰다면, 여러분이 이유진을 가만 놔뒀을까요?"

차중혁과 김준은 침묵했다. 아마 통제 불능의 배신감과 분노에 휩쓸렸을 것이다.

"예. 그래서 이유진으로서는 자신이 정말로 자살했다는 것을 여러분이 느끼고 확신할 수 있도록 해야 했습니다. 사실, 상당히 편집증적이고 불필요한 치밀함처럼 보이기도 합니다. 여러분은 밀실이 아닌 객실에서 목을 맨 이유진을 봤어도 크게 의심하지 않았을 겁니다. '아, 그나마 덜 아픈 방식으로 먼저 자살했구나.'라면서 넘어갔을 테지요. 하지만 이유진의 입장에서는 그것만으로는 불충분했습니다. 여러분이 다른 쪽으로는 의심조차 할 수 없도록 최선을 다해야 했습니다. 그녀가 여러분에게서 단 한 톨만큼의 의심도 받지 않으려면, '이유진은 이 밀실에서 틀림없이 스스로 목을 매고 자살했네. 다른 가능성은 없어.'라는 확신을 여러분께 줘야 했습니다. 그래서 일반 객실인 204호를, 타살의 가능성이 전혀 없는 장소, 즉, 밀실로 만들어야만 했습니다. 이러한 이유로, 이유진은 매달린 상태에서 배유승과의 밀실 만들기에 동참했던 겁니다."

그것이 이유진이 밀실을 만든 이유였다.

"그녀의 절박함이 이해가 갑니까? 살고 싶었기에 완벽한 밀실 자살을 구현해야만 했던 그녀의 심정이 이해가 갑니까?"

차중혁과 김준은 그제야 이해했다.

"밀실에 그런 의미가 있었나…. 우리 때문에 그렇게까지 …."

김준이 중얼거렸다.

"하지만 우리도 어쩔 수 없었어."

차중혁이 변명하듯 말했다.

"우리는 자살하기로 서약을 했어. 이유진도 스스로 서약했어. 우리가 이유진을 몰아붙인 게 아니야. 서약이 그렇게 한 거야."

치졸한 변명이라는 것은 모두가 알 수 있었다. 탐정은 잠시 눈빛으로 그 사실을 지적하다가, 분위기를 바꾸듯 다음 주제로 넘어갔다.

"자, 그럼 배유승의 죽음을 논해보죠. 배유승은 왜 스턴건을 몸에 숨기고 있었는가? 왜 겁에 질려서 도망친 것일까?"

류성락은 스스로 질문한 뒤 답했다.

"정답은, 배유승은 스턴건을 숨긴 적도 없고, 도망친 적도 없다."

그 말에 차중혁이 반발했다.

"무슨 말도 안 되는 소립니까? 우리가 다 봤잖습니까? 온몸에 피 묻은 배유승이 눈밭으로 도망치다가 계곡으로 굴러떨어져 죽는 모습을!"

"우리가 본 것은 배유승의 옷을 입고, 배유승처럼 보이는 자가, 피투성이가 된 채로 도망치다가 미끄러져 계곡에 떨어져 죽는 모습이었습니다."

"설마!"

"예. 그것은 배유승이 아니라 제로였습니다."

차중혁은 경악했고, 김준은 상황을 이해하려 애썼다. 류성락은 설명했다.

"우리가 부대찌개 먹고 다 같이 따로 휴식 시간을 가진 적 있죠? 이미 이유진을 죽였던 배유승은 우리의 대화 내용을 머릿속으로 복기했을 겁니다. 자살하려는 이유에 관한 대화 말입니다."

배유승은 일종의 자유의지를 시험해 보고 싶다는 이유로 자살을 택했다고 말했었다.

"대화를 나누면서 배유승은 생각했을 겁니다. 자유로웠어야 할 동반 자살의 본래 취지가 더럽혀졌다는 것을. 엄밀히 말해, 배유승도 이유진을 트릭을 써서 죽였으니 그 자신도 취지를 더럽힌 셈이죠. 배유승은 그 사실을 어느 정도 자각했고, 화가 났습니다. 그는 원인을 따져보았겠지요. 그리고 매끄럽게 동반 자살이 이뤄지지 않은 이유는 누군가의 첫 번째 거짓말 때문이었습니다."

"제로."

"맞습니다. 제로의 거짓말 때문에 많은 일이 꼬였습니다.

생각할수록 배유승은 화가 치밀어 올랐습니다. 그래서 배유승은 몰래 도끼와 세탁실의 열쇠를 챙겨 들고 3층의 세탁실로 갑니다. 그리고 죽은 채 앉아 있는 제로에게 갑니다. 그리고 화풀이 삼아 제로의 시체를 도끼로 내리칠 준비를 합니다. 그때, 돌발 상황이 발생합니다. 그것은, 제로가 죽은 척 시체 연기를 하고 앉아 있었을 뿐이었다는 거죠."

김준과 차중혁은, 머리로는 답을 알았음에도 상황을 받아들이지 못했다.

"뭐요?"

"목을 긋고 자살하고, 피까지 철철 흘린 것까지 봤는데?"

그러자 류성락은 코웃음친 뒤 고개를 저었다.

"여러분이 보는 앞에서 실제로 목을 그었습니까?"

"아…!"

"가짜 상처는 실리콘 분장 업체를 통하면 일반인도 구할 수 있죠. 흘러나온 가짜 피도 인터넷으로 누구나 합법적으로 살 수 있습니다. 실리콘 상처 밑에서 피가 쿨럭거리며 나오는 장면을 연출했다면, 돈 좀 쓴 거겠네요."

"아니, 기다려봐요. 그건 좀 이상한데."

김준은 필사적으로 부정하려 했다.

"우리 모두가 그런 장난 같은 짓에 속아 넘어갔다고요?"

"예. 앞서 슬쩍 지적하긴 했는데, 여러분은 가짜 자살을 보고도 이상할 정도로 쉽게 속아넘어갔습니다. 한 건도 아니고

두 건이나요. 왜인 줄 압니까?"

"왜, 왜인데요?"

"두 가지 이유가 있습니다. 첫째. 지독하게 어두웠던 것."

모텔의 모든 창문에는 나무판자가 박혀 있었다. 이는 아주 자연스러운 일이라 보기 어려웠다. 폐건물의 창문을 나무판자나 철판으로 막아두는 경우야 있지만 그건 소유권 분쟁 중인 건물이나 도심의 경우일 터. 외딴 산의 폐모텔 창문을 나무판자로 일일이 막아두는 건 흔한 일이 아니었다.

'가짜 시체 연기를 안 들키려고 건물 전체를 어둡게 한 거라고? 그러려고 제로는 사전에 이곳에 와서 모든 창문을 나무판자로 막았던 거란 말인가?'

그 경우, 나무판자가 유난히 새것처럼 보였던 이유가 설명된다.

이어서 차중혁은 떨리는 목소리로 물었다.

"둘째 이유는요?"

"둘째. 그것은 여러분이 심각하게 멍청해져서입니다."

류성락이 경멸조로 말했다. 두 사람은 눈만 껌뻑거렸다.

"왜요? 멍청해졌다고 하니 기분 나쁩니까? 그럼, 자살에 대한 강박으로 인해 사회적 지능이 일시적으로 마비된 상태였다고 해드릴까요? 들어보십쇼. 보통 사람들은 폐건물에서 시체를 보면, 늦은 줄 알면서도 구조 조치를 취하거나 경찰에 신고합니다. 그랬다면 그 과정에서 십중팔구 가짜 자살인지 진짜 자살인지 드러납니다. 하지만 여러분의 경우에는 아니었습니다. '우린 어차피 죽으러 왔으니까.' 라는, 기묘한 집단 체념 상태였죠. 그래서 제로나 이유진의 시체를 보고도 멀뚱멀뚱 지켜만 보고 방치했고, 경찰을 무의식적인 자살 방해꾼으로 여겼습니다. 그래서 여러분 중 누구도 시체를 확인하거나 경찰을 불러야겠다는 생각은 하지도 않았습니다. 스마트폰이 있는데도 말이죠."

류성락의 지적은 가장 중요한 부분을 꿰뚫고 있었다. 그것은 이 자살 모임의 참가자들이 정상적인 의식 상태가 아니었다는 것. 모든 가치 판단을 집단 자살에만 맞추고 있었다.

'우리는 단순히 제정신이 아니었을 뿐이었나?'

차중혁은 사기당한 이후 처음으로, 진지한 자기 객관화에 접어들려고 했다. 그리고 김준이 되물었다.

"그럼 제로는 왜 우리를 불러내고 죽은 척을 한 거랍니까?"

"이 부분은 추측입니다만, 죽은 사람의 사진만 찍어서 팔거나 사는 사람들이 있습니다. 마약처럼 텔레그램이나 다크 웹을 통해 사고 판다더군요. 따끈따끈한 자살한 시체 사진을 팔기 위해 만만한 대상을 찾다가, 마침 동반 자살한다는 여러분과 접촉, 유인하고 죽은 척한 거 아닐까요? 잔혹한 흉기를 카운터에 비치해 둔 것도, 여러분의 처참한 시체 사진을 확보하기 위해서였을 것이고. 제로가 자신이 죽은 모습을 보여준 건, 여러분의 자살에 대한 심리적 장벽을 부수고 빠른 자살을 부추기려는 목적이 아니었을까 생각합니다."

이유진에게는 역효과였지만, 나머지 이들에게는 어느 정도 효과적이었다. 제로에게 속았다는 것에 처음에는 화를 냈지만, 도망치지 말고 함께 죽어야 한다는 조바심 가득한 목적의식은 오히려 강화되었으니까.

"다시 돌아와서, 제로는 세탁실에서 시체인 척하는 상태로 귀 기울이며, 여러분이 다 죽어서 움직이지 않기를 기다렸습니다. 세탁실에는 물 빠지는 배수관과 수도관들이 있었으니, 소리를 통해 여러분이 다 자살했는지 안 했는지 판단할 수 있었겠지요."

배관만으로 모든 대화 소리를 엿듣고 간파하는 것은 현실적으로 불가능하다. 하지만 제로 입장에서는 일행이 자살했는지 아직인지를 파악할 수 있을 정도면 되었기에, 건물 내부 배관을 통해 소리를 엿듣는 것으로 충분했다.

"그런데 그때, 제로에게 돌발 상황이 발생했습니다."

"배유승이 도끼를 들고 세탁실로 와서, 화풀이 삼아 제로의 시체를 훼손하려고 한 것."

김준이 중얼거렸고, 류성락이 고개를 끄덕였다.

"맞습니다. 배유승은 제로를 욕하며 도끼를 손에 쥐었지요. 죽은 척하던 제로는 상황을 파악하고 기겁합니다. 이건 예상에 없던 상황이었으니까요. 하지만 제로도 무방비하게 있던 건 아니었습니다. 최악의 경우를 대비한 호신용품이 있었습니다."

"스턴건!"

"예. 배유승이 도끼를 높이 치켜든 순간, 제로는 언제든 쓸 수 있도록 해둔 스턴건을 꺼내어 배유승에게 손을 뻗습니다. 스턴건 쥔 손을 앉은 자세에서 뻗었기에, 스턴건은 배유승의 복부에 닿습니다. 배유승은 복부에 화상을 입고 감전되어 비명조차 지르지 못하고 쓰러집니다. 그리고 죽음의 공포를 느낀 제로는 도끼를 빼앗아 들고 배유승을 공격합니다. 제로 또한 무척 놀라고 필사적인 상황이었기에, 배유승의 머리 쪽을 여러 번, 집요하게 내리칩니다. 그렇게 배유승은 참혹하게 죽습니다."

얄궂다면 얄궂고, 참혹하다면 참혹한 일이었다. 이미 죽은 제로의 시체를 망가뜨리려던 배유승이, 역으로 처참하게 머리와 얼굴이 훼손된 채 죽었으니까.

"제로는 뒤늦게 자신이 살인을 저질렀다는 것을 깨닫습니다. 그리고 여러분에게 걸리면 목숨을 부지할 수 없으니 도망쳐야겠다고 판단합니다. 그래서 그는 죽은 배유승의 옷을 빼앗아 입고, 자신의 옷을 배유승에게 입힙니다. 두 사람의 성별은 동일했고, 세탁실은 무척 어두웠으니, 여러분을 한동안 속이기에는 충분하다고 생각했겠죠. 그리고 탈출하기 위해 한 가지 행동을 더 합니다."

"화재경보기를 누른 것 말이군요."

"맞습니다. 화재경보기 버튼에 피 묻은 손자국이 있었던 것도, 제로가 살인을 한 직후였기 때문이었겠죠. 경보음에 놀란 우리는 허둥지둥 3층 복도에 모였고, 제로는 3층의 청소실 같은 곳에 일단 몸을 숨깁니다. 그리고 우리가 세탁실을 확인하러 들어간 순간, 제로는 살금살금 도망칩니다. 하지만 현관의 유리문이 테이프로 막혀 있었기에, 그걸 뜯는 소리는 크게 울려 퍼졌고, 우리는 제로의 뒤를 쫓습니다. 실제로는 배유승의 옷을 입은 제로를 쫓은 것이지만, 당시의 우리는 틀림없이 배유승이 도망친다고 믿고 쫓은 거였죠. 그리고 도망치던 제로는 몇 번이나 눈밭에 구르고, 그 과정에서 스턴건마저 떨어뜨립니다. 그러자 더더욱 겁에 질린 제로는 비이성적이고 위태로운 도주를 시작합니다."

"길이 아닌 곳으로 도주를 시도한 것."

"예. 하지만 폭설로 시야마저 막힌 상태에서 길 밖으로 도망치는 것은 위험한 선택이었죠. 실제로 미끄러져서 계곡 아래로 추락하여 죽었으니까요."

류성락은 그렇게 말한 뒤 한숨을 내쉬었다.

"추리는 이상입니다. 이의 있습니까?"

차중혁은 말이 없었고, 김준은 떨리는 목소리로 물었다.

"지금까지의 추리대로라면, 우리 중에 자살한 사람은 한 명도 없었다는 거네요?"

"네. 순서대로, 이유진은 배유승에게 살해당했고, 배유승은 제로에게 살해당했으며, 제로는 계곡 아래로 추락했으니 추락사. 즉, 그 누구도 자살하지 못했습니다."

"아…!"

"제가 볼 때, 여러분은 자살 재능조차 없습니다. 자살 서약서는 제게 주시고, 함께 산에서 내려가시죠."

김준과 차중혁은 반박할 수 없었다. 하산 길에, 류성락은 자살 서약서를 보란 듯이 잘게 찢어서 겨울바람 속에 뿌렸다.

<에필로그>

하산한 뒤, 탐정은 먼저 떠났다. 그리고 김준과 차중혁은 경찰에 신고했다. 운이 좋았는지, 자살방조와 관련된 죄나, 제로의 실족사에 대한 책임이 적용되진 않았다. 하지만 건조물 무단 침입에 관한 죄가 적용되어 벌금형을 선고받았다.

그리고 사회적 규탄을 받았다. '철없는 20대, 동반 자살하러 갔다가 살인사건' 운운하는 제목으로 신문에 오르락내리락했다. 자살도 똑바로 못하는 멍청한 것들이라는 비아냥도 곳곳에서 뒤따랐다.

두 사람은 이번에야말로 정말 죽고 싶어졌지만, 죽으러 떠날 힘조차 없었다. 각자 좁아터진 고시원에 틀어박혀 지냈다.

하지만 절망만 있었던 것은 아니었다. 힘겨운 시간을 보내던 어느 날, 김준의 주식은 원금 이상으로 회복되어 큰 수익이 났고, 차중혁을 배신한 친구는 인터폴에 의해 붙잡혔다.

김준과 차중혁은 집단 자살 소동을 벌였던 과거의 자신들이 너무나 비정상적으로 느껴졌다. 두 사람은 그제야 앞서 죽은 이들에 대한 미안함과 슬픔, 그리고 아픔을 느꼈다. 그리고 깊이 반성했다. 동반 자살 서약서 따위는 애초에 쓰지 말았어야 했다.

비통한 반성의 시간을 보내고, 김준과 차중혁은 수척해진 얼굴로 다시 만났다. 이전에 동반 자살 서약서를 썼던 기차역 안의 카페였다. 김준은 차중혁에게 돈다발을 내밀었다.

"헬스장 사업 다시 시작할 생각 있으면, 내가 돈 빌려줄게."

"너, 그 돈 힘들게 딴 돈 아니냐? 왜 나 같은 실패자한테 기회를 또 주는 거야?"

"우리한테는 뜻대로 죽을 재능조차 없어. 그럼 오글거리더라도 서로 도우면서 열심히 살아야지. 내가 볼 때는 그게 논리적인 결론이야."

김준의 말을 들은 차중혁은 울면서 그러자고 했다. 그리고 김준은 생각했다. 자살 시도를 멈춘 사람들이 한 번쯤은 꼭 하는 생각.

'역시 자살 안 하길 잘했어.'

젊은이들의 동반 자살 시도라는, 다소 어두운 소재로 작품을 써보았습니다.

평소에도 자살과 안락사에 대해 다양한 생각을 하곤 했는데, 그게 이번 작품의 집필 동기로 작용한 것 같습니다.

훗날 기회가 된다면, 자살을 더 다양한 관점에서 다루는 소설도 써보고 싶습니다.

부족한 작품을 읽어주신 독자 여러분께 진심으로 감사드립니다.

오늘도 좋은 하루 보내십시오!

초정밀 금고

김영민

“매제, 오느라 고생 많았죠?”

남자가 별장의 현관 앞 계단을 내려왔다. 키는 크지 않지만 덩치가 커서 적당히 위협감을 드러낼 만했다.

“이거, 너무 늦어버렸네요. 죄송합니다.”

나는 고개를 숙여 죄송함을 표현한 뒤 옆에 서 있는 아들의 어깨 위에 손을 얹었다.

“인사해야지. 큰외삼촌이야.”

아들은 고등학생이나 되었지만 말수가 적고 어른에게도 싹싹하지 못하다. 실은 나에게서 물려받은 것도 있을 테니 내가 뭐라 말할 처지는 안 되지만 어쨌든 걱정이었다. 소심한 성격으로 어릴 적 손해를 보며 자란 나로서는 아들만은 그러지 않았으면 하는 바람이 크다.

“안녕하세요.”

아들은 기어들어 가는 목소리로 말하며 고개를 까딱 숙였다.

"일단 어서 들어오세요. 날이 매우 춥죠?"

나는 아들과 아내와 함께 계단을 올라 현관으로 향했다. 아내는 나에게는 형님인 남자와 눈을 마주치고는 쌩하니 그의 앞을 지나갔다. 둘의 사이가 특별히 나쁜 건 아니다. 원래 남매란 그런 것이리라.

엄청난 부자인 장인어른의 별장에 방문하려니 처음엔 부담스러웠지만 강원도 산속 영하 15도의 추위에서 따뜻한 곳으로 들어간다고 생각하자 발걸음이 빨라졌다.

오늘은 곧 있을 장인어른의 칠순 잔치를 계획하기 위해 외가 쪽 식구들이 모이는 날이다. 아직 아버지도 칠순을 맞지 않으셨는데 장인어른의 칠순 잔치라니 여간 부담되는 게 아니다. 장인어른은 엄격한 분이라 상견례 때도 몇 차례 위기를 겪곤 했다. 게다가 장인어른이 막대한 자산을 보유한다고 하니 더욱 떨렸다. 내가 잘 보여야 우리 가족이 앞으로 편해진다고 생각하자 막중한 임무를 떠안은 듯 가슴이 답답해졌다.

그러나 현관문이 열리며 따스한 공기가 온몸을 감싸자 답답함은 눈 녹듯 사라졌다.

현관은 바로 거실로 이어졌다. 적갈색 원목 바닥의 거실은 족구 정도는 거뜬히 할 수 있을 정도로 넓고 천장도 높았다. 천장에는 엄청난 크기의 샹들리에가 달려있는데 떨어져서 사람을 덮친다면 즉사할 만큼 화려했다. 거실 한편에는 벽돌을 쌓아 만든 벽난로에서 장작이 타오르고 있었다. 역시나 압도적인 크기인데 새끼 돼지 통구이 정도는 거뜬히 가능할 정도다. 디귿 자 모양으로 적갈색 가죽 소파가 놓여있고 가운데 원목 탁자가 놓여있다.

"저 소파는 가격이 7천만 원입니다."

형님이 나에게 속삭였다. 내가 소파를 주목하는 모습을 본 모양이다.

"엄청나네요."

소파가 7천만 원인 세계가 존재한다고 생각 못했기에 나도 모르게 얼떨떨한 반응이 나와버렸다. 비꼬는 듯한 말투로 들렸다면 어쩌나 하고 걱정했으나 형님은 별 반응이 없어 보였다.

아내는 갖고 온 캐리어를 끌고 '나는 좀 쉴게.'라고 말하며 복도 안으로 사라졌다. 장인어른은 가족을 위한 방도 몇 개 마련했다고 들었다. 어지간히 피곤했던 모양이다.

우리 셋은 나란히 소파에 앉았다. 7천만 원짜리 가죽 소파가 우리 집의 30만 원짜리 소파와 착석감이 비슷해 웃음이 나오려는 걸 입술을 깨물며 참았다.

"형님은 이 별장에 자주 오시나요?"

내 물음에 형님은 머리를 긁적였다.

"실은 몇 달 전부터 아예 눌러앉아 살고 있습니다. 하던 사업이 계속 망하던 와중에 아버지가 '그냥 여기서 살아라.'라고 하시더군요. 슬프게도 사업을 하며 벌었던 돈과 아버지가 주는 용돈의 액수가 비슷합니다. 그래서 그냥 글이나 쓰면서 아버지 뒷바라지를 하고 있습니다만, 그마저도 가정부랑 비서가 다 하니 장남으로서 말이 아니네요."

"글을 쓰세요?"

"부끄럽지만, 추리소설을 쓰고 있습니다. 아직 지망생이지만요. 이건 비밀인데 아버지도 추리소설을 쓰고 있습니다만, 형편없습니다."

"기대됩니다."

아차. 형편없는 게 기대된다고 들렸다면 곤란하다.

"너는 추리소설 좋아하니?"

형님이 소파에 앉아 휴대전화 삼매경에 빠진 아들에게 물었다.

"아니요."

"궁금한 게 있습니다만. 장인어른께선 꽤 단기간에 엄청난 자산을 모았다고 들었습니다."

형님이 무안하지 않게 재빨리 물었다. 아들에겐 나중에 따끔하게 한마디 해야겠다.

"아, 그거요?"

형님은 아들의 눈치를 살피더니 작은 목소리로 말했다.

"작년쯤인가 20대 한국인이 코인으로 천억을 벌어들였다는 기사가 나왔습니다."

"아, 본 것 같네요. 말이 되는 건가 생각했었는데."

"그 20대 한국인으로 알려진 사람이 사실 아버지입니다."

잠시 입을 벌린 채 아무 말도 할 수가 없었다.

"장인어른이 20대인가요?"

"하하. 매제, 유머 감각이 좀 있네요."

"코인으로 천억대의 수입이 정말로 가능한 일이었군요."

"그런데 그게 좀 문제가 있습니다."

그때 현관문이 열리더니 또 한 명의 남성이 모습을 드러냈다.

"어우, 추워."

"왔냐. 매제도 오셨다."

지금 막 들어온 남자는 나에게는 처남, 아내의 둘째 오빠다. 첫째와 달리 말랐으나 키가 크다.

"매부, 오느라 고생 많았죠? 차가 고장 났다면서요."

처남과도 악수했다. 처남의 손은 매우 차가웠다.

"아, 네. 요새는 자동차 예열을 안 해도 된다길래 방심했다가 엔진에 탈이 나버렸네요. 수리 맡기고 렌터카 빌려서 오느라 좀 늦었습니다."

"엄청 추운 날씨니까요. 너무 차가우면 엔진 부품 간 유격이 너무 좁아져 마모가 나거나 파손이 되죠. 열팽창의 반대 현상인데 온도가 낮아지면 물체의 부피가 작아집니다."

처남은 올해 고등학교 과학 교사로 첫 부임을 했다고 들었다. 적성에 맞는 직업을 찾은 듯하다.

"승민이도 오랜만이네."

처남이 아들에게 먼저 말을 건네자 다행히 아들은 고개를 까딱하며 인사를 했다.

"유리는요?"

처남이 물었다. 유리는 아내의 이름이다.

"먼저 자기 방에 갔어."

형님은 그렇게 말하곤 소파에서 일어났다.

"나도 잠시 내 방에서 글 좀 쓸게. 아, 매제. 아버지도 지금 글 쓰느라 바쁘실 겁니다. 그러니까 오후 5시까지 편히 있으세요."

형님이 복도 쪽으로 사라지는 모습을 본 처남이 말했다.

"어떠세요. 별장은 처음인데 구경이라도 해보세요. 볼 게 엄청나게 많습니다. 어때, 승민이도 따라와. 휴대폰보다 재밌는 게 많을걸? 엄청나게 큰 개도 있다. 골든리트리버야."

지금 시각은 오후 3시. 저녁 식사 겸 칠순 잔치 회의는 오후 5시니 두 시간이 남았다. 솔직히 나도 당장 쉬고 싶었으나 잘 보여야 한다는 생각에 억지로 몸을 일으켰다.

"승민아, 어서 일어나야지."

내 말에 아들은 마지못해 자리에서 일어났다.

우리는 처남의 뒤를 따라 복도를 걸었다. 복도는 생각보다 좁았는데 거실의 크기에 비해서 그렇다는 거지 적어도 5성급 호텔급은 되었다. 공기 중에 감도는 향수 냄새가 코를 간지렵혔다.

"매부랑 승민이가 쓸 방부터 보여드릴게요."

"아내랑 같은 방을 쓰는 게 아닌가요?"

"유리는 방을 따로 쓰고 싶어 할 걸요. 게다가 여기엔 빈방만 6개 정도 됩니다. 방을 그대로 놔두는 건 공간 낭비죠. 승민이도 따로 쓰고 싶지?"

몇 차례 복도가 꺾이며 방 앞에 도착했다. 방은 그래도 3성급 호텔 정도라 부담없이 편하게 지낼 수 있을 것 같다. 화장실도 딸려있다. 2박 3일 일정에 이 정도면 감지덕지다.

당장 침대에 뛰어들고 싶은 마음을 억누르고 처남을 따라 계속 복도를 걸었다.

"승민이는 공부 잘하고 있니?"

아들은 대답 없이 복도 바닥을 내려다보며 걸을 뿐이었다.

"공부에 영 흥미가 없는 모양이에요. 소질도 없고요. 그나마 과학은 조금 끄적거리는 거 같지만."

"오호, 기쁘네요."

"지금은 어디로 가는 건가요?"

"우선 헬스케어룸부터 보여드릴게요."

자동문 앞에 도착한 처남이 버튼을 누르자 문이 열리며 넓은 공간이 모습을 드러냈다.

"엄청나네요."

눈앞에는 내가 한 달에 세 번 출석하는 동네 헬스장보다 더 큰 공간이 펼쳐져 있었다. 웬만한 운동 기구는 모두 있었다. 샤워실과 마사지실도 있다.

"마사지실까지 있나요?"

"아버지는 전문 트레이너를 고용 중이에요. 오늘은 칠순 잔치 회의 덕분에 휴가를 얻은 걸로 압니다. 그런데 사실 형이 더 자주 애용해요. 저도 별장에 들를 때면 가끔 쓰고요."

"집중케어실도 있네요."

집중케어실 안은 병원 느낌이 나는 공간이었다. 축구 선수들이 메디컬 테스트를 할 때 쓰는 장치들이 보였다. 그리고 옆에는 흰색의 거대한 원기둥이 서 있다. 높이는 3미터가 훌쩍 넘어 보이고 둘레는 사람 네 명이 팔을 뻗으면 가까스로 원을 그릴 수 있을 정도다.

"이건 뭔가요?"

"크라이오테라피라고 하는 건데, 액체질소로 영하 150도 정도까지 온도를 낮춘 원통 안에 사람이 들어가는 기계입니다. 피로 해소와 다이어트, 피부에도 좋고요. 염증 치료에도 좋다네요."

"축구 선수들이 쓰는 기계군요. 이런 거는 얼마쯤 하려나요."

"1억 정도로 들었습니다."

"검소한 소비로군요."

기계를 보던 아들이 모처럼 말을 꺼냈다.

"액체질소는 어떻게 사나요?"

"액체질소 살 돈 없어."

내 단호한 말에 처남이 슬며시 웃었다. 순간 창피함에 얼굴이 벌겋게 달아올랐다.

"액체질소 자체는 생수보다 쌉니다. 다만 액체질소 전용 안전용기가 비싼데, 30리터짜리 하나가 300만 원 정도 하죠. 이 별장에는 용기가 한 30개 정도는 있을 겁니다. 하나 달라고 해보시죠."

"장인어른께서 액체질소를 특별히 좋아하시나요?"

"네, 뭐…. 좋아하시죠. 요리에도 쓰는 것 같고요. 따로 출장 요리사가 있습니다. 취미로 세포 연구도 하시는데 거기에도 씁니다. 솔직히 과학 교사인 제가 봤을 땐 연구라기보단 그냥 고등학생들이 재미로 세포 관찰하는 수준인데. 아, 고등학생 앞에서 무례한 말을 했네요."

처남의 말에도 아들은 별생각 없이 기계를 바라보기만 했다.

"그런데 액체질소를 좋아해도 너무 좋아해서 탈입니다."

"확실히 좀 위험하겠네요."

"물론 잘못 썼다간 사고가 날 순 있습니다. 하지만… 그것과는 좀 차원이 다른 이야기입니다."

"무엇인가요?"

"'사르코'라고 아시나요?"

"처음 듣습니다."

"호주에서 만든 기계인데, 밀폐된 관 모양으로 사람 한 명이 딱 들어갈 만한 공간이 있습니다."

"아, 태닝기처럼요?"

"안에 들어간 사람이 스스로 버튼을 누르면 기계 내부가 질소로 가득 차면서 산소 농도를 떨어뜨립니다. 약간 취한 상태에 빠진 후 의식을 잃게 되고 사망에 이르죠."

"그건… 안락사 기계인가요."

"네. 문제는 그 기계가 지금 이 별장에 있다는 사실입니다."

나도 모르게 발걸음을 멈추었다.

"그 말은 장인어른이."

"아버지는 '지금 당장 사용 계획은 없다, 추후에 본인이 죽을병에 걸리면 사용하겠다'라고 했지만요."

이거 이러다 칠순 잔치가 장례식으로 바뀌는 참사가 벌어질지도 모른다.

"걱정되는 건 아버지가 전부터 액체질소를 계속해서 구매해 오고 있다는 사실입니다. 본인 말로는 아까 제가 말했던 여러 용도에 쓴다고는 했지만요. 어쩌면."

"시운전… 인가요."

"그럴지도 모르죠."

"그 기계는 수입한 건가요?"

"아뇨, 그런 걸 수입할 수 있을 리가 없죠. 3D 프린터로 제작한 겁니다. 실제로 '사르코'도 3D 프린터로 만들었거든요. 이건 비밀인데, 사르코를 만든 회사의 직원이 한국으로 건너온 후 이곳 별장의 3D 프린터로 제작했습니다. 부품 몇 개는 직접 들고 와서요. '사르코'는 아직 정식 출시하지 않았습니다. 여기 있는 건 시제품인 셈이죠."

돈이 어처구니없이 많으면 삶에 공허함을 느껴 자살 충동이 생기기도 하는 걸까.

"기계를 한번 보고 싶은데요."

"못 봅니다. 아버지만 출입할 수 있는 방 안에 있거든요. 아, 우울한 얘기는 그만하고 다른 걸 보여드리죠."

"뭔가요?"

"금고입니다."

하긴 부잣집에 금고가 없으면 섭섭하다.

복도를 조금 더 걷자 넓은 공간이 나타났다. 한쪽 벽에는 은행에서나 볼 법한 초대형 금고의 은색 문이 자리 잡고 있었다.

"엄청나네요. 작은 금고를 떠올렸는데 이런 것일 줄이야."

"말씀하신 금고는 'Safe'라고 하고, 이렇게 건축물의 형태로 짜인 금고는 'Vault'라 합니다."

금고의 문을 자세히 보자 무언가 이상한 점이 눈에 들어왔다. 문에는 다이얼이 없다. 그 대신 손잡이와 원 모양의 검은 구멍이 있었다.

"이 금고는 어떻게 여는 거죠?"

"열쇠로 엽니다. 여기 보이는 구멍에 열쇠를 꽂는 거죠. 금고의 문을 잠글 때도 열쇠가 필요합니다."

"구멍이 꽤 큰데요?"

구멍의 지름은 어림잡아 10센티 정도는 되어 보였다.

"열쇠 자체도 큽니다. 길쭉한 원기둥 모양인데, 원자로에 집어넣는 핵연료봉을 떠올리면 될 겁니다."

"신기하긴 한데 감이 잘 안 오네요. 여는 모습을 직접 보고 싶은데요."

"열쇠는 '사르코'가 있는 방에 보관되어 있어 아버지만 열 수 있습니다."

"그런데 이런 말은 좀 실례지만, 구멍이 너무 크다 보니 손을 댈 여지가 많아 보이네요."

"쉽게 열 수 있을 것 같다고 생각하면 오산입니다. 이래 봬도 나름 최첨단인데, 열쇠를 구멍에 꽂으면 한 치의 틈도 없이 완벽히 메워지면서 열쇠 구멍 주변의 매끈한 벽과 구분을 못하게 되거든요. 금속정밀가공 기술인데, 서로 홈이 맞는 금속 물체 두 개를 끼웠을 때 그 틈이 전혀 보이지 않게 하는 기술이죠, 마치 처음부터 하나의 물체였던 것처럼 보입니다. 두 금속 간의 유격이 아예 없어야 하는, 매우 고난도의 기술이에요. 다이얼식보다 훨씬 보안 등급이 높습니다."

"그 기술이 금고의 열쇠와 열쇠 구멍에 적용됐다는 거군요."

"네. 저 구멍을 한 치의 빈틈없이 완벽히 메워주는 열쇠가 없다면 이 금고는 열지 못합니다. 게다가 구멍은 완전한 원이 아니에요. 자세히 보면 구멍의 둘레가 여기저기 휘어져 있습니다. 그리고 열쇠의 끝부분 또한 열쇠 구멍의 맨 깊숙한 곳과 정확히 일치해야 하고요. 끝부분에는 음각과 양각으로 된 복잡한 패턴이 새겨져 있습니다. 그게 열쇠 구멍 가장 깊숙한 부분과 딱 들어맞아야 해요."

"즉 구멍에 맞는 열쇠를 임의로 만드는 게 거의 불가능하다는 뜻이군요."

"나중에 아버지에게 금고 문을 여는 모습을 보여달라고 하겠습니다."

"아버님은 아직 글을 쓰고 계시나요?"

"네. 오늘은 오후 5시 전까지 서재에 틀어박혀 계속 글을 쓴다고 하셨습니다. 아버지는 글을 쓸 때 방해를 받으시면 굉장히 화를 내시거든요. 특히 형이 서재에 들를 때는 '내 아이디어를 훔치려고 왔냐' 하면서 노발대발하시죠."

그때 아들이 입을 쩍 벌리며 하품했다. 이 녀석이.

"아, 여기까지 오느라 피곤하시겠군요. 제가 너무 길었죠?"

"아닙니다. 사실 조금 쉬고 싶긴 했지만요."

"그나저나 개가 안 보이네요. 형이 개를 데려왔다고 들었거든요. 진작에 저희를 맞이하러 나타날 법한데. 그럼 쉬시다 오후 5시에 거실에서 뵙죠."

말이 떨어지기 무섭게 아들은 자신이 배정받은 방으로 들어가 문을 닫았다. 나도 방으로 들어가 그대로 침대에 몸을 뉘었다. 자동차가 갑자기 고장 나는 바람에 아침부터 정신이 없었다. 열팽창이랬던가. 처음 듣는….

누가 문을 쾅쾅 두드리는 소리가 들렸다. 깜빡 잠이 들었나 보다. 벌써 오후 5시가 넘었나. 대답하려는 찰나 문이 열리며 처남이 모습을 드러냈다.

"매부, 큰일 났습니다. 큰일이요."

처남은 전속력으로 뛰어온 듯 거친 숨을 몰아쉬고 있었다.

"무슨 일인가요?"

순간 내 머릿속에 불길한 상상이 스쳤다.

"혹시 아버님이 그, 사키코를?"

"사르코입니다만 그건 아니고, 빨리 와보세요."

뛰어가는 처남 뒤를 따라 달렸다. 복도를 이리저리 꺾다 어느 방 앞에 도착했다. 방문은 열려있고 장인어른이 책상 앞에 앉아 있다. 방의 모퉁이에 놓인 태닝기가 눈에 들어왔다. 아, 태닝기가 아니라 바로 그 '사르코'인가. 다른 한쪽에는 흰색의 용기가 몇십 개씩 쌓여있었다. 액체질소를 담은 용기이려나.

"앗, 아버님, 인사드립니다."

나는 서둘러 고개를 숙여 장인어른에게 인사를 건넸다.

"인사는 됐고, 이걸 보게."

장인어른은 책상 위의 모니터를 가리켰다. 모니터에는 CCTV 영상이 나오고 있다. CCTV는 창고 같은 공간을 비추는 중이었다. 화면 모퉁이에 남자 한 명이 눈을 부릅뜨고 천장을 바라본 채 쓰러져있다. 목 부근에는 검붉은색의 액체가 엄청난 크기의 웅덩이를 이루었다. 피인가. 그런데 저 사람은.

"형님이잖아요! 빨리."

처남이 내 팔을 붙잡았다.

"천천히 설명하겠습니다. 먼저 이건 아까 보여드렸던 금고 안 CCTV에서 나오는 영상입니다. 그리고 쓰러져있는 저 사람은 형이 맞고요. 형을 아무리 찾아도 없길래, 정말 만약에 혹시나 해서 CCTV를 확인해 보니 이런 사태가."

"그럼 빨리 꺼내야죠!"

"그럴 수 없네."

장인어른이 단호한 목소리로 내 말을 잘랐다.

"아버님, 그게 무슨…."

"열쇠가 맞지 않습니다. 일단 금고 앞으로 와보시죠."

또다시 처남 뒤를 달려 금고 앞에 도착했다. 금고 앞에는 아내와 처음 보는 아주머니, 20대로 보이는 남성이 서 있다. 그리고 바닥에는 손잡이가 달린 원기둥 모양의 은색 금속 물체가 놓여있다. 아, 저게 금고 열쇠인가.

"여보, 승민이는 왜 데리고 와?"

아내의 가시 돋친 목소리에 뒤를 돌아보니 어느새 아들이 서 있었다.

"너, 뭐야. 언제부터 있었어?"

"아빠가 사키코라고 말했을 때부터요."

"뭐야, 사키코는 누군데?"

나는 두 손을 펼쳐 아내를 제지했다. 이 녀석 처음부터 다 듣고 있었다니.

처남이 바닥에 놓여있는 원기둥의 물체를 들었다.

"이게 열쇠입니다만."

처남은 열쇠를 들어 손잡이를 잡고 금고의 문에 나 있는 열쇠 구멍에 갖다 댔다. 열쇠는 구멍에 들어가지 않았다.

"자세히 보시죠."

처남의 말대로 자세히 보니 열쇠 구멍보다 열쇠가 조금 더 컸다.

"열쇠가 더 큰데요. 어떻게 된 거죠?"

"열쇠가 바꿔치기 됐네."

장인어른이 화를 꾹꾹 눌러 담는 듯한 투로 말했다.

"일단 경찰부터."

휴대전화를 꺼내 드는 내 팔을 장인어른이 붙잡았다.

"아버님?"

“잠깐. 내 말을 들어보게. 경찰에는 신고하지 않았으면 하네.”

“아버님, 그게 무슨.”

“일단 거실로 이동하지. 거기서 천천히 말하겠네.”

사람이 쓰러져있다. 아니, 죽었을 테다. 게다가 자기 아들이다. 대체 무슨 소리일까.

자리를 옮겨 모든 사람들이 거실 소파에 착석하자 장인어른이 입을 열었다.

“누군가 형식이를 저렇게 만들고 금고 안에 방치했네. 그리고 열쇠로 금고를 잠근 뒤, 열쇠를 바꿔치기했어.”

“그렇다면 더더욱 경찰에.”

“내 말을 들어보게.”

장인어른은 잠시 한숨을 내쉬고 말을 이었다.

“내가 코인으로 일확천금을 얻었다는 사실은 여기 있는 모든 사람들이 알 테지. 사실 그건 떳떳하지 못한 일이었어.”

“떳떳하지 못한 일이요?”

“코인 사기 말입니다.”

처남의 말에 장인어른이 버럭했다.

“너는 조용히 해! 하여튼 뭐, 그런 거였네. 상세한 내용은 알 필요 없네. 수많은 사람이 자살했어. 수사관 몇 명에겐 거액을 주고 매수하기까지 했지. 1000억 전부를 사기로 벌어들인 건 아니지만 말일세. 나는 그 후 계속해서 지독한 죄책감에 시달려 왔어. 죄책감을 쾌락으로 덮기 위해 돈을 흥청망청 써 대기 시작했지. 이 별장을 짓고, 온갖 산해진미를 다 맛보며, 기부까지 했지만 죄책감은 계속해서 나를 괴롭혔어. 나는 언제든지 죽을 작정으로 사르코를 만들었네. 그러나 죽을 용기가 나지 않았어. 수많은 사람을 죽음으로 몰고 갈 용기는 있었으면서 말이야."

그래서 언제든지 사르코를 쓸 수 있도록 시운전하고 있었단 말인가.

"나는 내 가족을 사랑하네. 첫째와 둘째, 막내딸과 자네, 승민이 모두. 그리고 짧은 기간이나마 나를 도와준 가정부와 비서 또한 말이지."

아주머니와 20대 남성이 고개를 숙였다. 각각 가정부와 비서인 모양이다. 장인어른은 잠시 모두를 둘러보았다.

"지금 금고 안에는 금괴가 있네. 어마어마하게 많지. 나는 그걸 너희 모두에게 골고루 나눠주고 싶다네. 하지만 지금 경찰에 신고하면 경찰이 금고 안의 금괴를 발견할 테고, 금괴의 출처를 따지고 들겠지. 내가 잡혀가는 거야 괜찮지만 금괴는 모조리 압수될 거야. 우리 가족이 불행해질 것이 아닌가."

처남이 벌떡 일어섰다.

"아버지, 형이 죽었어요. 가족이 불행해진다고 걱정하시는데, 형을 저렇게 놔두는 게 더욱 불행하다고요. 형을 죽인 범인을 잡아야죠. 이건 말도 안 되는 일이에요. 추리소설에 너무 빠지신 거 아니에요?"

"시끄럽다!"

장인어른이 크게 호통을 치고는 기침을 하기 시작했다. 언제 가지고 왔는지 가정부가 갖다준 물을 마신 장인어른은 잠시 숨을 골랐다.

"여기서 누구보다 마음이 아픈 건 바로 나야. 당장 범인을 잡아다가 사지를 찢어버리고 싶은 심정이란 말이다."

"그럼 오빠는 어떡하려고요, 아빠?"

아내가 답답하다는 듯한 말투로 묻자 장인어른은 마른세수를 했다.

"금고를 만든 독일 회사에 연락해 새로운 열쇠를 받아 금고를 연다. 그리고 형식이는 조용히 장례를 치르면 되는 거야."

"하지만 아버님, 한국에서 실제로 조용한 장례를 치르긴 어려운 것으로 압니다. 변사 사건이 발생하면 무조건 경찰이 시신을 직접 눈으로 보게 되어있는 걸로 알고 있습니다."

"이동식 화장로를 이용해서 화장하면 되네. 그리고 우린 조용히 있으면 되지."

이동식 화장로라니, 그건 반려동물한테나 쓰는 게 아닌가? 게다가 우리가 조용히 있다고 해결될 문제가 아니다.

"열쇠가 오기까지 얼마나 걸리는데요?"

아내의 물음에 장인어른은 비서를 바라보았다. 비서가 곧바로 대답했다.

"통상 보름 정도 걸립니다."

"아버지, 말도 안 돼요. 형의 시체를 보름 동안 저기 놔둔다고요?"

"금고 내의 공기는 외부에서 조절할 수 있다. 산소 농도를 0에 가깝게 만들면 시체가 쉽게 부패하진 않을 거야."

처남이 헛웃음을 지으며 소파에 털썩 주저앉았다.

"아버님, 제 의견을 말해도 되겠습니까?"

"물론. 자네도 우리 가족이니까."

"말씀하시는 바는 알겠으나, 쉽지 않으리라 생각합니다. 갑자기 형님과 연락이 안 되면 형님의 지인분들이 궁금해할 테고요."

"그거라면 걱정하지 말게. 형식이는 연달아 사업이 망하면서 있던 지인이 다 떨어져 나갔으니. 오히려 몇 명은 형식이가 죽기를 바랐을 수도 있네."

너무나 섬뜩했지만 애써 아무렇지 않은 척했다.

"그리고, 어찌 됐든 형님을 해친 범인을 잡아야 하지 않겠습니까. 금고의 열쇠는 이미 범인의 손에 넘어갔다고 본다면, 언제든지 또다시 범행을 저지를지도 모를 일입니다."

"형식이의 장례를 치른 뒤 별장을 부수고 다른 장소에 새로 지을 생각이네."

"잠시만요, 아버지. 금고 안에 금괴가 있다면, 범인이 형을 죽이고 금괴를 다 꺼내간 건 아니에요?"

"그거라면 걱정하지 않으셔도 됩니다. 금괴는 그대로 있는 걸 CCTV로 아까 저와 어르신이 확인했습니다."

비서의 말에 처남이 안도의 한숨을 내쉬다 황급히 진지한 표정을 지었다. 아무리 그래도 금괴는 포기 못하는 모양이다.

"독일에 이미 주문을 넣어뒀어. 남는 건 그저 조용히 기다리는 것뿐이야. 나는 너희들이 비밀을 유지해 줄 거라 믿는다. 물론, 자네도."

나를 바라보는 장인어른의 눈빛에 협박성 메시지가 담겨있는 것 같아 움찔했다.

"비밀 유지를 안 하면 어떡할 건데요."

처남의 질문에 장인어른의 표정이 한층 더 험악해졌다.

"그런 것까지 논의하진 않기를 바란다."

갑자기 무거운 침묵이 우리를 짓눌렀다.

"그나저나 궁금한 게 있습니다. 범인은 어떻게 열쇠를 바꿔치기한 걸까요?"

내 물음에 모두가 나를 쳐다보았다. 나도 모르게 침을 삼켰다.

처남이 말을 이었다.

"그러게 말이에요. 분명 금고의 열쇠는 아버지만 출입할 수 있는 방에 보관했잖아요."

"방이라 함은?"

"아까 CCTV를 확인했던 방입니다."

"다른 사람은 어떠한 경로로든 출입을 할 수 없나요?"

"창문은 붙박이고 도어락의 비밀번호는 아버지만 알고 있어요. 맞죠?"

"맞다. 잠깐만."

갑자기 장인어른의 표정이 험악해졌다.

"어쩌면 여기 있는 사람들이 비밀번호를 알고 있을 수도 있어."

"아버님, 그게 무슨 의미인지요?"

"비밀번호는 0712다. 내가 쓰는 장편 추리소설에 등장하는 탐정의 생일이네. 그리고 나는 비록 미완이지만 원고를 여기 있는 모두에게 보여주었어. 비서와 가정부에게도. 그리고 그들 모두 내 소설을 재미있다고 해줬지. 형식이 빼고 말이야."

"그게…. 아빠."

아내가 머뭇거리다 말을 이었다.

"사실 안 읽었어."

"뭐야?"

"그게, 그러니까, 조금 지루했어. 읽어보려 했는데 읽기가 힘들었어."

처남이 손을 들었다.

"저도요. 정말 재미없었습니다. 읽기가 고역이었어요. 사실 형이 쓴 추리소설이 백 배는 더 재밌어요."

"뭐야!"

"차라리 형이 남겨둔 원고를 아버지 이름으로 출판하는 건 어때요?"

"설마, 자네들도?"

장인어른이 옆에 서 있던 가정부와 비서를 보자마자 그 둘은 고개를 숙였다.

"면목 없습니다."

"흥."

장인어른이 턱을 문지르며 불만 가득한 표정을 지었다.

"그렇다면, 실례지만 금고의 열쇠에 접근할 기회는 아무에게도 없었다는 사실이 되는군요. 그, 아버님 빼고 말입니다."

"자네, 그게 무슨 말인가?"

장인어른이 자리에서 벌떡 일어섰다. 아뿔싸.

"내가 열쇠를 바꿔치기했단 말인가?"

"아빠, 그렇게 생각하는 게 타당하긴 해."

아내가 말려보았지만 장인어른의 화는 쉽게 가라앉을 기미가 보이지 않았다.

"이봐, 내가 열쇠를 두 개 주문했었던가?"

장인어른의 질문에 비서가 황급히 상체를 숙였다.

"한 개 주문하셨습니다. 금고 제작 의뢰에는 처음부터 끝까지 제가 함께했습니다."

"다들 들었나? 나는 분명 열쇠를 한 개 주문했고, 지금까지 금고를 열 때마다 잘만 쓰고 있었네. 그렇지?"

"그렇습니다. 어른께서 방에서 열쇠를 꺼내오셔서 금고를 열 때 늘 옆에서 제가 지켜보았습니다."

"불편하게 하여 정말 죄송합니다."

나는 재빨리 허리를 90도로 숙이며 필사적으로 죄송함을 표시했다. 다행히 장인어른은 노여움을 푸는 듯했다.

"흥, 다들 말로는 안 읽었다고 하면서 내 소설을 읽었을지도 모르지."

"아버지, 만에 하나 그렇다고 쳐요. 그럼 범인이 진짜 열쇠는 어딘가에 숨기고 자신이 준비해 온 가짜 열쇠를 그 방 안에 놔뒀다는 거잖아요. 그럼 진짜 열쇠가 별장 안 어딘가에 있겠네요. 혹시 여기서 형이 방에 들어간 뒤 별장 밖에 나간 적 있으신 분?"

처남의 질문에 손을 드는 사람은 아무도 없었다.

"어차피 거짓말을 하더라도 별장 주변에 설치된 수많은 CCTV를 뒤지면 알 수 있을 테죠. 누군가 진짜 열쇠를 별장 밖으로 빼돌렸는지를요."

"잠시만요. CCTV라 하니 생각나는데, 금고 안을 CCTV가 비추고 있다면 형님이 습격했을 당시의 상황이 담겨 있지 않나요? 그리고 금고 앞을 비추는 CCTV는요?"

내 질문에 장인어른이 비서를 쳐다보자 그가 대신 답했다.

"둘 다 기록이 지워져 있었습니다."

"그렇다면 지금부터 다 같이 별장 안을 이 잡듯 뒤져보는 게 어떻습니까? 가짜 열쇠가 별장 안에 있을 테니까요."

처남의 의견에 사람들이 머뭇거리다 하나둘 동의하겠다는 의사를 표했다.

"승민아, 너는 들어가."

내 말에 아들은 고개를 저었다.

"나도 같이 찾을래."

"어때요, 매부. 사람은 많을수록 좋으니까요."

그렇게 별장 대수색이 시작되었다. 당연하지만 별장은 매우 컸고, 찾을 공간도 수없이 많았다. 누군가 진짜 열쇠를 품 안에 넣지는 않는지 서로서로 감시하며 수색이 이어졌다. 수색은 매우 꼼꼼하게 이루어졌다. 크라이오테라피 기계와 사르코를 몽땅 뜯어가면서까지 빈틈없이 살폈다. 침대 매트리스를 모두 들어내고 존재하는 모든 서랍 안의 모든 물건을 꺼냈다. 음식물쓰레기를 담은 통을 뒤진 후 우리는 소각장으로 향했다.

소각장 내부를 살펴본 모두가 경악했다.

"저건…."

처남의 목소리가 떨렸다. 아내는 차마 못 보겠다는 듯 고개를 돌렸다. 모두를 경악하게 한 물체는 금고의 열쇠가 아니었다. 바로 동물의 뼈였다.

"동물의 뼈가 왜 저기에."

처남의 말을 듣자 내 머릿속에서 무서운 생각이 떠올랐다.

"아까 말했죠? 형님이 골든리트리버를 데려왔다고요. 그리고 모습을 드러내지 않는 게 이상하다고도…."

"설마!"

아내가 비명을 질렀다.

"형이 개를 소각장에서 태워 죽였다는 말입니까? 사이코패스도 아니고."

"형님이 아니라 다른 누군가가 그랬을 수도 있죠."

내 말에 모두가 경악스럽다는 표정을 지었다.

"제 말이 꼭 맞는다는 보장은 없습니다. 일단 지금 중요한 건 열쇠니까요. 계속 찾아보죠."

이후 10분 정도 더 수색한 끝에 우리는 거실로 돌아왔다. 다들 온몸 여기저기에 먼지가 가득했다. 어느새 1시간 30분이 지나있었다.

"없었네요. 별장 주변 CCTV도 확인했지만 누군가 열쇠를 들고 밖으로 나가는 모습도 보지 못했고요."

모두가 아는 사실을 처남이 말했다.

"샤워나 합시다."

"너, 그러면서 화장실에 숨겨둔 열쇠를 처리하려는 건 아니겠지?"

"아버지, 무슨 소리예요? 화장실까지 다 뒤진 거 잊으셨어요? 그리고 그렇게 큰 금속 덩어리를 어떻게 처리해요."

투덜대며 자신의 방으로 향한 처남을 따라 하나둘 거실을 빠져나가 남은 사람은 나와 비서, 그리고 아들뿐이었다. 문득 원목 탁자 위에 놓인 가짜 열쇠가 눈에 들어왔다.

“저, 비서님이라고 부르면 될까요?”

“네, 편하게 불러주시죠.”

“이 가짜 열쇠, 모양새는 왠지 진짜와 흡사할 것 같은데요. 어떤가요?”

“제가 전문가도 아니고, 제작 과정에서 열쇠의 디자인에는 관여를 전혀 안 해 잘 모르지만 저도 그렇게 생각합니다. 정교하게 따라 한 것 같네요. 크기만 조금 압축시키면 꼭 맞을 것처럼 생겼습니다.”

나는 가짜 열쇠를 두 손으로 잡고 온 힘을 다해 열쇠를 찌그러트리려 했다. 예상대로 어림도 없었다.

그때 갑자기 누군가가 내 팔을 붙잡았다. 옆을 돌아보니 아들이었다.

“왜 그래?”

“그러지 마요, 아빠.”

“괜찮아. 안 되는 건 알고 있었어. 아빠 손은 괜찮아.”

“아빠 손이 문제가 아니라요.”

순간 아들에게 서운함을 느꼈지만 잠시뿐이었다. 그다음에 이어진 아들의 말에 나는 숨을 삼켰다.

“소중한 증거가 훼손되잖아요.”

잠시 후 나를 포함한 모든 사람들이 문제의 방 앞에 모였다.

"매부, 무슨 일이에요?"

"아니, 그게, 그러니까. 여러분을 부른 사람은 제가 아니라 제 아들입니다만."

"이승민, 너 무슨 짓을 하려고 그래?"

아내의 잔소리에 아들이 잔뜩 움츠러들었다 기어들어가는 목소리로 말을 꺼냈다.

"실험을 하나 하고 싶어서요. 작은외삼촌이 좀 도와주세요. 다른 분들은 금고 앞에서 기다려 주시고요."

"나도?"

"아빠도요."

얘가 갑자기 무슨 짓을 하려는 걸까. 그것보다 아까 말한 '소중한 증거가 훼손된다'는 말은 무슨 의미인가.

아들의 말에 따라 순순히 금고 앞으로 자리를 이동한 지 15분 정도가 흘렀을까, 처남이 비장한 얼굴로 아들과 함께 가짜 열쇠를 들고 금고 앞으로 왔다. 손에는 장갑을 끼고 있었다.

"한번 금고를 열어보겠습니다."

금고가 안 열린다는 건 아까 확인했는데, 라고 생각한 순간이었다.

딸깍하는 소리가 울려 퍼졌다.

"어머, 뭐야?"

아내가 소리쳤다.

열쇠는 소름 돋을 정도로 구멍에 꼭 맞았다. 과연 열쇠구멍과 구멍 주위를 둘러싼 벽의 경계가 전혀 보이지 않았다.

처남은 조심스럽게 열쇠 손잡이를 돌렸다. 열쇠는 아무 저항 없이 회전했다. 그리고 잠시 후, 금고의 문이 스르륵 열리기 시작했다.

"이게, 이게 어떻게 된 거죠?"

비서의 물음에 처남이 아들을 바라보았다.

"승민아, 네가 말해. 이 모든 건 네가 해결했으니까. 이제 너의 무대야."

"그래도 될까요?"

아들은 잠시 망설이더니 말을 꺼내기 시작했다.

"별장을 뒤져도 진짜 열쇠가 발견되지 않았잖아요. 그래서 저는 생각했어요. 우리가 가짜 열쇠라고 생각했던 게 실은 진짜 열쇠가 아닐까 하고요."

"하지만, 그건 분명히 구멍에 맞지 않았잖아."

"맞아요. 구멍보다 열쇠가 조금 더 컸죠. 아까 비서 아저씨가 말했잖아요. 크기만 조금 압축시키면 꼭 맞을 것처럼 생겼다고요. 그래서 크기를 압축시킨 거예요."

"하지만 아까 내가 아무리 힘을 줘도."

"힘으로 한 게 아니에요."

"그럼?"

"액체질소를 쓴 거죠."

"액체질소?"

"작은외삼촌이 말했잖아요. 온도가 낮아지면 물체의 부피가 작아진다고요. 생각해 보니 예전에 학교에서 열팽창 실험을 한 적이 있어요. 금속에 열을 가하니 부피가 커지더라고요. 반대 현상이겠죠."

아, 그런가. 아들이 무슨 말을 하고 싶어 하는지 알 것 같았다.

"작은외삼촌은 제 요청에 따라 액체질소를 가짜 열쇠 위에 부으셨어요. 그래서 열쇠의 부피가 작아지고 구멍에 꼭 들어맞게 된 거예요. 가짜 열쇠가 진짜가 된 거죠. 아니, 원래부터 진짜였으니 이 말은 틀렸네요."

"자제분, 잠시만요. 저는 분명히 전부터 어르신이 금고를 여는 모습을 수없이 목격했습니다. 그 가짜 열쇠는 액체질소로 크기를 줄여 열쇠 구멍에 맞게 했다고 쳐도, 어르신은 예전에 분명히."

"그러니까, 할아버지는 금고를 처음 사용할 때부터 계속해서 액체질소를 사용했던 거예요. 애초에 열쇠 구멍보다 약간 크기를 크게 열쇠를 만들었어요. 다 계산했겠죠. 할아버지가 전부터 계속해서 액체질소를 구매해 왔다고 하셨잖아요? 그건 사르코의 시운전 따위가 목적이 아니었던 거예요."

나는 장인어른을 쳐다보았다. 장인어른의 얼굴은 사색이 되어있었다.

"아버님, 정말로 그런 귀찮은 일을."

"증거가… 증거가 있나?"

장인어른의 목소리는 이미 힘을 잃었다.

"그거야 열쇠를 만든 독일의 회사에 물어보면 되죠. 열쇠를 제작할 때 열팽창률을 계산해서 일부러 열쇠 크기를 조절했는지를요. 아까 비서 아저씨가 말했잖아요. 디자인에는 전혀 관여하지 않았다고요. 할아버지가 특별히 주문한 거겠죠."

"아빠, 승민이 말이 정말이야?"

아내의 말에도 장인어른은 묵묵부답했다.

"할아버지가 인정하든 말든 별 상관없어요. 지금 이 실험이 성공한 순간 금고의 문을 여닫을 수 있는 사람은 할아버지뿐이라는 사실이 밝혀진 거니까요."

"아버지, 사실이에요?"

장인어른이 마침내 입을 열었다.

"…사실이다."

"그럼 오빠도?"

"내가 죽였어."

모두가 할 말을 잃은 듯 아무 말도 꺼내지 않았다. 장인어른은 바닥에 주저앉았다.

"아버지, 설마. 처음부터 형을 죽일 작정으로 금고 열쇠를 그렇게."

"아니다."

장인어른은 잠시 망설이는 듯 말을 아꼈다.

"사실 금고의 열쇠는 내 추리소설 속에 등장하는 트릭이다. 너희들이 내 원고를 정말로 읽었다면 알 수도 있었을 거야. 나는 그냥 추리소설 속 트릭이 실현 가능한지 실험해보고 싶었을 뿐이었다. 정말로 됐을 때는 너무나 기뻤지. 물론 추리소설 속 트릭은 사람을 죽이기 위해 고안한 것이긴 하다. 하지만 설마 내 손으로 형식이를… 죽일 때 쓸 줄은. 너희들이 사실 내 원고를 안 읽었다고 했을 때, 내심 다행이라는 생각을 했다. 형식이를 죽일 때는 미처 생각 못 했어."

"왜, 왜 그러신 거예요."

처남이 안타까움이 묻어나는 듯한 말투로 따졌다. 장인어른은 고개를 떨구었다.

"형식이가, 내 추리소설을 욕했다. 나는 절대 추리소설을 쓸 수 없다고 하면서."

"어르신, 그깟, 그깟 이유로!"

"하지만 그게 다가 아니야. 형식이는 언젠가부터 내게 무언의 압력을 넣기 시작했다. 승민이 너는 내가 액체질소를 구매한 게 사르코의 시운전 따위가 목적이 아니라고 말했지. 물론 금고를 열기 위해선 액체질소가 계속 필요했어. 다만 최근에는 실제로 사르코의 시운전을 했다. 내가 아니라, 형식이가 말이다."

"형이… 형이 대체 왜?"

"형식이는 교묘하게 내가 가진 죄책감을 부풀리려 했다. 아마 내가 스스로 사르코를 사용하기를 바랐겠지. 며칠 전, 형식이가 소각장에 자신이 데려온 개의 사체를 집어넣는 걸 몰래 목격했다. 그걸 보고 불길한 예감이 들었다. 다음 차례는 개가 아니라 내가 될 거란 사실을…. 그러다, 그러다! 그 자식은 끝끝내 내게 직접 말하기 시작했어. 그렇게 괴로우면, 사르코를 써보는 건 어떠냐고! 그 자식은 내가 어서 죽기를 바랐던 거야. 유산을 빨리 손에 넣으려 말이다. 그 자식이 사르코의 시운전을 한 건, 사르코가 잘 작동하는지 확인하기 위해서였다! 개 한 마리를 죽여가면서까지 말이야!"

아무도 입을 열지 않았다.

"설령 내가 사르코 안에 들어가더라도 그 자식 손에 들어가기는 싫었다. 나는 고심 끝에 사르코를 쓰겠다고 했다. 그전에 유언장을 작성하고, 금괴를 미리 옮기려 형식이와 함께 금고 안에 들어갔다. 그다음…."

몇몇 국가에선 안락사가 합법이지만 안락사를 여전히 반대하는 목소리는 높다. 그중 하나는 '내가 죽을 권리'였던 것이 '네가 죽을 의무'로 뒤바뀔 가능성이 있다는 의견이다. '다들 주변에 폐를 끼치지 않기 위해 안락사를 하고 있으니 너도 빨리 해라'라는 압력이 가해질 수 있다는 뜻이다. 형님은 그걸 실행에 옮긴 것이다. 장인어른의 죄책감을 무기 삼아.

"할아버지, 궁금한 게 있어요. 왜 굳이 열쇠를 남겨두신 거죠? 그냥 버렸다면 이렇게 들킬 일이 없었을 거잖아요. 별장 주변 CCTV야 그냥 끄면 되는데요."

아들의 말에 장인어른의 얼굴이 잠시 환해졌다 그새 어두워졌다.

"물론 나도 그 생각을 했단다. 하지만 열쇠와 금고는 내가 생각한 회심의 트릭, 회심의 역작이야. 차마 버릴 수가 없었다. 그리고 내가 쓴 소설에서도 열쇠는 버리지 않아. 하지만 아무도 눈치를 못 채지. 마지막에야 탐정이 알아내지만 말이야. 그래, 승민이 너 같은 탐정이 말이다. 나는 트릭을 현실에 옮기는 데에 성공해 흥분한 나머지 모든 게 소설처럼 무난히 흘러갈 거라 생각했다. 어리석게도, 탐정이 등장하는 대목은 빼고 말이다."

문득 소설에서도 열쇠를 버렸어야 하지 않았나 하는 생각이 들었다. 형님의 말처럼 장인어른의 작품은 정말로 형편없는 걸지도 모르겠다.

"우리가, 우리가 아버지의 소설만 읽었어도. 하지만… 너무 재미가 없었다고. 아버지가 조금만 더 재미있게 썼더라면…."

처남이 고개를 떨구며 말했다.

누군가 신고를 했는지 잠시 후 경찰이 도착했다.

트릭이 핵심인 추리소설을 좋아한다. 사실 트릭뿐인 추리소설도 좋아한다. 이미 〈40피트 건물 괴사건〉으로 그러한 추리소설을 쓴 바 있다. 그 단편은 '트릭이 너무 마음에 든다'는 어느 독자의 평을 받았고 2023 한국추리문학상 황금펜상 우수작에 선정되었다. 이 단편도 그와 비슷했으면 하는 마음으로 썼다.

전부터 과학을 이용한 트릭을 쓰고 싶었다. 밀실 트릭은 여러 종류가 있지만 과학 트릭 또한 빠질 수 없다. 원초적이면서도 매력있다 생각한다.

트릭만 알아내면 범인은 저절로 밝혀지는 추리물을 좋아한다. 기시 유스케의 소설을 원작으로 한 일본 드라마 《열쇠가 잠긴 방》 중 몇몇 에피소드가 그렇다고 생각한다. 범인은 누군지 알겠는데 트릭을 몰라 붙잡을 수 없는 상황 또한 좋아한다.

복잡한 추리소설을 좋아하지 않고 그렇게 쓰고 싶지도 않다.

트릭이 거의 전부인 장편 본격미스터리소설로는 《기울어진 저택의 범죄》가 떠오른다. 나도 그러한 추리소설을 쓰고 싶다. 물론 본격미스터리라면 다 좋아한다. 특수설정도 좋아하며 일상미스터리도 좋아한다.

어떤 소설이든 유쾌한 소설을 쓰려고 노력한다.

카의 방

조동신

어느 여름날이었다. 한 바닷가에서 있었던 일이다.

"엄마! 이거!"

대여섯 살 정도 되는 아이가 바닷가에서 조개 등을 줍다가 갑자기 어머니를 불렀다.

"응?"

"이거 문어야?"

"응? 어머, 얘!"

어머니는 그리로 갔다가 황급히 아이를 거의 번쩍 들다시피 했다.

"엄마 왜?"

"이거, 위험한 거야! 만지면 큰일 나! 아유, 바닷물 온도가 올라서 저런 게 가끔 나타난다더니!"

그 어머니는 재빠르게 아이를 데리고 도망치듯 떠났다. 그 뒤에 있던 사람은 신경도 쓰지 않은 채.

그로부터 며칠 후, 외딴곳에 있는 산장 앞에 네 사람이 모여 있었다.

"당신들, 누구야?"

오자마자 짜증부터 낸 사람은, 바로 이 산장 주인의 아내인 송국희였다. 그녀는 눈앞에 있던 한 사람을 보자 더욱 그랬다.

"왜 그러세요?"

"우리는 '카의 방'……."

"카의 방, 카의 방! 카 같은 소리 하고 앉아 있어! 자동차(Car 카) 판매원도 아니고, 정말, 당신은 더 심해!"

그날은 '카의 방' 회원들이 정기 모임을 갖기로 했다. 다들 휴가차 이곳에 오기도 했다.

"산장이라고 하나 만들어 놓고, 사람 죽이는 이야기만 잔뜩 가져다 놓다니 말이야!"

"추리소설이 왜, 단순히 사람 죽이는 이야기인가요?"

한 남자가 말했다.

"산장을 완전히 도서관으로 만들었단 말이에요!"

그 산장의 주인이자 상당한 자산가였던 김철규는 인터넷 동아리 '카의방'의 방장이기도했다. 그는 최근 사업을 접고 조용한 곳에서 독서를 즐기며 살기로 결심하기도 했다.

"존 딕슨 카라고요? 남편한테 좀 맞춰 주려고 했는데, 아무리 그래도 그렇지 어떻게 그런 데 그 큰돈을!"

송국희는 사람들을 보며 말했다. 순간, 그 중 한 명이 움찔하며 물러났다. 그가 부딪힌 것은 드럼통형 소각로였다.

"그런데 전화를 해도 왜 받지를 않나 모르겠네요?"

서 대표가 전화기를 꺼내며 말했다. 송국희의 눈에, 서지애 대표는 원수처럼 보였다. 좌우간 그녀는 전화를 귀에 댄 채 가만히 있다가 다시 떼었다.

"안 받으시네요?"

"저기, 전화벨 소리가 안에서 들리는 것 같은데요?"

이기태가 들어오며 말했다. 그가 가리킨 창문은 블라인드로 가려져 있었다.

"전화 한 번 더 해 보실래요?"

이기태는 창문 쪽으로 가서 귀를 기울여 보았다. 그는 송국희에게 물었다.

"전화벨 소리, 여기서 들리는 거 맞아요! 혹시, 부군께서 고혈압이나 그런 지병이 있었나요?"

"그, 그렇긴 한데, 왜요?"

"김 대표님이 혹시 고혈압 같은 것 때문에 쓰러진 거 아닐까요? 119 불러야겠어요!"

이기태는 자신이 전화기를 들었다. 그런데 서지애는 혹시나 해서 창문을 열어 보자고 했다. 손가락 정도만 들어갈 정도의 쇠창살이 있기는 했지만, 창문을 열 수는 있나 했는데 아니었다. 이 창문은 닫기만 하면 저절로 잠겼다. 손으로 열

수 있는 건 방충망뿐이었다.

"아무래도 들어가 봐야겠는데요?"

송국희가 문을 열고 들어갔는데, 이상하게도 서재 문도 잠겨 있었다. 그 안에 김철규가 있다는 사실은 확실했다.

별 수 없이, 이들은 119를 불렀다. 잠시 후 구조대원들이 와서 익숙한 솜씨로 문을 따고 들어갔다. 그런데 문을 열자마자, 먼저 창문이 눈에 띄었지만 중요한 건 방 바닥에 있었다.

"아, 아니?"

"헉!"

"여보!"

한동안 침묵이 이어지다가, 송국희의 비명이 산장 주변에 크게 울렸다.

잠시 후, 한적한 산속은 사이렌 불꽃과 소리로 잠시 동안 소란해졌다. 119가 아니라 112에 걸어야 할 일이었다.

"아니, 이게 어떻게 된 거야?"

김철규의 서재는 안에서 잠겨 있었고, 창문에는 쇠창살이 쳐져 있었다. 현장을 지휘하던 팀장이 물었다.

"피해자는 서재에 혼자 있었는데, 왜 문을 잠그고 있었을까?"

형사가 말했다.

"여러분들은 피해자와 무슨 관계십니까?"

"저, 저는 송국희라고 하고, 이 사람의 아내입니다."

김철규 대표의 아내, 송국희는 남편보다 10세 이상 나이가 적어 보였다.

"다른 분들은요?"

"저는 영도출판사 대표, 서지애라고 합니다. 이 사람은 편집자인 이기태고요."

"당신, 정말 우리 남편이랑 아무 사이 아니야?"

송국희가 갑자기 서지애 대표를 보며 말했다.

"말도 안 되는 소리 마세요! 그분은 이번 일 때문에 우리 출판사에 투자하시겠다고 했어요!"

"그게 투자야? 기부지! 투자는 이윤을 바라고 하는 거라는 거 몰라?"

"자, 잠깐만요. 다른 분들은, 무슨 일로 오셨습니까?"

"우리는 범죄소설 동호회 사람입니다."

한 남자가 말했다. 이들은 말한 대로 추리소설 동호회, '카의 방'의 회원이었다. 김철규는 여름에 이들을 자신의 별장으로 초대했다. 이곳에서 이들은 밤을 새우다시피 하면서 추리소설 이야기를 하곤 했다.

"바깥양반이 이제 사업하기도 힘드니까, 사업을 정리하고 조용히 살고 싶다고 하지 뭐예요? 거기다 어렸을 적부터 꿈인 추리소설 쓰기도 하고 싶다고요. 그래요, 거기까지는 그렇다 쳐요. 그런데 딕슨 칸지 뭔지에 푹 빠지더니, 전집을 내게 해 달라고 저 여자 출판사에 20억이나 투자한다지 뭐예요! 절대 그냥 그런 거 아닐 거예요. 저 여자랑 무슨 사이였던 게 분명해요!"

사람들은 모두, 그 금액을 듣자 경악하지 않을 수 없었다.

"저런, 오늘 발표한다고 한 게 그거였군요!"

그보다도 이상한 점이 따로 있었다. 현장에 있던 책들은 모두 바닥에 나뒹굴고 있었는데, 김철규의 등에 박혀 있던 것은 다름 아닌, 시곗바늘이었다.

"대체 이게 어떻게 된 건지 모르겠어요."

서지애 대표는 고개를 설레설레 저었다. 그녀는 '임세호 탐정사무소'에 앉아 있었다.

"아니, 그런데 대표님이 그 김철규라는 분을 죽일 이유가 없지 않습니까? 오히려 돈을 받지 못하게 되었으니 큰 손해 아닌가요? 그런데 딕슨 카가 뭡니까?"

소장 임세호가 물었다. 옆에 있던 남필이 대신 대답했다.

"추리소설가 이름이에요. 존 딕슨 카(John Dickson Carr)라고요. 우리나라에는 별로 알려지지 않았지만, 20세기 영국에서 제일 유명한 작가 중 한 명이에요. 그 말씀하신 동아리, '카의 방'도 그 작가 이름에서 따왔어요."

"어머, 잘 아시네요?"

"이 녀석도 아마 그 '카의 방'인가 뭔가의 회원일 겁니다.

추리소설 박사예요. 박사."

임세호는 귀찮다는 듯 말했다. 서지애 대표는 처음 사무소에 들어왔을 때, 소장 임세호와 남필을 번갈아 가며 보고 도저히 어울리지 않는다는 생각을 했다. 임세호는 경찰보다는 범죄자에 더 가까운 인상이었다. 그것도 폭력배가 아니라 미치광이 연쇄살인범 같은 느낌이었다.

반면, 그 조수이자 유일한 직원인 남필은 고등학생이 탐정사무소에서 아르바이트하고 있나 하는 생각이 들 정도로 어려 보였고, 꼭 수줍음 많은 어린아이, 그것도 예쁘장한 아이 같았다. 이런 사람들이 탐정이라니 이상했다.

"피해자가 그, 대표님의 출판사에 거액을 투자하기로 했다는데 맞습니까?"

"맞아요. 존 딕슨 카 전집을 내게 해 달라고 했어요. 아시겠지만 우리나라에서 추리소설은 잘 팔리지 않잖아요. 특히 고전은 더요. 그래서 몇몇 출판사에서 내다가 판매 저조로 금방 절판되고 그랬는데, 특히 딕슨 카처럼 다작을 한 사람의 전집을 내려면 사운을 걸어야 하거든요. 그런데 김 대표님이 큰돈을 주시면서 그 작품들을 내게 해 달라고 했어요. 사모님 말씀대로 말은 투자, 사실은 기부나 마찬가지였죠."

"돈은 받으셨나요?"

"아직요. 그러니 사모님이 그리 펄펄 뛰시죠!"

서지애는 한숨을 푹 쉬었다.

"그 사모님이야 그 기부에 반대를 하셨죠. 남편 취미를 웬만큼은 이해하지만, 딕슨 카 전집을 한국에 나오게 하는 데 큰돈을 내겠다니 말이죠. 그러다 보니 제가 김 대표님이랑 그렇고 그런 사이라고 의심까지 하셨어요. 그래서 만날 때마다 절대로 단둘이서는 만나지 않았어요. 뭣하시면 문자랑 톡 내역 다 보여드릴게요."

남필은 안타깝다는 생각이 들었다. 그도 '카의 방'의 회원이었지만 서지애 대표와는 초면이었다.

"우리 회사에서 추리소설을 내고는 있는데, 존 딕슨 카의 작품을 전집으로 낼 수 있다면 회사로서도 하나의 업적을 내는 거니까요."

출판계는 몇 년째 불황에 시달리고 있다. 특히 외국의 유명 작가에게 선인세를 주고 한국어로 번역하는 일은 상당히 큰돈이 드는 일이었다. 그러니 전집 등을 내려면 거의 사운을 걸어야 할 수도 있었다. 그런데 그런 일을 지원해 주겠다니, 서지애 대표로서는 쌍수를 들고 환영할 일이었다.

"거기다, 송 여사님은 저랑 김 대표님이 불륜이라고까지 하면서 그 기부를 반대했어요. 이건 명예 훼손 아닌가요?"

"저런!"

김철규의 갑작스러운 죽음, 범인이 누구인지는 알 수 없었다. 남필은 몇 가지 체크해 보았다.

"그래도 서 대표님에게 혐의가 돌아가지는 않을 것 같은데요?"

남필이 보기에도, 아니 누가 봐도 서 대표에게는 김철규를 죽일 동기가 없었다. 그가 죽으면 그녀로서는 오히려 손해다. 그는 출판사에 얼마 주겠다는 유서를 미리 써 두지도 않았기 때문이다.

"그래도 우선 귀가만 허가받았을 뿐, 혐의를 벗은 건 아니니까요. 거기다, 김 대표님이 죽었으니 제일 이익을 보는 사람은 송 여사잖아요. 그 재산을 전부 자기 마음대로 할 수 있으니까요. 그런데도 제가 불륜을 저질렀다. 그래서 죽였다니 뭐 하니, 정말 명예 훼손으로 소송이라도 걸까 하다가 진실을 알아내는 게 좋을 것 같아서 이렇게 탐정님에게 온 거예요."

"좋습니다. 곧 조사 들어가죠!"

가만히 있던 임세호가 말했다.

몇 시간 후, 차 한 대가 문제의 그 산장 앞에 멈췄다. 현장에는 물론, 아직 경찰 저지선이 쳐져 있었다.

"여기구나."

남필은 이곳에 한 번 온 적이 있었다. 지난 해, 그가 아직 대학을 졸업하기 전이었다. 그때 이 컬렉션에 감탄하기도 했는데.

"밀실 살인의 대가라고?"

임세호는 얼굴을 찌푸리며 물었다.

"추리소설 보고 경찰이 되기를 바라는 건, 인디아나 존스 보고 고고학자 되겠다고 하는 거나 마찬가진데 말이다."

그의 말버릇이었다. 남필은 웃고 말았다. 존 딕슨 카는 밀실 살인의 대가이자 늑대인간, 흡혈귀, 불사의 마녀 등 전설을 활용하여 불가능 범죄를 일으키고 그러한 불가능을 합리적으로 해결해 나가는 이야기를 많이 써낸 작가였다.

"대충 이런 구조였을 거예요."

남필은 기억나는 대로 그 산장의 구조도를 그려 보았다. 탐정은 경찰이 아니므로 현장에 들어갈 수 없었으니 그렇게라도 해야 했다.

"그래도 이런 데, 솔직히 추리소설 무대 하면 딱 좋긴 하네."

임세호는 주변을 둘러보며 말했다.

창문에는 물론, 쇠창살이 쳐져 있었으며 창문은 닫기만 해도 저절로 잠겼다. 밖에서 보면 쇠창살, 방충망, 그리고 이중 창문 순이었다.

"그런데 이 더운 여름에 창문을 닫고 있었다는 것도 이상한데요?"

"에어컨을 켰으니까 그랬겠지."

"아니오. 김철규 대표는 에어컨을 좋아하지 않았어요."

"그래?"

이들은 주변을 몇 번이나 둘러보았지만, 어디서 보아도 들어갈 틈이 없었다.

"말 그대로 '카의 방'이군요."

남필은 경찰 저지선을 넘지는 않은 채로 주변을 보았다.

"그때 그 서재에서 그 시계를 저도 보긴 했어요. 하지만 그걸로 정말 사람을 죽일 수 있을 줄은 몰랐어요."

사건 조사 중 뜻밖의 보도가 나왔다. 김철규 대표의 사인은 바로, 테트로도톡신 중독이었다. 그것도 이상하게도, 그 서재에 있던 시곗바늘에 그것을 묻혀서 찌른 게 분명했다.

"참, 이상하네요. 딕슨 카의 작품 중에도 <사시계>라는 게 있어요. 정말로 시곗바늘로 사람을 찔러 죽였는데 살인 장소 역시 시계 제작자인 카 씨의 집이예요."

"우리나라에 나왔어?"

"아니오. 저는 시놉시스만 봤어요. 그런데 좀 이상한데요? 시곗바늘로 사람을 찔렀는데 바늘에 미리 복어 독을 묻혀 뒀단 건가요?"

남필은 어깨를 으쓱 했다. 사실 찌르는 것만으로는 급소를 피했을 때 치명상을 주기 어려운 경우가 많다. 하지만 맹독이라면 스치기만 해도 결정적인 타격을 줄 수 있다.

"그렇다면 이건 우발적인 게 아니라 계획 살인이네. 아니, 계획 살인이라도 시계를 열고 바늘로 사람을 찌를 생각을 할 사람은 없겠지."

남필은 고개를 갸우뚱했다.

"그날 모인 사람들 중, 혹시 허수일 씨는 없었나 모르겠어요."

"알아?"

"저도 그 카페 회원이니까요. 그리고 허수일 씨는 일식 요리사고 복어 조리사 자격증도 있어요. 그분한테서 복어 이야기도 들었어요."

"그래? 조사해 봐야겠지만 복어 관리는 엄격하게 하고 있어. 복어 손질 후 내장이랑 알 등은 함부로 버릴 수도 없단 말이야. 전부 무게를 달아서 따로 보관했다가 관청에 제출하도록 한다고. 조금씩 빼돌릴 수는 있지만, 그랬다가는 내가 범인입니다 하는 거나 마찬가지지."

임세호의 말이 옳았다. 시곗바늘에 독을 묻혀 찔렀다면 이는 틀림없는 계획 살인이다.

"산장 주변에는 CCTV도 없어요."

"그런 부자가 CCTV도 없이 살았다고?"

"여기에는 책 말고는 없으니까요."

남필은 어깨를 으쓱 했다.

"범인은 추리소설이라는 걸 잘 아는 사람이라고 봐야 되고, 그렇다면 너도 포함되겠는데? 거기다 너도 그 카페 회원이라고 했잖아."

임세호는 씩 웃으며 말했다.

"그날 오프모임에 저도 나갔으면 저까지 용의자로 몰릴 뻔

했네요."

그날 '카의 방' 회원들은 오프라인 모임을 가지면서 하나의 계약서를 체결할 예정이었다. 서지애 대표의 출판사에 김철규가 얼마를 기증하면서 그 대신 딕슨 카의 작품을 전집을 내기로 하는 계약서였다.

"추리소설도 사실은 읽기 골치 아프잖아? 그리고 사실 말도 안 되는 이야기 뿐이고 말이야. 존 딕슨 카는 밀실의 대가였다고?"

"네. 사실 추리소설가에게 밀실은 일종의 로망이죠. 1841년에 에드가 앨런 포의 모르그 가의 살인이 나온 이래 말이죠."

"그 '카의 방'이라는 회원 중 한 명이 실제로 밀실 트릭이라도 실행해 보고 싶어서 그런 짓을 한 거 아닐까?"

임세호는 씩 웃으며 말했다. 가끔 정신이상자인 범인 중에는 범죄 자체에 흥미를 가져서 일을 저지르는 이도 있다.

"그건 아닐 겁니다. 현장이 서재라니, '카의 방' 회원들은 범인이 아닐 것 같아요."

"왜 그렇게 생각하지?"

"회원들은 그 서재 안의 책들이 상하는 걸 참지 못하는 사람들이니까요. 그 안에는 외국에서 샀거나 구하기 어려워진 것도 많거든요. 거기에 피가 튀기라도 하면 큰일이죠. 또, 살인을 해도 그 계약이 이루어진 다음에야 할 걸요?"

남필은 반은 농담으로 말했다.

"농담하지 마라. 추리소설에 빠져서 자기도 범죄를 저지르겠다고 여기는 거나 마찬가지지."

"실제 그런 사람도 드물게 있죠. 예를 들어 윌리엄 브리튼의 <존 딕슨 카를 읽은 사나이>라는 단편을 보면 주인공도 딕슨 카의 팬이라서 밀실살인을 저지르는 꿈을 갖고 있거든요."

"저런. 아, 피해자가 시곗바늘이 없어졌다는 사실 자체를 몰랐을까?"

"몰랐을 수도 있고, 알았을 수도 있죠. 사실 요즘 누가 쉽게 아날로그시계를 보겠어요? 거의 장식품이나 마찬가지죠."

단서를 남기지 않기 위해 일부러 현장의 물건을 사용하는 방법도 있지만, 굳이 독을 발랐다면 만년필 등이 더 나을 것이다.

"현장에 다트도 있었다고 했잖아? 왜 그거로 찌르지 않았을까?"

"그건 자석이 붙은 뭉툭한 거라서 사람을 찔러 죽일 수 없어요. 뾰족한 다트는 벽을 상하게 할 수 있으니까요."

"그런데 이번 사건도 밀실 사건이나 마찬가지네. 과연 어떻게 된 건지 모르겠어."

"그걸 이제 밝혀야죠."

김철규의 유산을 상속받을 만한 사람은 부인인 송국희, 또

한 명은 조카인 최준형이었다. 남필은 우선 송국희를 만나 보기로 했다.

김철규는 여동생과 의절하고 거의 10년이나 보지 않았다고 한다. 따라서 최준형에게도 유산을 남길 이유가 없었다. 하지만 유언장이 없었으므로 그에게 상속권은 있다.

송국희 여사를 찾는 일은 그리 쉽지 않았다. 그녀는 남편의 죽음 이후 회사 일을 수습하느라 꽤 분주하게 오가고 있었다.

"내가 왜 그래야 하는데?"

"외삼촌이 주신다고 했어요!"

뜻밖에 남필이 그 회사에 갔을 때, 송국희와 한 남자가 다투고 있었다.

"실례합니다!"

"누구시죠?"

두 사람이 동시에 그를 보았다. 남필은 자신의 명함을 내밀었다.

"임세호 탐정사무소 소속 탐정, 남필이라고 합니다."

"그런데 무슨 일이시죠?"

두 사람은 얼굴을 찌푸리며 물었다. 탐정이 왔다니 반갑다고 할 사람은 의뢰인뿐일 것이다.

"갑작스럽게 일이 생겼으니 뭐라 드릴 말씀이 없습니다."

"남편 일 때문이라면 할 말이 없어요. 제가 그 사람이랑 싸워서 이길 것 같은 가요? 그것도 시곗바늘로 찌르겠어요?"

"솔직히 저도 그렇게 생각합니다. 그 상황에서 싸운다면 차라리 그 방에 지천으로 쌓여 있던 책으로 때리는 편이 낫지요."

"잘 아시네요."

책등 끝은 꽤 단단한 둔기가 될 수 있다. 특히 하드커버나 무거운 책이라면 더욱 그렇다.

"부군께서는 책을 그렇게 여기저기 늘어놓고 읽으셨습니까?"

"아니오. 책상에 여러 권 쌓아놓기는 했지만, 여기저기 책 노점상마냥 흩어놓지는 않았어요. 범인이랑 몸싸움을 하다가 책들이 그리 흩어진 거 아닐까요?"

"그렇군요. 그 출판사에 거액 기부하시는 일 때문에 부군이랑 많이 다투셨다고 들었습니다. 그 모임이 있던 날에도 그 일 때문에 싸우고 먼저 나오셨나요?"

"그래요. 20억이나 기부한다고 했는데, 좋다고 할 사람이 어디 있어요? 차라리 불우이웃 돕기에 낸다면 모를까! 그 여자가 하는 출판사에는 절대 한 푼도 줄 수 없어요!"

송국희는 고개를 절레절레 흔들었다.

"그러면 왜 다시 가셨나요? 시체를 발견했을 때?"

"그 여자가 온다고 해서 갔죠! 담판을 지으려고요! 정말 그 여자, 남편이랑 그렇고 그런 사이 아닌가 해서요!"

"서 대표님은 부군이랑 단둘이 만난 적도 한 번 없다고 하셨습니다."

"그걸 어떻게 믿어요? 좌우간, 할 말이 더 없어요!"

"한 가지 부탁을 드려도 될까요?"

"뭐죠?"

남필은 그녀의 얼굴에서 깊은 짜증을 느꼈지만 말을 이었다.

"손을 이렇게 들어 보이시겠습니까?"

"네?"

누가 보면 하이파이브 하자는 줄 알 것이다. 남필은 그녀의 손을 순간적으로 보았다. 사람을 죽일 정도의 시곗바늘을 쓴다면, 쓴 사람의 손에도 상처가 남을 수 있을 것이다. 뜻밖에, 그녀의 오른손 새끼손가락에서는 약간 베인 듯 반창고가 붙어 있었다.

"이건 손을 베었다고요!"

"손을 베었다면 왜 왼손이 아니라 오른손을 베셨죠? 오른손으로 칼 잡지 않으셨나요?"

"저 왼손잡이거든요?"

"아, 알겠습니다."

남필은 금방 돌아서려다 물었다.

"김 대표님의 죽음으로 가장 이익을 보는 사람이 부인이죠?"

"여기 또 있죠!"

송국희 여사는 바로 옆에 있는 사람을 가리키며 말했다.

"아니, 왜 이럴 때 저한테 뒤집어씌우세요?"

송국희는 그의 말은 들은 척도 않고 대답했다.

"이 사람은 남편 여동생의 아들인데, 남매 인연 끊었죠. 도박 중독 때문에 집에서 돈만 자꾸 빼내다 써서요!"

"그건 거짓말이에요! 우리 아버지와 결혼을 반대해서 그런 거잖아요!"

"나는 남편에게서 그렇게 들었는데? 좌우간 지금 올케는 죽었는데, 요 며칠 동안 이 사람이 남편을 찾아가긴 했어요."

조카의 이름은 앞서 언급했듯 최준형이었다. 그는 최근 직장을 잃고 혼자 지내고 있었다.

"돈을 달라고 했나요?"

"돈은 아니고, 일자리 하나만 달라고 했습니다!"

최준형은 최근까지 제주도에서 생선 장사를 하고 있었으나, 일이 망했다고 한다.

그에 관해서는 물론, 남필보다 경찰이 먼저 조사한 다음이었다. 그는 뜻밖에 사건이 있던 날, 사람들이 모이기 전에 그의 집에 가기도 했다.

"지금 어디서 지내시나요?"

"서울의 고시원에서 지내며 일자리 찾는 중이래요. 그리고 제가 아무리 그 일로 싸웠다고 해도, 남편을 죽일 것 같아요?

그리고, 저라면 시곗바늘로 찌를 생각도 못해요! 얘라면 모를까!"

송국희가 대답했다.

"왜 그렇습니까?"

"요즘 들어 추리소설에 재미를 붙이고, 쓰기까지 시작했다나요? 존 딕슨 카에게요. 외삼촌에게 아부하려고 그러는 거죠!"

송국희는 어이가 없다는 얼굴로 말했다. 남필은 어쩔 수 없이 웃었다.

"추리소설, 한 번 재미 붙이면 빠져나오기 어렵습니다. 혹시 어떤 작품을 좋아하시나요?"

"얼마 전에 존 딕슨 카의 〈세 개의 관〉과 〈화형법정〉을 봤는데, 보고 정말 놀랐습니다. 그래서 그쪽에 관심을 갖게 됐어요."

최준형은 씩 웃었다.

"그런 이야기는 다른 데 가서 해. 그리고, 내가 남편 죽어서 이익을 본다고요? 과부 되는 게 이익이라고요? 부부싸움 한 번 않는 부부 봤어요?"

하긴, 이익이란 건 꼭 물질적인 것만은 아니다.

임세호는 허수일이 근무하는 복어 전문점에 갔다.

"어서 오십시오."

허수일은 키가 상당히 커서 거기서도 눈에 띄었다.

'쳇, 복어는 왜 이리 비싸?'

허수일은 복어 독을 손에 넣을 수 있으므로 충분히 범행도 가능한 데다, 알리바이도 확실하지 않았다. 그는 자신의 차로 거기까지 갔기 때문에 터미널에도 가지 않았다.

김철규가 죽었을 때, 허수일은 알리바이가 확실하지 않았다. 하지만 문제는 바로 동기였다. 사람 죽이기는 절대 쉬운 일이 아니다. 단지 누군가의 사주를 받았다면 가능하다. 하지만 복어 독을 먹이면 먹였지, 시곗바늘에 묻혀서 찌른다는 생각을 아무나 할 수는 없다.

앞서 언급했듯 복어를 잡은 뒤 내장이나 알 등 독이 있는 부분은 모두 따로 보관해야 한다. 하지만 물론, 그가 범인이라면 어떻게든 수를 쓸 수 있을 것이다.

"저는 탐정입니다."

"탐정이요? 혹시 그 사건 때문에 오신 건가요?"

허수일이 물었다. 임세호는 순간, 그를 째려보았다. 그는 워낙 사나운 인상의 소유자라 척 보면 누구든 친근하게 다가서긴 어려웠다.

"누가, 의뢰를 한 건가요?"

"탐정소설 좋아하신다면서, 의뢰인의 비밀을 엄격히 지키라는 규칙은 모르십니까?"

"아, 네."

임세호의 말에 허수일은 약간 주눅이 든 듯했다.

"하지만 저는 아무것도 모릅니다. 제, 제가 그 김철규 대표님을 죽여서 무슨 이익이 있나요?"

"질문에 대답이나 하시죠. 송국희 여사님을 아시죠?"

"압니다. 여기 가끔 오시니까요. 추리소설은 싫어도 초밥은 좋아하시거든요."

"그래요?"

임세호는 순간, 송국희가 김 대표를 없애기 위해 허수일을 매수하여 복어 독을 구했을지 모른다는 생각이 들었다.

"현장에 뭔가 이상한 점은 없었는지 기억해 주시죠."

"그, 글쎄요. 한 가지 이상한 거라면, 그 당시 소각로가 뜨거웠어요. 아시죠? 굴뚝 달린, 드럼통형 소각로요."

"소각로요? 그게 답니까? 햇볕 때문에 뜨거웠을 수도 있잖아요?"

"그게 답니다. 제가 굳이 무슨 일을 할 필요가 있나요? 제가 봤을 때 연기가 아직 좀 나는 것 같았어요."

허수일은 겁먹은 얼굴로 말했다. 임세호는 형사 출신이라서 이런 사람들을 보면 어느 정도 감이 왔다. 더욱이 허수일은 몸집은 꽤 큰데 심약한 모양이었다. 일식당 요리사니 살아있는 생선은 많이 잡았겠지만, 사람을 잡는 일은 아무나 할 수 없다.

'카의 방'의 다른 회원들은 알리바이가 확실했다. 살인 사건이 일어난 때는 그 일행이 도착하기 한 시간 정도 전이었다. 그들이 터미널에서 만나는 모습까지 CCTV에 분명히 잡혔다. 하지만 허수일은 자신의 차를 가지고 갔다.

"서지애 대표와 이기태 편집자는 같이 차를 타고 갔고."

"송국희 여사는 살인사건 전에 그 산장에 가긴 했으니까, 사실 시간만 본다면 가장 알리바이가 불확실하죠. 그런데 부인이라면 산장 현관문은 잠그고 가는 게 간단한데 그 서재 문을 어떻게 잠갔을지는 몰라요."

"그런데 굳이 그 문을 잠갔을 리는 없는데? 그것도 그 더운 날에?"

임세호의 말에, 남필도 고개를 갸우뚱했다.

"서재 에어컨을 틀어 놓았기 때문에 창문은 닫을 수 있지만 문을 잠근다는 건 오히려 이상하네요. 블라인드는 햇볕이 너무 세서 내렸다고 하면 되겠지만."

"그러게."

두 사람은 잠시 각자의 생각에 잠겼다. 서재 문이 잠겨 있었던 이유는 무엇일까, 송국희 여사는 김 대표가 문을 잠그는 버릇은 없었다고 했다. 그것도 혼자 있고 손님이 곧 오는데 굳이 문을 잠근 이유는 무엇일까.

"부인의 알리바이는 어떻대?"

"차 타고 가는 척 하지만, 차를 어디에 세워두고 몰래 자전

거 같은 것을 타고 돌아왔다가 일을 저질렀을 수도 있죠."

남필이 말했다. 이 산장에는 CCTV가 없었다. 현장에는 김 대표의 차가 있기는 했지만 블랙박스에도 수상한 것은 잡히지 않았다.

"하긴 산장에 있는 거라곤 위스키랑 책들뿐이니 그렇겠네."

임세호는 위스키 등을 좋아했다.

"책을 술 먹으면서 읽으면 좋을까 모르겠어요."

"술은 운전 외 모든 행동과 다 어울린다. 몰라?"

최준형이나 송국희 여사야말로, 김 대표의 죽음으로 인해 이익을 보는 사람이다. 하지만 그들 중 누가 그랬을지는 알 수 없고, 더욱이 그들 중 누가 복어 독을 구할 수 있을지도 몰랐다.

"복어 독을 구하려면 아까 말했듯이 복어 전문점에서 내장이나 알을 조금씩 빼돌리는 방법뿐이지. 하지만 그랬다면 너무 분명하고, 더욱이 독은 준비했는데 흉기는 준비하지 않았을 리가 없지?"

"당연하죠."

남필이 주변을 둘러본 결과, 집 뒤에는 대나무가 꽤 빽빽하게 자라고 있었다.

"대나무는 왜 보고 있어?"

임세호가 물었다.

"여기에 뭔가 단서가 있을지 몰라서요."

"대나무 숲에서 직접 죽순 캐서 통째로 삶으면 그 맛이 기가 막히지!"

임세호는 제법 미식가였다. 좌우간 남필은 주변을 뒤져 보았다.

"범행 도구를 대나무 숲에다 묻으면 나중에 죽순에 딸려서 땅 위로 올라올 수도 있을 걸요?"

"그걸 안다면 거기 묻지는 않을 거다."

"맞아요."

순간, 남필의 눈에 뭔가가 들어왔다. 숲으로 들어가자 대나무 하나를 최근에 벤 흔적이 있었다. 톱자국이 선명했다.

"대나무를 톱으로 벤 흔적이 있는데요?"

"그래?"

"그러고 보니, 그 집에 소각로가 있죠? 작년에 왔을 때 저도 본 것 같은데, 하긴 여름에 소각로를 쓸 일은 없을 텐데요. 쓰레기뿐 아니라 여기 낙엽이나 짚 등을 태우는 데 쓰는 거니까요."

"여름에라도 간단히 뭘 태울 수야 있지. 문제는 밀실 사건이잖아?"

임세호가 쇠창살을 두드려 보이며 말했다.

"범행 시간대에는 창문을 열지 않았다는 건 에어컨을 켠 상태니까 이상하지 않지만요."

남필은 그 주변을 살펴보았다. 범인은 과연 누구이며, 어떤 방법으로 일을 저질렀을까. 특히 무엇보다도 그 모임 시각보다 먼저 가서 범행을 저질렀다는 점으로 보아 그날 일에 관해서 알고 싶었을 것이다.

송 여사가 범인이라면 충분히 그럴 만했다. 김 대표의 죽음으로 가장 이익을 보는 사람은 전 재산을 물려받을 그녀였고, 더욱이 출판사에 20억이나 기부한다는 계약을 막기 위해서라도 그날 일을 저질러야 했을 것이다.

단, 그녀는 알리바이가 확실했다. 산장에는 CCTV가 없는데 도로에 있던 것에 그녀가 그 산장에서 떠나는 모습이 분명히 찍혔기 때문이다. 하지만 앞서 언급했듯 어딘가에 차를 숨겨두고 자전거로 산장에 돌아가서 일을 저질렀을 수도 있다.

서재의 문을 잠그는 법도 그녀라면 간단했다. 그 문은 잠금장치를 누른 채 닫으면 저절로 잠겼다.

'하지만, 굳이 밀실을 만들어서 송 여사에게 무슨 이익이 있을까? 별장 문도 잠겨 있는데, 거기다 그녀가 굳이 시곗바늘을 흉기로 쓸 이유도 없고.'

존 딕슨 카의 작품 중에 실제로 사람이 시곗바늘에 찔려 죽는 이야기가 있다.

"흠……."

서지애 대표는 알리바이도 확실하고 김 대표를 죽일 이유가 없다. 그리고 조카 최준형 역시 동기가 없다.

허수일은 김 대표의 단골 일식집 요리사였고 그로 인하여 존 딕슨 카의 팬이 되었다고 하지만, 그 식당에서 뭔가 일이 생겨서 그를 없애야 했을지 몰랐다. 하지만 그 사실을 밝힐 수는 없었다.

혹시 송 여사가 허수일을 매수하여 복어 독을 조금 얻을 수 있지 않았을까 하는 생각도 들었으나, 그 역시 증명할 길은 없었다. 그녀 역시 그 식당의 단골이기도 했지만 그 사실만으로는 증거가 부족했다.

남필은 잠시 생각해 보았다. 그러다가 전화기를 들었다.

"아, 서 대표님? 저 남필입니다. 사실 좀 여쭤보고 싶은 게 있습니다. 낚시 좋아하시나요?"

"낚시?"

임세호와 전화 속 서 대표는 동시에 되물었다.

"아니요, 전혀 할 줄 몰라요."

"그렇다면, 혹시 다트는 하실 줄 아나요?"

"다트요? 그건 자신 있어요. 김 대표님도 다트는 잘 하시더라고요."

"갑자기 웬 낚시, 웬 다트?"

임세호가 물었다. 남필은 잠시 생각하고는 다시 창문으로 가 보았다.

"소장님, 현장인 서재 쇠창살을 보니까 잘 닦여 있지요? 다른 쇠창살에는 먼지가 껴 있는데."

"그런데?"

"범인이 누구인지 알 것 같아요."

"뭐라고?"

"그리고 그 방법도 알 수 있을 것 같아요. 전에 들었는데 허수일 씨가, 소각로가 뜨거웠다고 했어요. 여름이라서 햇볕 때문에 뜨거운 건지도 모르지만, 방금 썼기 때문에 그랬을 수도 있어요."

"범인이 누군데?"

"조카, 최준형 씨요."

"왜?"

"최근에 제주도에 있다가 올라온 사람이니까요."

"그게 어떻게 의심의 대상이 되지?"

"제주도 해변에서 가끔, 그게 나오죠. 파란고리문어요. 그건 손바닥보다도 작지만 맹독을 갖고 있지요. 그거 한 마리 잡아서 독만 빼낸다면 어떨까요? 그거 역시 복어와 같은 테트로도톡신을 갖고 있거든요."

"그런 식으로 따지면, 다 마찬가지 아냐? 복어 독이니까 오히려 허수일 씨가 범인일 수 있지. 그 문어가 제주도에서만 나오는 것도 아니고."

"허수일 씨는, 복어 독을 쓴다면 자기가 범인이라고 하는 거나 마찬가지니까요. 저는 범인이 낚시라도 갔다가 우연히 복어를 낚았고, 그것을 기회로 여긴 거라고 생각하기도 했어요. 하지만 서지애 대표님은 낚시라고는 전혀 할 줄도 모르더군요."

"독은 그렇다 쳐도, 밀실에서 어떻게 사람을 죽였다는 거야?"

임세호가 물었다.

"한 가지 방법이 있죠. 창문에 쇠창살이 쳐져 있긴 해도 그 틈새로 화살을 날리는 거죠."

"화살? 그래도 그 사이로 다트 던지기가 쉬운 일이겠어? 그리고 피해자를 찌른 건 시곗바늘이잖아?"

"쏘면 되죠."

남필은 쇠창살을 가리키며 말했다.

"편전이라고 아시죠? 애기살이라고도 불리죠. 보통 화살의 반도 안 되는 짧은 화살이라 그냥 활로 쏠 수는 없으니까 덧살 혹은 통아라 불리는, 반으로 자른 대나무 막대에 넣어서 쏘는 거죠. 그 통아가 총으로 치면 총신 비슷한 구실을 하는 거니까요."

"그게 왜?"

"이 하드커버 책의 책배가, 바로 그 통아와 비슷한 구실을 한 거예요."

시곗바늘을 책배 위에 올려놓고, 바로 그 위에서 고무줄을 당기면 밖에서도 충분히 새총처럼 그것을 발사하여, 안에 있는 사람을 맞힐 수 있다.

"시곗바늘을 흉기로 쓴 이유도 그 때문일 걸요. 충분히 가벼우니까요."

"피해자가 보고 피하거나 하지 않았을까?"

"그러니까요. 저도 그 때문에 고민했는데, 오히려 한 가지 방법이 있어요. 최준형 씨는 외삼촌에게 돈을 달라고 한 게 아니고 일자리 하나만 부탁하러 왔다고 했잖아요. 그리고 자기도 요즘 추리소설에 관심이 생겼다 하는 식으로 경계심을 푼 다음에, 자기가 특별히 생각한 밀실 살인 트릭이 있다든가 하는 핑계로 시험해 보겠다고 하지 않았을까요?"

"의심하지 않았을까?"

임세호가 눈을 크게 떴다.

"굳이 의심할 이유가 있겠어요? 그리고 최준형은 서재 창문을 미리 열고 밖으로 나간 다음에 김철규 대표에게는 창문을 등지고 서 있어라, 이런 식으로 말했겠죠. 그리고 그대로 발사한 거죠. 고무줄을 갈고리 같은 것에 끼웠다가 얼른 쇠창살에 고리를 끼우고, 당기면 그만이죠."

남필은 젓가락을 고무줄에 끼우고, 책배 위에 올렸다. 고무줄을 놓자마자, 젓가락은 앞으로 꽤 강하게 날아갔다.

"확실하게 죽일 수 있도록 시계바늘에 독을 묻혔고?"

"그렇죠."

"현장에는 책이 다 흩어져 있었고, 서재 문도 잠겨 있었잖

아. 그건 어떻게 해?"

"쇠창살 사이로 긴 막대기를 넣어서 문을 닫고 잠그고, 책상 위의 책도 흩어버리면 되죠. 그리고 통아로 쓴 책도 쇠창살 안으로 던지면 되죠. 그런데 한 권만 바닥에 있으면 누가 의심할지 모르니까, 일부러 책상 위에 책들을 모두 바닥에 흩어 버린 거예요. 피해자는 책을 책상에 쌓아두고 읽는 버릇이 있었으니 그 중 하드커버가 있다고 해도 이상할 건 없죠."

"긴 막대기?"

"집 뒤에 대나무가 있으니까, 하나 잘라서 쓰고 그건 저 소각로에서 태워 버리면 그만이니까요. 아니면 피해자가 움직이지 못하도록 쓰러졌을 때 그 대나무로 뒤에서 눌렀을 수도 있어요."

임세호는 잠시 생각한 뒤 말했다.

"그래도 증거가 없잖아. 말은 되지만. 전부 감에 의존한 추리라고! 그런 건 증거 채택이 안 돼!"

"그러니 이제 찾아야죠. 증거를. 아니, 경찰도 벌써 알아냈을지 모르겠어요."

본의 아니게, 남필은 범인의 정체보다는 밀실 살인의 수수께끼를 푸는 데 중점을 맞추게 된 셈이었다. 임세호는 전화기를 들었다.

"어, 태민아, 나야. 김철규 사건 담당 누구야? 아, 너라고? 잘 됐네!"

박태민 형사는 임세호가 경찰이었을 때의 후배였다.

"뭐라고요?"

최준형은 느닷없이 남필과 임세호의 방문을 받자, 말도 안 된다며 껄껄 웃었다. 하지만 곧 그 뒤에 온 박태민과 그 파트너 형사를 보자, 그의 웃음이 싹 가셨다.

"외숙부님의 유산이 그리도 탐난 겁니까?"

남필이 따지듯 물었다.

"제가, 그날 외삼촌을 방문했다는 거 하나 가지고 그러시는 건가요? 그리고 들어보니, 소설은 두 분이 쓰시는 것 같네요. 나 원 참."

"듣자 하니, 어머님은 외삼촌, 즉 김철규 대표님이랑 의절했다고 했는데 무슨 일이라도 있었나요?"

"어머니가 집안에서 반대하는 사람, 즉 우리 아버지랑 결혼했기 때문에 의절했어요. 어머니가 사업 망하고 알코올 중독되기는 했지만, 도박 중독은 아니었다고요! 대체 누가 그런 식으로 이야기를 한 거야, 대체!"

최준형의 얼굴이 새빨개졌다. 어머니 이야기가 나오자 외삼촌에게 이가 갈리는 모양이었다.

"그래도, 조카에게 일자리 하나라도 줄 수 없는 건가요? 제가 중역 자리나 아니면 억대 연봉으로 달라고 한 것도 아닌데! 아, 아니다. 좌우간 제가 외삼촌을 죽여서 무슨 이익을 보죠? 아, 유산 상속이요? 뭐, 그럴 수는 있겠네요."

이번에는 박 형사 차례였다.

"최준형 씨, 그 사건이 나던 날 당신의 동선을 CCTV를 총동원해서 찾다가, 중간에 있던 쓰레기통을 모두 뒤졌습니다. 거기서 이걸 찾았어요."

남필의 생각대로였다. 그 일 때문에 남필과 임세호 또한 최준형의 집 근처부터 산장까지 쓰레기통을 모두 뒤지다시피 했다. 그러다가 갈고리가 달린 고무줄을 찾아냈고 그보다도 더 확실한 증거는, 빈 약병이었다.

"이 병에서 당신의 지문과, 테트로도톡신이 검출되었습니다."

"지, 지문? 그럴 리가요!"

"지문을 닦으려면 꼼꼼하게 닦았어야죠. 뚜껑 안쪽에는 남아 있었습니다."

말로 하기도 전, 최준형의 손목에는 철컥 하고 수갑이 채워졌다.

"아, 아니!"

최준형은 놀랐으나, 허탈한 표정으로 웃었다.

"이럴 수가, 될 수 있을 거라고 믿었는데……."

"저기요, 요즘은 밀실 만든다고 해서 무죄가 되는 거 아닙니다. 어떻게든 단서와 증거를 찾아내는 게 경찰 일이거든요."

남필이 말했다.

"참고로 말씀드리는데, 외삼촌 환심 사려고 밀실 살인이 뭔가 해서 몇 권 읽고 연구하니까 생각보다 재미있더군요! 불가능 범죄를 풀어나가는 거!"

남필은 그러면 그냥 보기만 하지 그랬습니까, 하는 말이 속에서 나왔으나 꿀꺽 삼켰고 대신 한숨을 푹 쉬었다.

"뭘 그리 한숨을 푹 쉬냐?"

사무실에 돌아오자, 임세호가 물었다.

"남매끼리 싸우다가, 그게 범죄가 되었으니까요."

"우리가 그런 거 한두 번 봤냐."

"윌리엄 브리튼의 단편 〈존 딕슨 카를 읽은 사나이〉를 보면 주인공은 딕슨 카의 작품에 깊이 빠져서, 자기도 꼭 밀실 살인을 하려고 해요. 어떻게 보면 최준형 씨도 그와 비슷한 것 같아서요. 그런 범인들은 일종의 야망이 있나 봐요."

"야, 솔직히 말해. 그 딕슨 카 전집인가 뭔가 하는 거, 이제 나오지 못하게 되었으니까 그게 아쉬워서 그러는 거잖아?"

임세호는 핀잔을 주듯 말했다. 남필은 속마음을 들켰다는 생각이 들었다. 이젠 정말로, 딕슨 카 전집은 나오기 어려워졌다. 송국희가 서 대표에게 그 비용을 대줄 리는 없었기 때문이다.

"그래도 언제든 그 작품들을 읽을 기회가 생기면 좋겠어요."

"녀석."

두 사람은 그저 웃고 말았다.

조동신 작가 후기

존 딕슨 카(John Dickson Carr, 1906~1977)는 영미권 본격 추리소설의 가장 대표적인 작가 중 하나이며, 요코미조 세이시 등을 비롯한 일본의 수많은 본격 추리소설가에게도 많은 영향을 미쳤다. 딕슨 카의 작품은 대개 괴기스러울 정도로 불가능해 보이는 사건이 일어나고, 이를 명탐정이 논리적으로 해결해 나가는 과정이 잘 그려져 있다.

특히 그는 '밀실의 대가'라 불린다. 수많은 추리소설 평론가가 밀실 이야기를 할 때 존 딕슨 카의 작품은 따로 떼어서 설명할 정도로, 그는 그와 관련된 이야기를 여러 편 발표했다. 에드거 앨런 포가 1841년에 발표한 〈모르그 가의 살인〉은 최초의 추리소설이자 밀실물이기도 하고, 그 이후 의욕 있는 추리소설가는 거의 예외 없이 밀실 살인에 도전하려고 했다.

밀실물은 사실 범인으로서는 매우 위험한 일이다. 밀실 트릭을 만드느니 차라리 그럴 정성을 들여서 혐의에서 벗어날 방법을 추구하는 게 나을 텐데, 하지만 그 뒤 밀실은 추리작가로서는 로망이기도 하고, 존 딕슨 카는 그 때문에 많은 작가의 롤모델이 되기도 했다.

한국에 존 딕슨 카의 작품은 많이 나오지도, 알려지지도 않아서 안타까웠는데 이번에 본격 미스터리 단편집을 내게 되었고

영광스럽게도 참여하게 되었다.

이번 기회에 본격 추리소설, 특히 밀실의 대가인 존 딕슨 카에 대한 경의를 담아서, 부족하지만 하나의 밀실 추리물을 쓰기로 했다. 이 작품을 통해 독자 여러분이 그에게 조금이라도 관심을 두기를 바란다.

1,300℃의 밀실

한새마

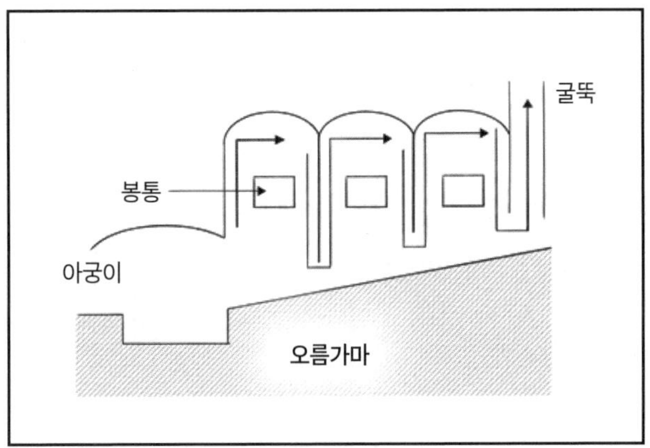

사건 발생 후

지금 가마는 1,300℃의 지옥이다. 아무도 들어갈 수 없고 나갈 수 없는 불지옥.

아궁이와 봉통(불구멍)은 흙벽돌로 막혀 있고, 벽돌 틈새에도 불의 갈기들이 휘날리고 있다. 좁은 굴뚝에선 뜨거운 연기가 쉼 없이 솟구친다. 이 지옥을 마음대로 휘젓고 다닐 수 있는 건 오직 화마뿐이다.

그런데 장작 타는 소리를 뚫고 산중 도요(陶窯)에 뾰족한 비명들이 울려 퍼졌다. 분탕질이라도 치는 듯 기물들이 깨지고 부서지는 소리였다.

그 소리를 듣고 사람들이 달려왔다. 가마 안에서 무슨 사달이 난 게 분명했다.

누군가가 장작더미에 꽂혀 있던 도끼를 집어 들어 첫 번째 가마 칸의 봉통을 내리쳤다. 다른 사람은 ㄱ자 모양의 철근 긁개를 가져와 아궁이의 흙벽돌을 부서뜨렸다. 벽돌이 무너졌고 불꽃이 튀어 올랐다. 철근 긁개가 속으로 들어가 숯과 장작을 긁어냈다. 벌겋게 달아오른 숯과 장작들이 창자처럼 밖으로 쏟아져나왔다.

연기와 불길이 잦아들자, 가마 칸 내부가 언뜻언뜻 보였다.

그때 어떤 이가 소리쳤다.

"사, 사람이 있어, 안에 사람이!"

사건 발생 전

쏴아아아아.

장대비가 퍼붓기 시작했다. 사방에서 흙내가 일었다. 빗줄기가 슬레이트 지붕을 타고 처마 아래로 떨어졌다.

이이세 도요의 도예 명장인 청암이 쓰고 있던 망건을 벗어 물기를 털었다. 백발의 꽁지머리에 망건을 도로 쓰고나서 두루마기 자락을 추슬렀다.

제단 위 향초 불이 맥없이 꺼졌다.

개량 한복 차림의 제자들이 어쩔 줄 몰라하며 발을 뗐다가 붙였다가 했다. 꺼진 향초에 불을 붙이며 청암이 근엄하게 말했다.

"지나갈 비다. 호들갑 떨지 마라."

그때 갑자기 코맹맹이 남자아이 목소리가 청암의 말을 치고 들어왔다.

"오늘 전국 곳곳에 소나기가 내리겠습니다. 강한 바람과 함께 천둥과 번개도 칠 것으로 보입니다. 수도권과 강원 영서, 충북 등에 소나기치고는 많은…."

신지오 기자가 얼른 아들 모아의 입을 손으로 틀어막았다.

"아유, 죄송해요. 오늘 아침에 활보(활동 보조사) 선생님이 화장실에서 미끄러졌다지 뭐예요. 하필 학교는 지금 봄방학이고…."

그래서 지오는 하는 수 없이 아들 모아를 데리고 취재를 나올 수밖에 없었다.

모아는 올해 10살로 지적장애와 자폐스펙트럼을 가지고 있다. 다섯 살 때까지 엄마라는 말조차 하지 못했던 모아가

수년간의 교육을 통해 말문이 트이게 된 건 좋았는데, 문제는 '반향어'였다.

'반향어'란 자폐증의 하나로 상대방의 말을 따라 말하는 증상을 가리킨다. 상대방이 말했을 때 바로 따라서 하는 '즉각 반향어'와 상대방이 말하고 한참 지난 후에 따라서 하는 '지연 반향어'로 나눌 수 있다.

청각적인 기억력이 잘 발달되어서인지 모아는 '즉각 반향어'보다 '지연 반향어'를 주로 사용한다. 언어발달 센터 선생님은 앞으로 천천히 반향어를 소거해 나가면 일상적인 대화가 가능할 거라고 했지만 그게 벌써 몇 년 전 일이었다. 어디에서 들었는지 알 수 없는 말들을 시도 때도 없이 외고 다니는 모아 때문에 지오는 아주 돌아버릴 지경이었다. 그렇다고 모아의 반향어를 완전히 무시할 수도 없다. 가만히 듣다 보면 그 말들 속에 제가 하고 싶은 이야기가 들어 있기도 하기 때문이다.

청암이 불쾌한 듯 모아를 매섭게 노려보았다. 모아가 슬쩍 고개를 돌리며 억양 없는 말투로 중얼거렸다.

"와아, 홍콩 할매 귀신이다. 신비야, 우리도 얼른 도망가자…."

어린이 애니메이션 흉내를 내는 모아의 입을 지오가 재차 틀어막았다. 그러자 청암이 대놓고 어허, 하고 주의를 준 뒤 찻잔에 차를 따랐다.

어느새 솔향이 지오와 모아 곁으로 다가와 생글거리며 속삭였다.

“괜찮아요. 저는 신 기자님 같은 슈퍼맘 존경해요.”

이 사람일까? 지오는 사근사근한 인상에 통통한 몸매의 솔향을 유심히 바라보았다.

사실 지오는 잡지 기자가 아니라 추리소설가이다.

지오가 익명의 메일을 받은 건 보름 전쯤이었다. 직장 내 권력형 성폭력에 관한 사회 고발 소설인 《그날 그 탕비실에서》가 한국 추리소설상을 거머쥔 날이기도 했다. 그날 많은 축하 메일과 메시지를 받았기에 처음엔 단순한 팬레터인 줄 알았다.

《그날 그 탕비실에서》를 감명 깊게 읽었다는 말로 시작한 메일에는 전혀 예상치 못했던 이야기가 담겨있었다. 도예계에서 막강한 힘을 가진 도예 명장이 신진 도예가들에게 성 상납을 받았다는 내용이었다.

일제강점기 때 일왕에게 다기를 바칠 것을 명 받았지만 그걸 거부하기 위해 두 손을 잘랐다는 이이세 명장의 일화는 도예에 문외한인 지오도 알고 있을 정도로 유명하다. 그런 이이세의 유일한 핏줄인 청암이 제자들의 출세를 빌미 삼아 권력형 성폭력을 일삼았다니 반신반의할 수밖에 없었다. 게다가 익명의 발신자는 내부고발자로 낙인찍히면 도요에서의 퇴출은 물론이고 도예가로서의 생명조차 완전히 끊길 거라며 자신의 신분을 끝내 밝히지 않았다.

청암은 대한민국 도예가협회 회장까지 역임했을 정도로 도예계 내에서 막강한 힘을 가지고 있다. 이 스캔들이 도예계에 일으킬 파장은 상상 이상일 것이었다. 사회 고발 전문 소설가로서 가만히 앉아있을 수가 없었다. 그래서 지오는 우선 메일 속 내용이 사실인지 아닌지 확인해보기로 했다.

마침, 문화 예술 잡지사 국장과 친분이 두터웠던 지오는 도예 잡지 기자로 위장해 이이세 도요의 장작 가마 불때기를 취재하러 올 수 있었다. 그런데 하필 이렇게 중요한 잠입 취재에 끊임없이 종알거리는 모아를 꼬리처럼 붙이고 다니게 생겼다. 생각만 해도 머리가 다 아플 지경이었다.

청암이 제단에서 뒤로 몇 걸음 물러났다. 그러자 제자인 동백, 솔향, 혜민, 녹림도 주춤주춤 뒷걸음질 쳤다. 네 제자 중 제일 뒤쪽에 서 있던 녹림은 거적 밖으로 밀려났다. 녹림의 어깨와 등판이 빗물에 먹빛으로 젖어 들었다.

스승이 큰절을 올리자, 네 제자도 뒤따라 흙바닥에 넙죽 엎드렸다.

간신히 비를 피하고 있던 지오는 얼른 정신을 차리고 스마트폰으로 사진을 찍어댔다.

청암이, 동성애자가 아닌 이상 성 상납을 했을 인물은 동백, 솔향, 혜민 셋 중 하나다. 아니, 어쩌면 세 명 다일지 모른다.

동백과 솔향은 작년에 앞다투어 개인전을 열었고 청암의

수제자 자리를 놓고 겨룬다고 들었다. 동백은 이이세 도요만의 티끌 하나 없이 흰 백자에 동백꽃처럼 붉은 진사 무늬를 그려 넣기로 유명하다. 솔향의 대표작은 기세 좋은 소나무 그림이 그려진 청화백자이다. 이 두 제자에게 개인전과 수제자 자리를 빌미로 청암이 성 상납을 강요했을지도 모른다.

막내인 혜민이라고 해서 피해자 후보에서 빠지는 건 아니다. 메일에는 성 상납을 하고 어떠한 대가를 받았는지 적혀 있지 않았다.

지오는 익명의 메일을 읽어 내려가다가 칼로 심장을 찌르는 듯했던 한 문장을 떠올렸다.

이러다간 내가 죽든가 저 악마를 죽이든가 둘 중 하나일 겁니다.

사건 발생 후

소방대원들이 가마에 물을 퍼부었다.

구정물로 질퍽해진 흙 마당에 주저앉은 도예가들이 100년의 역사를 자랑하던 전통 가마가 무너지는 걸 넋 놓고 바라보았다.

"우리 이이세 도요의 명작을 만들어 낸 건 모두 이 가마입니다. 백 년도 넘게 도예가로 살아온 것이니 도예 명장은 바로 이 가마인 셈입니다."

잠에서 깬 모아가 망연자실해 있는 도예가들의 가슴에 대못을 박았다. 낮에 들었던 말을 기억해 뒀다가 따라 한 것이리라. 단어의 뜻을 알았다면, 타인의 마음을 조금이라도 느낄 줄 알았다면 하지 않았을 말이었다.

"쉿, 모아야. 이만 들어가서 자자. 가자."

지오가 모아를 들춰 안았다.

그때 소방대원들과 같이 출동했던 순경이 다가와 좀 전에 휴대전화로 찍은 사진을 보여주었다.

"수골(收骨) 속에서 이게 나왔습니다."

"이게 뭔가요?"

용머리가 그려진 청화 도자기 조각을 찍은 사진이었다.

솔향이 자리에서 벌떡 일어났다.

"이건 명장님 목걸이에요. 저 가마에서 처음으로 구워낸 용문 청화백자 조각인데, 이이세 도요의 상징이자 가보입니다. 그래서 명장님만 꼭 목에 차고 다니셨어요."

"그렇다면 가마 안에서 돌아가신 분이 명장님 맞나 보네요."

단정하는 순경에게 지오가 따져 물었다.

"사람 수골인 건 확실한가요?"

"다행히 사람 것으로 보이는 두개골 형태가 남아 있습니다.

완전히 타버려서 DNA 추출은 힘들겠지만요."

동백이 주저앉은 상태로 중얼거렸다.

"명장님이 왜 자살을…?"

지오가 예리하게 동백의 혼잣말을 놓치지 않았다.

"수골만으로는 자살인지 타살인지 알 수 없어요. 근데 왜 자살이라고 생각하는 거예요?"

당황하는 동백 대신에 혜민이 대답했다.

"몇 해 전부터 손이 굳어 작업에 여러 가지 어려움을 겪으셨어요. 이번 불때기도 저희끼리 하라고 명장님이 문자를 보냈을 정도였으니까요."

청암에게 그런 증상이 있다는 걸 제자들은 모두 알고 있던 모양이었다.

순경이 반색했다.

"문자요? 좀 보여주시죠."

혜민이 가죽 앞치마 주머니에서 스마트폰을 꺼내 보여주었다.

"그래서 저희끼리 불때기를 했습니다."

폰 화면을 보면서 순경이 고개를 갸웃거렸다.

"거, 불때기란 게 뭡니까?"

"가마 안에 장작을 넣고 불을 지펴서 기물을 굽는 거죠."

"아하, 그렇군요. 아무튼 문자 보낸 4시 40분까진 살아 있었단 얘기군요."

"아, 아닙니다."

동백이 손을 떨면서 자신의 스마트폰을 순경에게 들이밀었다. 순경이 폰을 받아 들면서 시큰둥하게 물었다.

"아니라고요? 그럼, 그 시각에 죽었단 말인가요?"

"아, 아니 그게 아니라, 불때기 불참 문자 뒤에 저한테 또 문자를 보내셨어요. 명장님 방으로 와서 다리를 주물러 달라는 문자였어요."

"그래서 갔나요?"

동백의 표정이 침통했다. 순경은 아직 눈치채지 못했지만, 다리를 주물러 달라는 문자는 성 상납을 하러 오라는, 암묵된 지시 같은 거라고 지오는 생각했다.

"네, 갔습니다. 다리를 주물러드리고 나왔습니다."

"저한테도 다리 주물러 달라는 문자가 왔었습니다."

솔향이 한숨을 길게 내쉬었다.

"문자는 언제 왔죠?"

"5시입니다. 그런데 문자 내용에는 5시 30분에 와서 다리를 주물러달라고 해서 그렇게 했습니다."

솔향의 말에 동백도 덧붙였다.

"아, 저는 5시 10분에 와서 다리를 주물러달라고 했습니다. 그래서 그렇게 했고요."

"언제까지 주물렀는데요?"

순경이 솔향에게 물었다.

"겨우 10분 남짓 주물렀습니다. 5시 40분에는 명장님 침소에서 나왔습니다."

"그럼 넉넉잡아서 6시쯤에 명장님이 가마 안으로 들어갔던 게 되는군요."

지오가 따지듯이 순경에게 말했다.

"아니죠. 6시엔 우리 모두 여기에 모였어요. 장작을 넣으면서 아궁이 속을 들여다 봤는데 제1가마 칸에 사람이라곤 코빼기도 보이지 않았어요."

녹림도 지오의 말을 거들었다.

"불때기 작업을 다 마치고 숙소로 가서 저녁을 먹었어요. 그러다가 갑자기 가마에서 기물들이 깨지는 소리가 난 거예요. 그때가 8시 30분쯤이었고요. 누군가 안에서 부수지 않는 이상 기물들이 저절로 깨질 리가 없어서 확인하려고 우리 모두 몰려왔고요."

"제가 봉통을 부수고 제 1 가마 칸을 들여다보니까 기물들이 전부 부서지고 그 위에서 사람 형상 같은 게 불타고 있는 게 보였습니다."

동백의 말을 들은 순경이 무엇을 상상한 건지 부르르 몸을 떨었다.

"끔찍했겠네요. 음, 아무튼 그럼 8시경에 명장님이 자살한 거군요."

"아까부터 왜 자꾸 자살, 자살, 하는 거예요?"

지오가 모아를 추켜세워 안으며 말했는데, 그게 무슨 버튼이라도 되는 양 모아가 억양 없는 말투로 중얼거렸다.

"아궁이에 장작불을 지피면 사흘은 지나야 가마 내부를 구경할 수 있습니다."

낮에 녹림에게 들었던 말을 기억해 놓은 모양이었다.

"얘 말이 맞아요. 불지옥 안으로 직접 들어가서 자살할 바보는 없을 거예요. 게다가 우리가 도자기 깨지는 소릴 듣고 가마에 왔을 땐 분명히 아궁이나 봉통이나 할 것 없이 전부 다 막혀 있었다고요. 굴뚝은 우리 모아도 들어가지 못할 크기고, 뜨거운 연기가 계속 뿜어져 나오고요. 그러니까 이건 자살이 아니죠."

지오의 목소리가 떨리고 있었다. 그도 그럴 것이 지오는 청소년 시절에 존 딕슨 카의 소설을 읽고 추리소설가가 되기로 결심했었다. 불가능 범죄, 밀실 트릭 등 수수께끼로 가득 찬 퍼즐 미스터리를 언젠가는 꼭 써보리라. 그런데 현실에서 불가하고 불가능한 범죄와 맞닥뜨리게 되니 몸이 절로 떨릴 수밖에 없었다.

"밀실 살인이에요. 불완전 밀실 살인이요."

일동 지오 쪽으로 돌아보며 무슨 개소린가 싶은 표정을 지었다. 순경이 콧방귀를 꼈다.

"하, 밀실 살인요? 이분이 추리소설을 너무 많이 읽으셨나? 이젠 아예 추리소설을 쓰고 있으시네요."

"네, 맞아요. 전 사실 기자가 아니라 소설가입니다."

사건 발생 전

"화장이 맨날 뜨나요? 입술만 동동 뜨나요? 오늘은 한 듯 안한 듯 자연스러운 꾸안꾸 화장법을 소개하겠습니다."

특유의 어린아이 같은 목소리로 중얼대던 모아가 지오의 매서운 눈과 마주치자 고개를 옆으로 돌렸다.

"못생긴 사람한테는 못생겼다고 말하면 안 된다고 했찌! 이 노무 짜식이이이!"

모아가 엄마 잔소리를 흉내 냈다. 지오의 얼굴이 화끈 달아올랐다. 또 입을 틀어막던지 해야 하나 당황하고 있는데, 빗소리가 멈췄다. 먹구름이 사라지고 사위가 쨍하니 밝아졌다.

청암이 손짓하자 녹림이 제일 먼저 뛰어와 차례상을 치웠다. 동백과 솔향은 무릎에 묻은 흙을 털어내며 일어났다. 혜민도 몸을 재게 놀려 녹림을 거들었다.

"이쁜 기자 양반, 이리 와 보겠소?"

청암이 아궁이 앞에 앉아 가마 내부를 가리켰다.

이쁜 기자 양반? 칭찬인지 욕인지 모를 묘한 기분은 접어 두고 지오는 작고 마른 몸집의 노인 옆에 쪼그리고 앉았다. 모아도 엄마 옆으로 종종걸음쳐 왔다. 10살이나 되면서 낯선 장소에선 엄마한테서 조금도 떨어지지 않으려고 하는 모아였다.

"저게 우리 이이세 도요만의 화도(火途)요."

백 년도 더 된 이 오름 가마는 봉분처럼 생긴 가마 칸 세 개가 경사면을 따라 차례대로 붙어 있는 구조다.

제일 아래쪽 가마 칸에는 큰 아궁이가 붙어 있다. 두 번째, 세 번째 가마 칸에는 화기를 조절하는 작은 구멍이 나 있지만 아궁이는 없다. 그 때문에 세 개의 가마에 일정한 화기를 유지하기 위해 '불의 길'을 뚫어 놓은 거라고 한다.

이이세 도요는 다른 도요와 다르게 '불의 길'이 큰 편이다. 다른 도요의 가마가 조그마한 창문 정도의 크기라면 이이세 도요의 가마엔 사람이 허리를 구부려 지나다닐 수 있을 만큼의 아치형 문이 뚫려 있다.

"우리 도요가 기백 넘치는 작품들을 만들어내는 비기요. 우린 다른 도요와 다르게 불의 길이 아주 시원시원하지."

아치형 문을 통해 제3가마 칸의 굴뚝까지 들여다보였다. 화도(불의 길) 양쪽으로 유약을 발라 말린 기물들이 줄지어 놓여 있었다.

청암이 자리에서 일어나며 물었다.

"가마 안에 들어가 보겠소?"

모아를 데리고 들어가야 하나, 들어갔다가 기물을 부수거나 하진 않을까, 그렇다고 낯선 장소에 혼자 서 있으려고 하질 않을 텐데, 고민하고 있던 지오에게 녹림이 다가와 말했다.

“아궁이에 장작불을 지피면 사흘은 지나야 가마 내부를 구경할 수 있습니다.”

아궁이에 불을 지핀 다음엔 흙벽돌로 아궁이 입구를 막아버린다고 한다. 2박 3일 동안 가마 내부는 1,300℃까지 타오른다. 가마 옆쪽에 봉통(불구멍)이란 게 뚫려 있는데 거기에 장작을 더 집어넣거나 빼내면서 화기를 조절한다고 한다.

“녹림아, 네가 기자님 안내 좀 해드려라.”

청암의 말을 등지며 지오는 모아의 손을 잡고 가마 안으로 들어갔다. 불안해할 줄 알았는데 작고 아담한 가마 내부에 편안함을 느꼈는지 종종걸음을 치던 모아가 얌전해졌다.

“우리 이이세 도요의 명작을 만들어 낸 건 모두 이 가마입니다. 백 년도 넘게 도예가로 살아온 것이니 도예 명장은 바로 이 가마인 셈입니다.”

녹림의 말에는 자부심이 가득했다.

“여기가 제1가마 칸입니다. 세 개의 가마 칸 중 제일 큽니다.”

제1가마가 가장 크다고는 했지만 160cm의 지오가 약간 구부정하게 서 있어야 할 정도의 높이였다. 뒤따라 들어온 녹림의 설명이 이어졌다.

“가장 큰 기물들을 여기서 굽습니다. 안쪽으로 들어갈수록 가마 칸 바닥이 올라오고 내부가 좁아지기 때문에 제3가마 칸에는 작은 기물들을 놓습니다."

둘러보니 제1가마 칸에는 성인 남녀의 허리까지 닿을 만큼 큰 기물들이 있었다.

"철제 받침대 같은 게 설치되어 있을 줄 알았는데 아니네요."

"전통 가마 취재가 처음이세요?"

녹림의 두 눈에 노기 같은 게 서렸다. 뭐 이런 초짜를 취재하라고 보냈단 말인지 황당함을 넘어 노엽기까지 한 모양이었다.

"우리 이이세 도요는 100년 전 전통을 그대로 고수하고 있습니다. 그래서 철제 받침대 대신에 저렇게 ㄱ자 모양의 도편을 기물 받침대로 쓰고 있습니다."

"받침대도 도자기란 뜻이군요. 근데 이건 왜 색깔이 달라요?"

지오는 녹림의 한심해하는 눈초리를 짐짓 모른 척하며, 잿빛 도자기 기물과 우윳빛 도자기 기물을 번갈아 가리키며 물었다.

"잿빛이 도는 건 초벌 할 기물이고 우윳빛이 도는 건 초벌한 기물에 유약을 발라 재벌 할 것들입니다. 도자기는 원래 두 번 구워냅니다. 초벌 하면 2/3가량이 줄어들기 때문에 감안해서 흙으로 빚을 땐 일부러 크게 만들죠."

"아, 여기 얼룩이 묻어 있는 것도 있네요?"

"그건 동백 쌤이 재벌 할 기물에 동백 그림을 그린 다음 유약을 발라서 그런 겁니다. 백자에 붉은색을 내기 위해 진사 유약으로 그림을 미리 그려 넣은 거예요."

"진사 유약요?"

"유약에는 동(Cu), 철(Fe), 코발트(Co) 세 가지를 주 발색제로 사용하는데 작가마다 고유의 배합 비율이 있어요. 동이 많이 함유되면 붉은색을, 철이 많이 함유되면 검은색을, 코발트가 많이 함유되면 푸른색을 띠죠. 우리 이이세 도요도 특별히 조합해 쓰고 있습니다."

"아아, 그래서 이이세 도요 백자색이 오묘했던 거군요."

"사실 도예가가 아무리 애를 써도 하늘이 허락해 주시지 않는 한, 아름다운 도자를 얻을 수 없습니다. 가마 상태, 불과 공기의 상태, 유약 잿물 상태 등에 따라 달라지니까요. 티끌 하나 없이 깨끗한 백자를 구워내려고 했는데, 먼지 하나 때문에 실패하는 일이 허다합니다."

"기물들을 받치는 도편들은 전부 주황색이나 핑크색이네요? 주황색이나 핑크색 유약도 있나요?"

"그런 색을 내게 하는 유약도 있지만 도편들은 유약을 바르지 않습니다. 소성(불때기)을 마친 도자기에 유약을 바르지 않으면 모두 주황색이나 핑크색을 띱니다. 쓰다가 버릴 도편까지 굳이 비싼 유약을 바르진 않습니다. 저래 보여도 단단합니다."

그때 갑자기 모아가 또 어디선가 주워들은 말들을 중얼거리기 시작했다. 들어보니 외국인들이 참숯 불가마를 체험하는 동영상 내용이었다. 불가마 체험 후엔 식혜를 먹어야 한다, 냉커피를 먹어야 한다, 옥신각신하는 장면을 흉내내고 있었다.

"모아야, 목마르니? 물 줘?"

억양 없는 대답이 돌아왔다.

"그래그래."

모아를 가만히 바라보던 녹림의 얼굴에 알 수 없는 감정의 동요가 비쳤다.

"네가 제일 행복하겠구나."

그러다 엄마인 지오가 자신을 살피고 있다는 걸 깨달은 녹림은 퍼뜩 정신을 차렸다.

"아, 죄송해요. 욕망이 적을수록 행복하다는 톨스토이의 말이 갑자기 떠올라서…."

"오만이네요. 욕망은 결핍 때문에 만들어지는 거 아니겠어요? 그렇다면 가장 기본적인 결핍이야말로 가장 강렬한 욕망을 불러일으키지 않을까요? 그런 원시적인 욕망이 좌절됐을 때 더 불행하지 않을까요?"

36.5℃의 밀실에 숨어 있는 모아에 대해 잘 알지도 못하면서 이러쿵저러쿵하는 사람들이 많다. 엄마인 지오조차 모아라는 밀실엔 들어가 본 적이 없다. 그러면서 사람들은, 자폐인이 차라리 행복해 보인다는 속 편한 소리까지 아무렇지 않

게 한다. 한 귀로 듣고 한 귀로 흘려버릴 수도 있었는데 지오의 마음에 인이 박여 뾰족한 말들이 나가버렸다.

"그런가요? 참, 도자기 만들기 체험 공방이 저쪽에 있어요. 거기에 정수기가 있습니다."

"불때기 하는 걸 취재해야 하는데…."

"다들 작업복 차림으로 갈아입고 모여야 하니 불때기는 한두 시간 뒤에야 시작될 겁니다."

"아, 그러면 공방에서 목 좀 축이고 올게요."

녹림의 말대로 가마터를 돌아나가 숲 쪽으로 조금 걸으니, 원목으로 지어진 ㄷ자 모양의 별채가 나타났다. 이이세 도요에서 생산한 도자기들이 쇼윈도에 전시되어 있기도 했다. 공방 한쪽엔 작은 카페테리아도 준비되어 있었다.

종이컵에 물을 따라 모아에게 주었다. 모아는 물을 단숨에 들이킨 뒤 입맛을 쩝쩝 다셨다.

"더 줘?"

"더 줘? 네, 고맙습니다."

작업복 차림의 솔향이 공방으로 들어왔다.

"아? 드세요, 드세요. 거기 밑에 커피도 있고 과자도 있어요."

솔향의 말대로 지오는 수납장에서 커피 믹스와 과자를 꺼냈다. 그러면서 심드렁하게 물었다.

"며칠 동안 불때기 하고 그러면 다들 잠은 어디서 자요?"

"저쪽에 숙소가 있어요."

"아, 명장님하고 다른 쌤들하고 같이 지내는 곳이에요?"

"명장님 사저는 따로 있고요. 우리 제자들은 한 건물을 남녀 나눠서 사용하고 있어요."

익명의 메일만으론 글쓴이가 남자인지 여자인지 알 수 없었다. 어쩌면 녹림이 도요 내에서 일어나는 사건들을 묵과할 수 없어서 지오에게 피해자인 척 메일을 보낸 걸 수도 있었다. 하지만 그런 것치곤 메일의 내용이 상당히 직접적이고 구체적이었다.

"하나 만들어 볼래?"

솔향이 길쭉한 도예토를 들고 와 탁자 위에 얹으며 모아에게 물었다.

"고맙습니다. 고맙습니다."

살집이 있는 솔향의 얼굴에 흐뭇한 미소가 걸렸다.

"에이, 아니에요. 얘가 어떻게 물레를 돌려요?"

"도자기 성형에는 물레 성형도 있지만 저렇게 타래 성형이란 것도 있어요."

솔향이 턱짓으로 쇼윈도 밖을 가리켰다. 전면 유리창 너머로 개량 한복 차림의 녹림이 지나가는 게 보였다. 손에는 수박만 한 잿빛 항아리가 들려 있었다. 그런데 구렁이처럼 굵은 타래를 빙글빙글 돌려서 만든 항아리였다.

"숙소에 작은 전기가마가 있는데 녹림 쌤이 뭔가 실험해 보려고 가져가나 보네요."

허리춤에 찬 가죽 주머니에서 솔향이 줄칼을 꺼내 도예토 덩어리를 반으로 잘라냈다. 솔향의 입에서 끙, 하는 소리가 났다.

"하하, 의외로 이 직업이 노가다예요. 그래서 명장님도 안 아픈 데가 없죠."

지오가 저도 모르게 눈을 동그랗게 뜬 모양이었다. 솔향이 멋쩍게 말했다.

하긴 발로 밟아 도예토 덩어리를 만들고 그걸로 성형하고 며칠 동안 가마 옆에 붙어 불을 지피는 일은 체력적 소모가 심할 것이다.

솔향은 떼어낸 흙덩어리를 양손으로 문질러 타래 모양으로 만들었다. 그 모습이 신기했는지 모아가 종종걸음으로 작업대에 다가갔다. 손에 뭐 묻는 걸 극도로 싫어하는 모아가 어쩐 일인지 솔향의 말에 따라 타래를 만들기 시작했다.

그때 작업대 위에 놓여 있던 스마트폰이 부르르 몸을 떨었다.

사건 발생 후

어이없게 순경은 지오의 말을 듣고도 그냥 돌아가겠다고

했다. 자신은 이게 사건성이 있는지 없는지만 판단하면 된다면서 말이었다.

하긴 소설이나 드라마에선 매번 강력계 형사나 과학수사팀이 출동해 현장 수사를 하는 장면부터 시작하니까 다들 이 순경도 그런 역할일 줄로만 알았다. 하지만 이이세 도요가 자리 잡은 이곳은 시 외곽에서 한참 떨어진 산중이다. 가까운 파출소나 지구대에서 제일 먼저 출동했으리라.

"제가 뭐라 판단하긴 힘들 것 같고, 일단 보고부터 하고 오겠습니다. 그전까진 아무것도 손대지 말고 어디 가지도 말고 여기서 딱 기다리십시오."

지오의 추리소설가적인 감각은 이게 살인사건이라고 말하고 있었다.

"그래그래."

억양 없이 대답하는 모아를 한번 쓱 훑어본 순경은 고개를 갸웃거리더니 도요 주차장 쪽으로 내려갔다.

"추리소설가라고요?"

혜민이 비아냥대는 투로 물었다. 금시초문이었다는 듯한 혜민의 표정을 보니 메일을 보낸 인물이 아닐지도 모른다고 지오는 생각했다. 하지만 다른 도예가들의 시선을 의식해서 일부러 모른 척하는 것일 수도 있었다.

생각이 여기에 이르자 명장에겐 살해당할 만한 동기가 있었다는 게 떠올랐다. 명장은 자신의 권력을 무기 삼아 제자들의 영혼을 짓밟았다. 성폭력 피해자 중에 더는 참지 못하고 살인을 저지른 자가 있을지도 몰랐다. 그리고 그럴 가능성이 가장 높은 사람은 역시나 메일을 보낸 자였다. 메일에 살인 예고나 다름없는 문장을 써놨으니 말이었다.

"네, 추리소설가 신지오입니다."

"소설가 신지오, 10월 7일 출생, 160cm에 68Kg, 몸무게는 제발 말하지 말라고, 사회 고발 전문 추리소설가, 2019년 계간 미스터리 여름호 신인상 수상, 2024년 《그날 그 탕비실에서》로 한국추리문학상 수상…."

지오는 모아를 땅에 내려놓았다. 부끄럽기도 했고 팔이 후들거리기도 했다.

"왜 기자라고 속인 거예요?"

솔향이 따지듯이 물었다.

익명의 글쓴이가 원하지도 않았는데 도요 내에서 권력형 성폭력이 일어나고 있었다고 말하는 게 맞을까, 지오는 고민했다. 하지만 그게 살인 동기일 수 있다면?

"그건 이 밀실 살인사건을 해결한 뒤에 말씀드릴게요."

"해결한다고요? 경찰도 자살인지 타살인지 모르겠다는데요?"

녹림이 눈을 동그랗게 뜨고 지오에게 물었다.

"우리나라 과학수사 기법은 타국에 교육할 정도로 발달되었지만, 우리 다 같이 한번 생각해 봐요. 여기 CCTV 있어요?"

녹림이 고개를 저었다.

"CCTV는 고가의 도자기를 전시하고 있는 전시실 외엔 없습니다."

"수골만 가지곤 자살, 타살 여부도 알 수 없는데 범행도구는 더더욱 그렇겠죠? 현장은 화재진압으로 엉망이 됐고요. 여긴 산중이라서 휴대전화 기지국도 하나뿐이지요? 그리고 명장님 폰 정도는 가마 굴뚝 안에 던져 넣었을 수도 있고요. CCTV, 지문, DNA, 스마트폰 모두 무용지물. 한국 경찰의 과학수사가 이렇게나 힘을 쓸 수 없는 사건에 추리소설가의 비약적인 추리가 필요하지 않을까요?"

"현실 수사가 어렵다고 상상 수사를 하겠다고요?"

이번엔 동백이 반문했다.

"상상 말고 연상쯤으로 해두죠."

"이런 류의 사건을 많이 겪어본 것도 아니고 많이 써본 것도 아닌 사회 고발 전문 작가가요?"

사건 발생 전

모아가 타래를 만드느라 열중하고 있는 동안 지오는 명장의 숙소를 들여다볼 속셈으로 제일 안쪽에 있는 사저로 접근

했다. 모아를 낯선 장소에 낯선 이와 단둘이 두고 오는 게 마음에 걸렸지만, 어떤 현장을 목도하게 될지 몰라 두고 오기로 했다. 그러다가 사저 출입문을 열고 나오는 동백과 마주쳤다. 동백의 얼굴이 벌겋게 상기되어 있었다.

지오는 큰 키에 날씬한 동백을 올려다보며 물었다.

"저기, 무슨 일 있었어요?"

잠시 망설이는 표정을 짓던 동백은 고개를 살짝 젓더니 억지웃음을 지었다.

"아, 아닙니다. 명장님이 요즘 워낙에 몸이 안 좋으셔서 마사지를 해드리고 나왔습니다."

마사지라는 단어가 암묵적으로 성 상납을 뜻하는 게 아닐까 싶었다. 지오는 위계에 짓눌린 동백의 마음을 흔들어보기로 했다.

"마사지하는 게 도예가의 일은 아니잖아요?"

순식간에 동백의 얼굴이 굳었다.

"그, 그렇죠. 그건 어디까지나 호의로…."

"호의라는 건 따듯한 마음에서, 자발적으로, 우러나오는 친절을 뜻합니다."

지오는 일부러 말을 딱딱 끊어서 했다. 세 가지 조건 중의 하나라도 들어맞는 게 있는지 자문해 보라는 의도에서였다. 그러자 동백은 화제를 돌려볼 속셈인지 딴소리를 늘어놓았다.

"참, 첨에 저희 쪽에 보낸 취재 문의 이메일에서 신지오란 이름을 보고 저는 남성 기자님인 줄 알았습니다."

"지오라는 유명한 남성 가수가 있어서 그런지 간혹 그런 오해를 받기도 해요."

"네, 저뿐만 아니라 다른 쌤들도 그런 줄로 알았어요. 그래서 이 첩첩산중 불때기 작업에 참석하셔도 좋다고 명장님이 허락해 주신 거고요."

아, 그런 거였나? 혹시 익명의 글쓴이도 지오가 남성 소설가인 줄 알고 메일을 보낸 것일까? 장편 소설 책날개에 프로필 사진을 싣지 않아서일지도 모른다.

"불때기를 마쳐야 식사를 하실 수 있을 겁니다. 모아 군, 배가 많이 고플 것 같네요."

모아는 음식에도 까탈스러워서 익숙하지 않은 건 먹지 않는다. 사실 또래 아이들과 다르게 배고프다고 징징댄 적도 없다.

"공방에 주전부리가 마련되어 있습니다. 뭐라도 드시고 있으면 불때기 때 제가 부르러 가겠습니다. 오늘 몸이 불편해서 명장님이 불때기에 참석하지 않겠다고 하셨어요. 저녁도 거르시겠다고 하셨거든요. 아쉬우시겠어요."

가마 불때기는 도요에서 가장 중요한 작업이 아닌가? 청암의 몸이 얼마나 불편하면 그런 중요한 작업에 참석하지 않겠다고 한 거지? 그런데 그렇게 몸이 불편한 사람이 성 상납을 받으려고 마사지를 핑계 삼아 사저로 제자들을 불러들인다고? 지오는 고개를 갸우뚱거렸다. 그리고 그때마다 도자기에 금이 조금씩 가는 것 같은 느낌을 받았다.

한 시간 뒤쯤 공방으로 혜민이 지오를 부르러 왔다. 모아도 빠뜨리지 않고 지오와 함께 가마터로 갔다.

불때기를 하기 위해 청암만 빼고 모두 모였다.

동백, 솔향, 녹림, 혜민이 아궁이 옆에 착착 쌓아놓은 장작들을 아궁이 속으로 날랐다. 그러고는 진흙을 묻힌 흙벽돌을 아궁이 입구의 절반까지 쌓아 올렸다. 아궁이 속에 씨앗 불을 넣고선 철근 쏘시개로 불길을 돋웠다. 그러면서 장작도 계속 집어넣었다. 아궁이가 용처럼 거센 불길을 내뿜자, 남은 흙벽돌을 쌓아 마저 막았다. 주먹만 한 틈만 남기고 아궁이 입구는 죄다 막혔다.

이제 화부들은 제1가마 칸의 봉통으로 이동했다. 거기에도 아궁이에 불을 넣을 때와 마찬가지의 과정을 거쳤다. 봉통은 크기가 작아서 흙벽돌로 금방 메워졌다. 이 과정을 제 2 가마 칸과 제3가마 칸까지 다 마치니까 8시가 다 되어 있었다.

밤하늘엔 수십, 수백의 별들이 떠 있었다.

"저녁이 늦었습니다, 기자님. 명장님은 몸이 좋지 않아 저녁도 거르시겠다고 하셨어요. 도예가들 숙소에 식사를 미리 준비해 놨으니 모아 군하고 같이 가시죠."

편식이 심한 모아가 어쩐 일인지 밥그릇을 싹싹 비웠다.

저녁을 먹고 밖으로 나온 지오는 모아와 둘이서 별을 구경했다. 장작 타는 소리만 울리는 고즈넉한 산중에 엄마 품에 안겨 있던 모아가 꾸벅꾸벅 졸았다.

그때였다. 수십 개의 유리창이 깨어지는 소리가 났다. 고요했던 산중이라 그런지 비명처럼 더 크게 울렸다. 가마 쪽이었다.

식당에서 도예가들이 튀어나왔다. 모두 미친 듯이 가마로 뛰어갔다.

사건 발생 후

철골 긁개와 도끼가 내팽개쳐져 있었다.

가마 내부는 외부보다 더 처참했다. 사방이 검은 눈물 자국으로 더럽혀지다 못해 기괴해 보이기까지 했다. 구정물과 진흙으로 질퍽한 바닥엔 깨진 도자기 잔해들 때문에 발 디딜 틈이 없었다. 긁개와 도끼와 도편 같은 도구들도 널브러져 있었다. 들어가 보려고 했는데 안에서 숨만 쉬어도 폐 속이 검정 구정물에 절여질 것만 같아 엄두가 나지 않을 정도였다.

모아는 무서운지 밖에서 종종걸음을 쳤다. 사건 현장까지 모아를 대동하고 싶지 않았던 게 지오의 마음이었다. 하지만 동백, 솔향, 녹림, 혜민 중에 살인자가 있을지도 모르는데 그들 사이에 아들을 두고 올 순 없었다.

"얼음! 거기 그대로 있어. 땡, 해줄 때까지 움직이지 마!"

그렇다고 모아를 가마 안까지 데리고 들어갈 순 없었다. 지오는 고개를 숙여 가마 안으로 들어갔다.

부서진 도자기 조각들 때문에 신발 바닥에서 싸그락싸그락 소리가 났다. 이리저리 둘러보다가 바닥에서 멀쩡한 달항아리를 발견했다. 뽀얗고 하얀 백자 달항아리에 검정이 묻어서 그런지 검은색 얼룩무늬가 찍혀 있었다. 안개꽃 다발처럼 보이기도 했다. 집어 들고서 관찰하고 싶었지만 그러면 현장을 훼손하는 것 같아 손대지 않았다.

사실 살인 사건 현장에는 들어오면 안 된다. 소방대원들은 화재진압 후 철수했고, 순경은 현장을 통제하고 수사를 맡길 경찰 인력을 부르러 간 상황이다. 진실을 알고 싶은 마음에 행정상의 빈틈을 엿보긴 했지만, 지우는 최대한 현장을 훼손시키지 않기 위해 노력했다. 발자국도 더 이상 남기기 싫어서 가만히 서서 주위를 둘러보았다. 기물을 받치던 도편들이 바닥에 널브러져 있었다. 도편의 크기가 모두 제각각이었다.

가마 칸 내부 한쪽에는 수골들이 있었다. 그것과 조금 떨어진 '불의 길' 가운데에 두개골이 있었다. 1,300℃의 화염 속에선 뼈까지 모두 부서지는데 아직 두개골의 형태가 남아 있는 걸 보니 다른 뼈들에 비해 불에 덜 훼손된 것 같았다. 그런데 두개골은 왜 화도 중앙에 놓여 있는 거지?

지오는 눈으로 화도를 어루더듬었다. 제2가마 칸에서 망생(가마 내부 벽돌)들이 무너지는 바람에 화도가 끊겼지만, 원래라면 그 끝에 제3가마의 굴뚝이 보였어야 했다.

지오가 가마 밖으로 나와 땡, 하고 말해줄 줄 알았는데 그냥 지나치자 모아는 울상을 지었다. 지오는 제3가마 쪽으로 올라갔다.

굴뚝은 새까맣다 못해 검은 벨벳을 뒤집어쓰고 있는 것 같았다. 그리 높지 않아 지오가 까치발을 들고 들여다보면 굴뚝 안이 보일 높이였다. 그런데 굴뚝 가장자리에 검댕이 벗겨진 곳이 있었다. 거기에 뭔가가 묻어 있었는데, 흙이었다. 아니 정확하게 말하자면 핑크색과 주황색이 도는 초벌한 흙이었다. 도자기 가마니까 굴뚝에 흙이 묻어 있는 게 당연한 걸까? 굴뚝에서도 상당한 온도의 연기와 열기가 뿜어져 나왔으니까, 도예토가 초벌한 것처럼 구워지는 게 자연스러운 걸까?

"못생긴 사람한테는 못생겼다고 말하면 안 된다고 했찌! 이 노무 짜식이이이!"

가만히 서서 눈알만 굴리며 모아가 엄마의 잔소리를 따라 말했다. 그때 지오의 머릿속에서 땡, 하는 소리가 울리는 것 같았다.

"모아야, 고마워. 가자, 이제. 범인 잡으러!"

지오는 땡 소릴 내며 손으로 모아의 어깨를 가볍게 쳤다.

그런 다음 지오와 모아는 손을 잡고 모두가 기다리고 있는 공방으로 갔다.

공방엔 솔향, 혜민, 녹림, 동백이 작업대 주위에 침통한 얼굴로 둘러앉아 있었다.

"모든 수수께끼는 풀렸습니다."

일동 눈을 동그랗게 뜨고 지오를 바라보았다.

"죄송합니다. 사실 다 풀린 건 아니에요. 모든 수수께끼는 풀렸다, 이 말 한번 꼭 해보고 싶었습니다."

그동안 얼마나 추리소설 속 탐정처럼 멋지게 사건을 해결해 보고 싶었던가, 지오가 멋쩍게 웃었다.

"사실 알아야 할 것이 하나 남아 있습니다. 동백 쌤하고 솔향 쌤한테 물어봐야 하는 건데요. 혹시 마지막으로 명장님 봤을 때 뭔가 평소와 다른 점은 없었나요?"

동백과 솔향이 서로 눈을 마주쳤다. 체념한 듯 동백이 숨을 크게 들이쉰 뒤 내뱉으며 말했다.

"그냥 마사지만 시킨 것이 이상했어요. 평소엔 더한 것도 요구했는데 오늘은 이상하게 다리만 주무르게 했어요. 무릎 위로 손이 올라가니까 제 손등을 손으로 찰싹 때리더라고요. 그만 주무를까요? 하고 물었더니 별 대꾸도 없이 나가라는 뜻으로 손만 까닥거렸어요."

마사지가 성 상납으로 이어질 거라는 지오의 예상이 맞았다.

“저한테는 귀찮다는 듯 제 손을 발로 걷어찼어요. 어찌나 모욕적이던지 그대로 자릴 박차고 나왔죠.”

솔향의 경우도 동백과 비슷했다.

“그렇군요. 모아야, 오늘 오후에 들었던 말 기억나니? 기억하고 있으면 말해볼래?”

“가마 안에서 타지 않는 건 도자기밖에 없습니다. 그래서 저렇게 ㄱ자 모양의 도편을 기물 받침대로 씁니다.”

“아니, 그거 말고.”

“동이 많이 함유되면 붉은색을, 철이 많이 함유되면 검은색을, 코발트가 많이 함유되면 푸른색을….”

“응, 고마워. 좀 전에 가마 안에서 굉장히 독특한 무늬의 백자 달항아리를 발견했습니다. 안개꽃 무늬 같았는데 검은색이더라고요. 자세히 봤는데 어디선가 비슷한 무늬를 본 거 같은 거예요. 여러분은 잘 모르시겠지만, 피습이나 피격으로 뿌려지는 혈흔은 일정한 방향성과 형태를 보입니다. 그걸 비산혈이라고 하죠.

감히 단언컨대 살인 현장은 제1가마 칸입니다. 범구는 장작 팰 때 썼던 도끼 정도로 짐작하고 있습니다. 아궁이 옆에 장작을 쌓아놓고 있던데 거기에 항상 놓여 있던 도끼요. 우리가 흙벽돌을 부술 때도 범인은 일부러 그 도끼를 썼습니다. 그리곤 다들 정신없는 틈을 타 가마 안에 집어넣었습니다.”

동백이 고개를 주억거렸다.

"화기를 조절해야 하니 장작을 쪼개서 사용할 때가 많습니다. 그때 쓰는 손도끼를 항상 그 자리에 놓아두곤 합니다."

"그 손도끼로 명장의 경동맥을 내리쳐 쓰러뜨렸고 그때 튄 비산혈이 근처에 있던 백자 달항아리에 스며들었던 겁니다. 가마 내부는 새까만 망생이들로 만들어져 있으니까, 벽에 튄 혈흔은 신경 쓸 필요도 없었을 테죠. 그리고 1,300℃의 고온엔 혈흔까지 모두 파괴되니까요. 하지만 유약에 튄 피는 달랐습니다. 피의 철 성분이 백자 달항아리의 유약과 섞여 검은색의 특이한 무늬를 가지게 됐던 겁니다."

"말도 안 돼요. 그러면 불때기 전에 가마 안에서 명장님이 변을 당했단 말이 되잖아요?"

성질 급한 혜민이 소리쳤다.

"기다려 주세요. 지금부터 설명할게요. 제가 이런 건 처음이라서 논리적으로 잘 설명할 수 있을진 모르겠지만, 아무튼 제 나름대로 사건을 재구성해 보겠습니다."

"아니, 잠깐만요. 가마 안에서 명장님이 변을 당했다면 우리가 불때기 할 때 시체를 발견했어야 하잖아요. 아궁이 쪽에서 보면 제1가마 칸 내부가 다 보이는데 그때 거기엔 기물들밖에 없었잖아요? 안 그래요?"

모두에게 동의를 구하듯 녹림이 일동을 둘러보았다.

"네, 맞아요. 그러니까 시신은, 우리가 다 같이 봤던 그 기물 속에 있었습니다. 장독보다 더 큰 기물 말입니다. 어떤 나라의 장례 문화 중에는 커다란 독에 시신을 넣고 동굴에 안치하는 방식도 있습니다. 우리나라도 화장한 수골을 작은 항아리에 담아 납골당에 안치하고요. 아마 범인도 이런 발상에서 커다란 기물 안에 명장의 시신을 집어넣었을 겁니다. 그리고 이때 범인은 손도끼로 명장의 머리를 몸통에서 분리해 냅니다."

솔향이 손을 들고선 물었다.

"왜죠? 명장님은 워낙에 체구가 작아서 머리를 떼어내지 않아도 될 텐데요?"

"아, 범인이 머리를 떼어낸 건 은닉에 불편함을 느껴서가 아니었습니다. 머리가 필요해서였죠. 하지만 그건 나중에 설명할게요. 지금은 가마 밀실의 미스터리부터 풀어보겠습니다. 범인은 독 속에 명장의 시신과 함께 목걸이도 같이 집어넣었습니다. 그래서 두개골이 아니라 수골 속에서 목걸이가 발견된 거죠. 이때 명장의 휴대폰은 가지고 나왔습니다. 아무튼 독 속에 명장의 시신이 있는 줄도 모르고 우리는 불때기를 시작했습니다. 그렇게 가마는 1,300℃의 밀실이 되었습니다."

이번엔 녹림이 물었다.

"밀실이라면 아무도 나오지도 들어가지도 못한다는 뜻 아닌가요? 그럼 누가 도자기들을 깨뜨렸단 말입니까?"

좋은 지적이란 뜻으로 지오는 고개를 끄덕여 보였다.

"누가 그랬냐면, 그건 바로 1,300℃의 불입니다."

지오의 말에 녹림이 낮은 어조로 반박했다.

"백 년 넘게 조합해 써온 도예토입니다. 지금까지 이이세도요의 도예토를 써서 만든 기물들이 가마 온도를 견디지 못하고 스스로 깨진 적은 한 번도 없습니다. 누군가 불순한 의도로 도예토에 뭔가를 섞어서 기물을 만들었다 하더라도 그 기물들은 여기 계신 도예가 쌤들이 각각 따로 만든 작품들인데 한꺼번에 모두 깨질 순 없습니다."

"그렇겠죠. 모아야? 혹시 도자기 크기가 줄어든다고 했던 말 기억나니?"

공방 한쪽에서 꾸벅꾸벅 졸고 있던 모아가 고개를 번쩍 쳐들었다.

"도자기는 원래 두 번 구워냅니다. 초벌 하면 2/3가량이 줄어들기 때문에 감안해서 흙으로 빚을 땐 일부러 크게 만듭니다."

지오는 모아에게 잘했다고 칭찬한 뒤 말을 이었다.

"불때기 끝나고 가마가 오픈됐을 때 명장의 시신이 수골로 변해 독 속에 담겨있으면 안 되었습니다. 그래서 범인은 이 독을 깨뜨릴 생각이었습니다. 어떻게요? 다른 기물들을 도미노처럼 쓰러뜨려서요. 기물들이 일정한 거리를 두고 줄지어 놓여 있는 데에서 착안했겠죠. 그렇다면 기물들을 볼링 핀처럼 쓰러뜨리려면 어떻게 해야 했을까요?"

혜민이 끼어들었다.

“잘라낸 머리를 볼링공처럼 써서?”

“아닙니다. 두개골이 제1가마 칸에서 발견된 건 맞지만 그 정도의 힘을 가지려면 로켓을 달아야 할걸요. 그리고 깨진 기물들 사이에서 두개골이 발견됐으니 아마도 기물들이 깨지기 전에 도로 집어넣었을 거예요. 머리통만 없는 수골이 발견되면 이상하니까요.”

“밀실이라면서요? 밀실인데 두개골은 어떻게 집어넣는데요?”

이번에도 녹림이 손을 들고 물었다.

“정확히 얘기하면 불완전 밀실이죠. 굴뚝이 열려 있었지 않습니까? 굴뚝 크기로 봐서 머리 하나쯤은 집어넣을 수 있겠더라고요. 경사면에 지어진 오름 가마잖아요? 굴뚝에 두개골을 집어넣으면 화도를 타고 제1가마 칸까지 굴러갔을 겁니다.”

답답했는지 혜민이 신경질을 부렸다.

“그래서요? 기물들은 어떻게 쓰러뜨렸는데요? 그만 뜸 들이고 그냥 빨리 말해요.”

“정답은 도편입니다. 기물을 받치고 있던 도편이 쓰러지면 기물도 쓰러집니다.”

졸고 있던 모아가 무슨 버튼이라도 눌러진 듯 고개를 치켜들더니 웅얼거렸다.

"소성(불때기)을 마친 도자기에 유약을 바르지 않으면 모두 주황색이나 핑크색을 띕니다. 쓰다가 버릴 도편까지 굳이 비싼 유약을 바르진 않습니다. 저래 보여도 단단합니다."

"모아 말이 맞아요. 어차피 쓰다 버리는 거라 유약을 바르지 않는다고 하더라고요. 그러니까 크기만 같으면 초벌한 건지, 재벌한 건지 육안만으론 구분할 수 없습니다. 범인은 구울수록 도자기의 크기가 줄어든다는 특성을 이용해 초벌한 도편과 재벌한 도편을 섞어서 기물 밑에 받쳐 두었습니다. 아니, 범인은 초벌 도편만 갖고 있다가 재벌 도편하고 바꿔치기만 해도 됐습니다. 아무튼 가마의 온도가 높아지고 초벌 도편과 재벌 도편이 서로 다른 크기로 구워지면서 기물들이 쓰러지게 됩니다. 쓰러진 기물들은 명장의 시신이 담긴 기물까지 내리쳐 쓰러뜨리게 됩니다. 시신을 숨겨 놓은 독 밑에도 서로 다른 도편으로 받쳐놓았는지 모르겠네요. 숙소에 있는 전기 가마로 틈틈이 자신만의 도편을 만들어놨겠네요."

그러자 혜민이 언성을 높였다.

"아니, 그래서 범인은 도대체 누굽니까?"

"이렇게 성질 급한 걸 보니 혜민 쌤은 범인이 아닌 게 확실합니다. 이 살인 계획은 아주 오랫동안 조금씩 준비했을 테니까요. 그렇게 절 죽일 것처럼 노려볼 필욘 없어요. 알겠어요. 말할게요. 범인의 정체는…."

혜민의 얼굴이 벌겋게 달아올랐다.

"머리를 떼어갈 필요가 있었던 사람입니다."

"에라이!"

혜민이 주먹으로 작업대를 내리쳤다. 졸던 모아가 놀라 자리에서 벌떡 일어났다. 불안해졌는지 종종걸음으로 엄마에게 달려와 안겼다. 지오는 모아의 등을 쓰다듬어 주며 말했다.

"범인은 알리바이 공작이 필요했어요. 알리바이 공작에는 두 가지 종류가 있습니다. 첫째는 범인 자신의 알리바이를 조작하는 거예요. 둘째는 피해자의 사망 시각을 조작하는 겁니다. 범인은 후자를 선택했습니다. 그게 더 쉽다고 생각해서였겠죠. 그리고 그걸 위해서 명장의 머리가 필요했던 겁니다."

"아, 이제야 머리통에 대한 설명이 나오는 겁니까?"

지오는 혜민에게 어깨를 한 번 으쓱해 보였다.

"명장님을 마지막으로 목격한 곳이 어딥니까? 명장님 사저지요? 솔향 쌤, 동백 쌤이 마사지를 해주지 않았습니까? 그때 그 사람이 명장님이라고 어떻게 확신하는 겁니까?"

"그거야, 명장님… 얼굴이니까…."

솔향과 동백의 얼굴이 하얗게 질렸다.

"범인은 가지고 나왔던 휴대폰으로 청암인 척 불때기에 불참한다는 문자를 보냈습니다. 평소 마사지를 해주던 두 분께는 각각 다른 시간대에 오라는 문자도 보냈고요. 그러고는 침대 위쪽에 청암의 머리통을 놓고 이불을 뒤집어쓰고 누워 있었을 겁니다. 머리통이야 어차피 나중에 불태울 거니까 침대에 접착제로 붙이든 뭔가 수를 썼겠죠."

"맞아요. 이불을 턱밑까지 덮고 있었어요. 다리는 내놓고 있길래 다리부터 주물렀습니다."

"두 분 다 다리만 주물렀다길래 그렇지 않을까 예상했습니다."

"그렇지만 아무리 턱밑까지 이불을 끌어 올려 덮고 있었다고 해도 죽은 사람 얼굴하고 산 사람 얼굴하고 구별 못 하겠습니까? "

동백과 다르게 솔향은 미심쩍다는 듯 반문했다.

"그거야 맨얼굴이면 그렇겠죠? 모아는 명장님 화장법이 마음에 들지 않았나 봐요. 할머니들 화장법이 다 그렇잖아요. 얼굴은 새하얗고 입술만 빨갛게 칠하잖아요? 그래서 홍콩 할매 귀신이다, 입술만 동동 뜬다, 계속 지적을 했던 거죠. 저는 평소에 사람 외모 가지고 말하면 안 된다고 잔소리하거든요. 좀 전에 모아가 제 잔소리를 따라 한 덕에 깨달았어요. 여기 쌤들 중에 범인은 딱 한 명일 수밖에 없단 걸요.

청암의 얼굴에서 혈흔을 지우고 화장을 고칠 수 있는 사람, 청암의 머리를 갖다 붙이고 누워 있어도 이질감 없는 동성의 몸을 가진 사람, 청암과 같은 여성인 사람, 바로 당신이 범인입니다."

일동 지오가 가리키는 방향에 앉아있는 사람에게로 고개를 돌렸다.

"동백 쌤, 쌤이 저한테 메일을 보낸 분이시죠?"

"네, 그렇습니다."

"프로필 사진 없이 책날개에 적힌 저의 이름만 보고는 제가 남자인 줄 알고 메일을 보냈던 거죠?"

"여성 작가님인 줄 알았으면 그런 메일을 보내진 않았을 겁니다."

"저 또한 이이세 도요 안에서 권력형 성폭력이 일어나고 있다는 그 메일을 읽었을 때 당연히 가해자는 남성, 피해자는 여성인 줄로만 알았습니다. 이이세 도요에 대한 사전 조사를 하면서 청암이 여성인 걸 처음 알았습니다. 이이세의 후손 이미진, 호는 청암. 소설가들도 필명이란 걸 쓰거든요. 성별을 감추려고 일부러 중성적인 필명을 쓰는 작가들도 있어요. 도예가 쌤들은 작품의 특색을 반영해서 호를 짓는 경향이 있더군요."

녹림이 자리에서 벌떡 일어났다.

"제가 여성이기 때문에 범인이란 말이에요? 증거 있어요? 제가 스승님을 죽였다는 증거요!"

쇳소리 지르는 녹림에게서 보호하듯 모아를 감싸 안으며 지오가 말했다.

"제가 이런 질문을 받게 될 줄은 진짜 몰랐네요."

"DNA도 CCTV도 지문도 스마트폰 위치추적도 아무것도 건질 게 없는데, 범인이 저라는 증거가 있냐고요!"

녹림이 탁자를 두 손으로 내리쳤다.

"굴뚝에 초벌로 구워진 흙이 있었습니다. 그걸 보고 당신이 가마에서 청암의 머리를 잘라 성형한 항아리에 가지고 나왔다는 걸 알았습니다. 사저에서 동백 쌤과 솔향 쌤을 속이고 난 후 다시 가마에 집어넣기 위해 운반할 때도 진흙 항아리에 담아 옮겼을 겁니다. 타래 성형은 자폐인 모아도 만들 만큼 쉬우니까요. 굴뚝 앞에서 항아리를 으깨 부수고 머리통을 굴뚝에 집어넣었겠죠. 그때 굴뚝 입구에 도예토가 묻었던 거고요. 당신이 타래 성형한 항아리를 들고 지나가는 걸 저와 솔향 쌤이 봤습니다."

"그 항아리 속에 청암의 머리통이 들어 있었단 증거가 어디에 있냐고요! 당신 상상일 뿐이잖아요? 그것도 소설가의 망상!"

"보통 저 같은 외부인이 나타나면 계획했던 범행도 미루거나 할 텐데 당신은 그럴 수가 없었어요. 왜냐고요? 명장의 시신을 담았던 그 커다란 기물 말입니다. 그걸 언제 다시 만들어서 구울지 알 수 없었던 거죠. 장작 가마는 일 년에 서너 번밖에 불때기하지 않으니까요. 당신 실력으론 그렇게 큰 기물을 초벌에서 살아남게 하기가 힘들었던 거예요!"

녹림은 분노로 몸을 부르르 떨었다.

"제 실력이 부족한 게 지금 증거가 된단 말은 아니겠죠?"

"깨진 기물 조각들 중에 수골 가루가 묻은 게 있을 겁니다. 그리고 수골 가루가 묻어 있는 조각 중엔 분명히 기물의 바닥 부분 조각도 있겠죠. 거기에 증거가 남아 있습니다. 빼도 박도 못할 증거가요. 바로 당신의 호가요! 녹림이라는 당신의 낙관이요!"

전기가마에 들어가는 아마추어의 작품에도 낙관을 찍게 한다. 하물며 이이세 도요의 전통 가마에 여러 도예가의 작품이 함께 구워지는데 낙관을 찍지 않은 기물이란 있을 수 없다.

지오의 일갈에 녹림은 의자에 털썩 주저앉았다.

"나도 저놈들하고 비슷한 시기에 들어와서 기라면 기고 까라면 까면서 온갖 고생을 다 했어. 근데 청암 이미진, 이 남자에 미친년이 나한테는 개인전조차 열어주지 않더라고. 그걸로도 모자라 이번 달 말에 건강상의 이유로 저놈들한테 도요를 물려주겠다고 하잖아! 몸이라도 바치라면 그렇게 했을 거야! 근데 나한테는 그런 기회조차 주지 않았어, 같은 여자라는 이유만으로!"

"우리 이이세 도요의 명작을 만들어 낸 건 모두 이 가마입니다. 백 년도 넘게 도예가로 살아온 것이니 도예 명장은 바로 이 가마인 셈입니다."

모아의 억양 없는 말이 녹림의 절규를 잘라냈다. 깊은 한숨을 내쉬고서 지오가 모아의 말을 이었다.

"당신은 자신의 출세욕 때문에 스승인 청암만 죽인 게 아닙니다. 백 년 넘게 묵묵히 도예가의 혼을 빚어냈던 저 백 년 명장인 오름 가마를 오늘 죽여버린 것입니다."

장작 타는 소리마저 들리지 않는, 슬프도록 고요한 도요에 도예가들의 흐느끼는 소리가 오랫동안 울려 퍼졌다.

그동안 본격 추리소설이라곤 '어떤 자살'이라는 단편 하나 쓴 게 고작인 터라 본격 미스터리작가클럽의 회원 자격이나 있을까 고민해 왔습니다.

그러다 보니 자폐아를 키우고 있는 엄마이자 추리소설가인 신지오라는 제 분신 같은 캐릭터가 탄생한 것 같습니다. 소설 속 지오가 본격 추리소설가의 로망을 품고 있으며 그럼에도 트릭을 잘 풀어낼 자신 없어 하는 모습 또한 저의 내면이 반영된 것입니다.

〈1,300℃의 밀실〉은 저에게 있어 일종의 수능 시험과도 같은 소설입니다. 독자님들이 〈1,300℃의 밀실〉을 읽고 어떤 반응을 보이실지 몰라 지금 저는 성적표를 기다리는 수험생과 같은 심정입니다. 독자님들의 뒤통수에 작은 통증이라도 유발했길 바라며 다음엔 독자님들이 자리에서 벌떡 일어나게 할 정도로 놀라운 트릭의 본격 추리소설로 만나 뵙길 기대해 봅니다.

교수대 위의 까마귀

박건우

택시에서 내려서자, 눈앞에 커다란 건물이 서 있었다. 눈이 부실 정도로 새하얀 건물은 주변의 다른 건물들과 동떨어진 곳에 홀로 자리 잡고 있어 어딘가 고립된 인상을 준다.

여기가 오늘의 마지막 의뢰처군.

나는 고개를 들어 건물 벽에 새겨진 이름을 눈으로 읽어보았다. 요제프랑 아트 뮤지엄. 이 지역에서는 유일하다시피 한 사립미술관이다.

미술관 정문은 낮은 계단을 다섯 단 올라가면 있는, 양쪽으로 열리는 여닫이형 유리문이었다. 손잡이를 잡고 당겨보았다. 덜컹, 하는 소리와 함께 문이 걸렸다. 안쪽으로 열리는 문인가 싶어 밀어도 보았지만, 여전히 열리지 않았다. 아무래도 안쪽에서 잠겨 있는 모양이다.

문 옆에 인터폰이 있어 눌러보았으나 반응은 없었다. 아니, 애초에 작동이 되지 않았다. 하는 수 없이 도로 계단을 내려왔다.

다시 한번 정문을 바라보았다. 건물 내부에 불이 들어와 있으니, 누군가가 있기는 할 것이다. 주위를 둘러보니 정문 오른편으로 창문이 하나 있었다. 얼핏 사람의 형체가 보인다. 책상 앞에 앉아 얼굴에 부채를 부치고 있는 중년 남자의 모습이었다.

다행히 창문에 손이 닿았다. 두어 번 두드리자, 남자가 화들짝 놀라더니, 나와 눈이 마주치고는 허둥지둥 사라졌다. 곧이어 정문 안쪽에서 남자가 잰걸음으로 달려 나왔다.

"아이고, 오셨습니까. 시설 점검하러 오신 기사님이시죠? 날도 더운데 수고가 많으십니다."

문을 열어준 그는 자신을 이 미술관의 관장이라 소개했다. 그리 나이가 들어 보이진 않는데도 흰머리가 수두룩하다. 안으로 들어서자, 관장은 문을 도로 걸어 잠갔다.

"인터폰을 눌러도 반응이 없던데, 혹시 고장 난 건가요?"

혹시나 한 마음에 물어보았다. 일거리가 더 늘겠다 싶었는데, 다행히 관장은 손을 휘휘 내저으며 말했다.

"아휴, 아닙니다. 전기세 절감 차원에서 제가 일부러 꺼뒀어요. 그 왜, 저희 미술관이 한동안 문을 닫지 않았습니까. 그동안 수입이 없다보니 사소한 부분에서도 비용을 아끼게 되더라고요. 전시회 개장 후에는 냉방비도 장난 아니게 들 테니 미리미리 아껴둬야지요, 허허."

머쓱한 듯 뒤통수를 긁적인다. 하긴, 이 더운 날씨에 에어컨도 틀지 않고 부채만 부치던 걸 보면 그럴만하다고 생각했다.

1층 로비에는 안내데스크와 소파가 여럿 놓여 있었다. 사람은 없었다. 안내데스크에 팸플릿이 잔뜩 쌓여있기에 하나를 집어 펼쳐보았다. 이번에 열릴 전시회에 대한 설명과 아티스트의 사진이 들어 있었다.

"점검은 어디서부터 하면 될까요?"

"우선은 3층부터 순서대로 해주시면 될 것 같습니다. 분전반은 저기 엘리베이터로 곧장 올라가셔서 왼편을 보시면 있습니다."

벽면에 붙은 안내도를 보아하니 이 미술관은 3층짜리 건물인 모양이다. 나는 관장의 안내를 따라 엘리베이터로 향했다.

버튼을 눌러놓고 손목시계를 확인했다. 오후 2시다. 이번 일만 끝나면 간만에 조기 퇴근도 가능하려나.

그런 생각을 하다 보니 어느덧 엘리베이터가 도착했다. 좌우로 문이 열리고 안으로 들어서는 순간, 나는 반사적으로 와, 하고 작게 탄성을 내질렀다.

우선 내부가 굉장히 넓었다. 스무 명이 들어가고도 공간이 충분히 남을 것 같았다. 게다가 그 넓이도 넓이지만, 무엇보다도 천장이 엄청 높았다. 성인 남성의 키보다 절반은 더 높지 않을까. 이 정도로 커다란 엘리베이터는 처음 보았다.

3층 버튼을 누르고 문이 닫히려던 찰나였다. 로비 쪽에서부터 다급한 발소리가 들려오더니, 이어서 "잠시만요!" 하는 목소리가 들려왔다.

나는 급히 문틈 사이로 발끝을 집어넣었다. 그러나 문이 다시 열리지 않았다. 문틈에 신발이 걸린 채로 멈춰버린 것이다. 어쩔 수 없이 열림 버튼을 누를 수밖에 없었다.

"아이고, 감사합니다."

그렇게 인사하며 엘리베이터에 올라타는 남성의 얼굴을 나는 이미 본 적이 있었다. 불과 방금 전 팸플릿에서 본 얼굴이었다.

"기사님이시죠? 관장님께 말씀 들었습니다. 오늘 미술관 시설 점검을 위해 오신다고."

"아, 네. 맞습니다."

관장이 그런 얘기도 한 것인가. 하긴, 한창 전시회를 준비 중일 때 낯선 사람이 돌아다니면 아무래도 신경 쓰일 테니 미리 언질을 줘두는 게 나을 것이다.

"그나저나 여기 엘리베이터가 엄청나게 크네요. 처음 보고 깜짝 놀랐습니다."

괜히 어색해서 아무 말이나 던져 보았다. 남성은 "그렇죠?" 하며 사람 좋은 웃음을 지었다.

"아무래도 이건 미술관에서 쓰는 엘리베이터니까요. 손님용이기도 하지만 큰 작품을 외부에서 옮겨올 때 쓰이기도 하거든요. 이 정도로 크지 않으면 오히려 곤란하죠."

"아하, 그렇군요."

설명을 듣고 보니 이해가 되었다. 그러는 사이 엘리베이터가 3층에 도착했다. 문이 열림과 동시에, 나는 또 한 번 숨을 헉, 집어삼킬 수밖에 없었다. 눈앞에서 거대한 공룡의 머리뼈가 나를 향해 입을 쩍 벌리고 있는 게 아닌가.

엘리베이터에서 내려 그것을 향해 천천히 다가갔다. 그리고 전체적인 형상을 눈으로 훑어보았다.

공룡의 머리뼈가 거대한 이빨이 박힌 턱뼈를 잡아먹을 듯이 벌리고 있다. 생긴 모양으로 봐선 티라노사우루스의 골격인 걸까. 진짜 화석처럼 생겼으나 자세히 들여다보면 석고의 흔적이 드문드문 보인다.

머리뼈가 튀어나온 곳은 알 속이었다. 성인 남성만한 크기의 커다란 알. 그 윗부분은 널찍하게 깨져있고, 머리뼈와 함께 깨진 틈 속에서 튀어나온 두 개의 앞발은 당장이라도 밖으로 뛰쳐나갈 듯 허공을 움켜쥐고 있다.

흡사 공룡의 골격이 알을 갓 깨고 나온 모양새다. 물론 진짜 공룡일 리도 없거니와, 설령 진짜라고 해도 뼈만 남은 공룡이 태어날 리는 없다. 이건 모형이다. 석고와 회반죽을 적절히 혼합해 정교하게 만들어진 모형. 일종의 설치미술인 걸까.

작품은 널찍한 나무 받침대에 놓여 있다. 받침대 가쪽에 부착된 황금색 플레이트에 작품의 제목이 적혀 있었다. 나는 허리를 가볍게 숙여 작품명을 확인했다.

[소멸의 탄생].

"꽤나 박력 있죠?"

뒤에서 들려오는 목소리에 화들짝 돌아보자 남성이 킥킥 웃으며 나를 바라보고 있었다.

"이걸 만들 때 가장 고심했던 부분이 바로 생동감이었습니다. 어떻게 하면 골격만으로 살아있는 듯한 느낌을 줄 수 있을까. 그래서 제작에 착수하기 전까지 어떤 포즈로 만들지 연구를 많이 했지요. 덕분에 상당히 만족스러운 작품이 나온 것 같습니다."

그는 환하게 웃으며 말했다. 아무래도 그가 이 작품을 만든 장본인인 모양이다.

"설치미술에 관심이 많으신가 보죠?"

그가 나에게 물었다. 작품을 너무 유심히 바라보고 있어서 그렇게 보인 것인가.

"아, 아뇨. 관심이 많다고 할 정도까진 아닙니다만…. 아무래도 회화보다는 이런 조형물 쪽이 더 흥미롭게 느껴지네요. 그래도 젊을 적엔 미술관에도 꽤 자주 다니곤 했습니다."

"하하. 지금도 매우 젊으신걸요."

그가 유쾌하다는 듯이 웃었다. 나도 멋쩍게 웃어넘겼다. 거짓말은 아니었다. 대학 시절 사귀던 여자친구 손에 이끌려 여기저기 돌아다녔던 것뿐이지만.

"그나저나 이 [소멸의 탄생]이라는 제목이 참 마음에 드네요. 뼈만 남은 공룡의 화석을 소멸에 빗댄 것도 인상적이지만, 소멸과 탄생이라는 상반된 개념을 양립시킨다는 발상이 좋았습니다. 그걸 이렇게 작품으로 구현해 낸 것도 놀랍고요."

기왕 관심을 보인 김에 나름대로 감상을 남겨보았다. 큰 뜻 없이 떠오르는 대로 한 말이었는데, 어째 반응이 없다싶어 바라보니 그가 휘둥그레진 눈으로 내 얼굴을 쳐다보고 있었다. 나는 순간 흠칫했다. 뭔가 말실수라도 한 건가?

그러나 그게 아니었다.

"완전 제대로 보셨는데요? 아니, 예술에 정답이란 게 없긴 하지만, 그래도 최소한 원작자의 의도란 건 있잖아요. 잠깐 본 것만으로도 여기까지 꿰뚫어보실 줄은 몰랐습니다."

눈을 반짝이며 나를 바라보는 시선이 조금 부담스러웠다.

"그, 그건 그렇고, 어째서 이것만 여기에 따로 놓여있는 건가요? 보아하니 이것도 전시작인 것 같은데."

괜히 쑥스러워 나는 말을 돌렸다. 그렇지만 정말로 궁금하긴 했다. 이곳은 미술관 3층 제1전시실의 입구다. 정확히 말하자면 입구로 들어서기 직전의 공간, 즉 전시실 바깥인 것이다. 이 작품만 이곳에 홀로 존재하는 이유가 무엇일까.

"아, 원래는 이것도 다른 작품들처럼 전시실에 배치해 둘 예정이었습니다. 실제로 어제까진 전시실 안에 있었죠. 하지만 아무래도 여기 입구가 좀 밋밋하잖아요? 그래서 전시실

입장 전에 뭔가 임팩트를 줄만한 게 없을까, 고민하다가 이걸 여기로 옮기기로 했습니다. 무려 오늘 오전의 일입니다. 무게가 만만찮다 보니 우리 제자들이 고생 꽤나 했죠."

남자는 엄지손가락으로 전시실 안을 가리켰다. 제자라는 사람들이 저 안에 있나 보다. 그나저나 임팩트와는 별개로, 엘리베이터 앞에 이런 무시무시한 게 놓여 있으면 엘리베이터에서 내리려던 손님들이 깜짝 놀라지 않을까. 실제로 나도 그랬었고.

그런 생각을 하느라 잠시 멍하니 있었더니 남자가 손뼉을 짝 치고는 말했다.

"이렇게 오신 것도 인연인데, 안을 한번 둘러보고 가시겠습니까?"

"어, 그래도 괜찮은 건가요?"

나는 놀라서 되물었다. 이번 전시는 관장이 미술관 재오픈을 기념하여 특별 기획으로 준비한 거라고 들었다. 당연히 상설 전시와는 달리 입장료도 만만치 않을 것이다.

"당연히 괜찮고말고요. 아직 준비 중이긴 하지만 대부분의 작품은 이미 다 완성이 됐습니다. 좀 어수선하긴 해도 즐길 거리는 충분할 겁니다."

남자는 "자자, 들어오시죠." 하며 나를 제1전시실 안으로 밀어 넣었다. 그걸 걱정한 게 아니었는데. 아무래도 이 남자는 입장료가 어떠니 하는 건 안중에도 없는 모양이다. 아니,

무엇보다 그만큼 퇴근 시간이 늦어지는 게….

그러나 그런 시답잖은 생각은 전시실에 들어서는 순간 말끔히 사라졌다. 전시실 안에 펼쳐진 풍경에 한순간 말을 잃었다.

아티스트 도현. 조각품이나 사물을 활용한 설치미술계의 떠오르는 신성이라 정평이 난 남자다. 일개 설비기사인 나도 알 정도로 유명한… 건 아니고, 그저 팸플릿에 그렇게 적혀있던 것뿐이었지만.

그런 그의 작품을 관통하는 주제가 바로 '아이러니'다. 그는 모순적인 소재를 여럿 엮어 하나의 예술작품으로 탄생시키는 것으로 유명한데, 이는 《생(生)의 아이러니》라는 이번 전시회의 제목에서도 잘 드러난다.

이번 전시회에서는 특히 삶과 죽음을 모티프로 한 신선하고도 개성적인 작품을 볼 수 있다고 한다. 그 말대로, 제1전시실 안에는 그야말로 각양각색의 전시물이 즐비해 있었다. [소멸의 탄생]도 원래는 이곳에 전시되어 있었던 것일까.

"어떠신가요? 꽤 잘 꾸며져 있죠?"

넋을 잃고 바라보고 있으니, 옆에서 도현이 흐뭇한 듯이 말을 걸었다.

"무작위로 놓아둔 것처럼 보여도 이래 봬도 동선에 꽤 신경을 썼습니다. 입구에서부터 흐름을 따라 관람하다 보면 자연스럽게 제2전시실로 이어지게 되죠. 예를 들어 여기 유리 케이스 안의 데스마스크가 바라보고 있는 방향을 보면….”

그는 계속해서 설명을 이어갔다. 전시회는 혼자서 조용히 사색에 잠겨가며 감상하는 걸 좋아하는 편이지만, 아티스트 본인의 설명을 직접 들을 기회가 어디 흔한가. 게다가 공짜기도 하고.

그렇게 도현의 설명을 들으며 감상을 하다 보니 어느덧 제1전시실의 가장 안쪽, 제2전시실로 이어지는 중간 통로의 입구에 도달했다. 입구엔 가림막으로 커튼이 쳐져 있었다. 도현은 커튼의 끝자락을 잡으며 나를 바라보았다.

“설치미술에도 다양한 종류가 있습니다. 입구에서 보신 [소멸의 탄생]처럼 작품 단독으로 존재하는 경우도 있지만, 주변 환경과 어우러져야 비로소 의미를 갖는 작품도 있지요. [교수대 위의 까마귀]가 바로 그런 작품입니다.”

그러면서 그는 커튼을 화악 열어젖혔다. 그를 따라 안쪽으로 발을 들이미는 순간, 공간의 분위기가 완전히 달라졌다.

우선 공간 가득 풍겨오는 꽃향기가 코를 부드럽게 간질였다. 왼쪽으로 쭉 뻗은 중간 통로. 바닥의 가운데에 나있는 보행 길의 양옆으로 예쁜 화단이 꾸며져 있었다. 색깔별로 질서정연하게 심어진 각양각색의 꽃들과 싱그러운 초록빛을 더해주는 잔디가 눈과 마음을 편안하게 해준다.

그러나 그와 동시에, 이곳에는 그 아기자기하고 편안한 분위기를 단숨에 압도하는 물체가 하나 있었다. 두껍고 긴 나무로 세워진 두 개의 기둥. 둘 사이를 높다랗게 가로지르는 또 하나의 버팀목. 그 가운데 단단히 묶인 밧줄과 서슬 퍼런 올가미 매듭. 전형적인 형태의 교수대였다.

아기자기한 꽃밭 한가운데 세워진 거대한 교수대는 그 이미지만으로도 압도적인 존재감을 발산하고 있었다. 그와 동시에 방 분위기와 어우러지지 못하는 딱딱한 인공물의 형태가 형용할 수 없는 이질감을 자아냈다.

"자, 직접 보니 어떠십니까?"

"살벌하네요."

나는 솔직하게 감상을 말했다. 이것이 [교수대 위의 까마귀]라는 작품인 것인가. 그러고 보니 제목의 '까마귀'는 어디에 있는 거지? 그렇게 생각하며 교수대 위를 올려다보자 바로 찾을 수 있었다. 버팀목의 가쪽 위. 그곳에서 새까만 까마귀 한 마리가 이쪽을 내려다보고 있었다. 당연하게도 이 또한 모형이었다.

"혹시 저 까마귀에는 어떤 의미가 있는 건가요?"

재미있다는 듯 웃고 있는 도현에게 물었다. 물론 까마귀가 주는 이미지만으로도 교수대가 풍기는 불온한 느낌을 더해주긴 하지만, 작품의 제목에까지 들어갈 정도면 무언가 다른 의미가 있지 않을까?

"그걸 설명하려면 이것부터 먼저 말씀드려야겠네요. 혹시 [교수대 위의 까치]라는 그림을 아십니까?"

"그림이요? 아뇨, 들어본 적은 없습니다만."

내 대답에 도현은 스마트폰으로 곧장 무언가를 검색하더니 화면을 내게 보여주었다. 풍속화 이미지였다.

"16세기 네덜란드에서 활동했던 화가 피터르 브뤼헐의 유작입니다. 보시다시피 그림 가운데에 교수대가 있고 그 주변으로 사람들이 춤을 추고 있죠? 그리고 그 광경을 교수대 위에 내려앉은 까치 한 마리가 유유히 내려다보고 있고요.

보는 관점에 따라 정치적인 의미니, 시대상이니 하는 해설이 붙긴 하지만, 저는 이 그림이 주는 아이러니에 초점을 맞췄습니다. 누구나 무서워하는 섬뜩한 교수대와 그 아래에서 춤추는 사람들이라니. 상당히 역설적이지 않나요? 그래서 저도 이 그림을 모티브로 아이러닉한 공간을 만들어 본 겁니다. 그림 속에선 교수대 위에 까치가 앉아있지만, 서양에서는 까치가 흉조로 여겨지니, 우리나라로 치면 까마귀인 셈이죠. 그래서 그런 겁니다."

설명을 듣고 보니 작품 의도가 훨씬 잘 와닿았다. 춤추는 사람들은 없지만 교수대 주위를 둘러싼 형형색색의 꽃밭이 그 역할을 대신해 주고 있었다. 실물처럼 생생한 까마귀 모형도 교수대의 음산한 기운을 더해준다.

도현은 손뼉을 짝 마주치더니 쾌활한 목소리로 말했다.

"사실 이것만으로도 충분히 분위기가 살긴 하지만, 그래도 저만의 독창성은 있어야 하지 않겠습니까. 그래서 준비한 것이 바로 이 소파입니다."

"소파요…?"

도현의 말에 나는 주위를 돌아보았다. 가운뎃길을 사이에 두고 교수대의 건너편 벽 앞에는 대여섯 명은 거뜬히 앉을 수 있을 만큼 긴 소파가 놓여 있었다. 교수대와 서로 마주보는 방향이었다.

"앉기만 해도 편안해지는 소파를 찾느라 고생 꽤나 했었지요. 편하게 한번 앉아보세요."

그의 권유에 나는 머뭇거리면서도 소파에 몸을 파묻었다. 그 순간 푹신한 쿠션과 부드러운 천 재질이 온몸을 포근하게 감싸왔다. 그러면서도 적당한 탄성력으로 내 몸을 안락하게 받쳐주는 게 상당한 안정감을 주었다. 앉기만 해도 편안해진다는 그의 말이 이해되었다.

그렇기에 더더욱 정면으로 보이는 교수대와의 대비가 엄청났다. 몸은 한없이 편안한 데 반해 정신은 온통 교수대 쪽으로 쏠려 마치 가시방석에 앉은 기분이었다. 앉아있으면 있을수록 마음 안쪽에서부터 뭔지 모를 불안감이 퍼져나갔다.

"이거 굉장하네요. 단순히 소파에 앉는 것만으로도 이런 복잡한 감정을 느끼게 할 수 있다니."

내 솔직한 감상에 도현은 만족스러운 듯 고개를 끄덕였다.

"일종의 체험형 전시인 셈이죠. 이제 아시겠습니까? 여기 있는 교수대와 화단, 소파를 모두 포함해야 비로소 [교수대 위의 까마귀]라는 작품이 완성되는 겁니다. 말하자면 이 공간 자체가 하나의 작품인 셈이죠. 뭐, 사실 저나 제 제자들이나 모두 '교수대의 방'이라고 퉁쳐서 부르고 있긴 하지만요."

출구로 이어지는 가림막을 젖히며 도현은 그렇게 말했다.

'교수대의 방'을 나와 제2전시실로 들어서자 조금 전과 비슷한 풍경이 펼쳐졌다. 한 가지 다른 점은 제1전시실과는 달리 이곳은 아직 미완성이었다.

전시실의 맨 안쪽, 비상계단으로 이어지는 철문의 앞에 반원형의 석고 구조물이 줄줄이 늘어서 있었다. 마치 통로 같았다. 주변에는 석고 부스러기며 페인트 통, 바닥 보호 시트가 어지러이 널려 있다.

그 주위를 세 사람이 둘러싸고 있었다. 남자 둘에 여자 하나다. 이 사람들이 아까 전 아티스트가 말했던 제자들인 걸까.

가까이 다가가자 세 사람은 작업을 중단하고 이쪽을 쳐다보았다. 내 얼굴로 향하는 시선이 조금 부담스러웠다.

"아, 선생님. 오래 걸리셨네요."

그들 중 한 사람이 우리 앞으로 다가왔다. 제일 왼쪽에 있던 남자였다.

"손님에게 작품 소개를 좀 해주느라 늦었지. 제1전시실부터 쭉 둘러보던 참이야. 작업은?"

"마침 거의 다 끝나갑니다. 겉에 표면 경화제를 발라뒀으니

마를 때까지 기다리기만 하면 될 거예요."

그렇게 대답한 그는 시선을 돌려 의아한 눈빛으로 내 얼굴을 바라보았다.

"그런데 이 분은…?"

"오늘 미술관 설비 점검을 하러 오신 기사님이신데, 보기와는 다르게 작품을 보는 안목이 꽤 높으시더라고. 그래서 이것도 인연이다 싶어 전시회 안내를 해주던 참이었지."

나는 가볍게 고개를 숙여 인사했다. '보기와는 다르게'라고 말할 것까진 없지 않았나 싶은 생각이 들었지만 뭐, 크게 틀린 말은 아니라서 적당히 넘겨들었다.

"아, 이 친구는 한민석이라고 합니다. 내 제자 중 한 명인데, 다재다능하고 일처리가 빨라서 아주 유능하죠. 미술 외에도 하나같이 실력이 수준급이라 작품 외적인 일은 다 이 친구한테 맡기고 있습니다."

"반갑습니다."

소개 받은 민석이 싹싹하게 인사했다. 우리 대화를 들은 나머지 두 사람도 다가왔다.

"여긴 조찬민이라는 친구인데, 신선한 아이디어나 발상을 참 잘 떠올립니다. 작품을 구상할 때 도움을 많이 받고 있죠. 그리고 그 옆은 우리 중 제일 막내인 이민영으로, 꼼꼼하고 세심한 성격이라 작품의 디테일을 잘 살려줍니다. 디자인 센스도 좋아서 이번 전시회의 배치나 구도는 거의 다 이 친구가 도맡아 했을 정도지요. [소멸의 탄생]은 제가 멋대로 옮겨버렸지만요. 하하하."

도현이 유쾌하게 웃는 와중에 두 사람도 내게 꾸벅 인사했다. 갑작스럽게 시작된 소개 릴레이에도 당황하는 기색이 없었다. 아티스트의 성격을 보면 이런 일이 평소에도 자주 있는 모양이다.

"설비 기사 박현수라고 합니다. 현대미술은 잘 모르지만, 선생님께서 잘 설명해 주신 덕분에 많이 배워가는 것 같네요."

소개를 받았으니 나도 얼떨결에 인사를 했다. 그러면서 한편으론 제자들을 한 사람씩 찬찬히 살펴보았다.

민석은 시원스러운 인상의 남성으로, 다부진 팔뚝과 떡 벌어진 어깨가 특징적이었다. 나이에 걸맞게 혈기왕성해 보였으며 잔근육이 붙어 탄탄한 이미지였다. 다재다능하다는 평가는 이런 부분을 말하는 걸까.

다음으로 소개받은 조찬민이라는 남자는 꽤나 덩치가 있는 사람이었다. 그것만 보면 마치 압도될 것 같은 이미지였지만 시종일관 입가에 생글생글 미소를 띄우고 있어 의외로 푸근한 인상을 준다.

마지막으로 민영은 갈색으로 염색한 반묶음 머리가 특징적인 여성이었다. 앞선 두 사람과는 달리 정장 느낌의 깔끔한 블라우스를 차려입고 있어 예술가라기보단 회사원의 이미지에 가까웠다.

“작품을 미술관 안에서 직접 만드시는 건가요?”

나는 그들이 둘러싸고 있는 반원형의 커다란 석고 구조물을 올려다보았다. 보통은 작업실에서 미리 만들어둔 작품을 옮겨와서 전시하지 않나? 그런 의문이 들던 차에 찬민이 친절하게 설명해 주었다.

“아, 보통은 그렇지요. 그렇지만 옮겨오기엔 너무 크거나 뒤늦게 제작이 결정된 작품은 간혹 이렇게 전시실 안에서 만들기도 합니다. 특히나 이 작품은 제2전시실에서 비상계단으로 이어지는 통로가 될 예정이거든요. 따로 제작해서 옮겨오긴 애매하니 여기서 직접 만드는 겁니다.”

“이렇게 3층을 먼저 둘러본 다음에 여길 통해 2층으로 내려가 나머지 전시실도 둘러볼 수 있도록 동선을 짰거든요. 그래서 급히 제작하기로 했습니다. 아무래도 비상문만 달랑 있으면 밋밋하다 보니.”

도현이 옆에서 부연설명을 했다. 확실히 비상문만 있는 것보단 통로로 동선을 유도하는 게 훨씬 깔끔할 것 같았다.

그렇게 생각하며 굳게 닫힌 비상문을 바라보고 있자니 비상문 안쪽에서부터 시끄러운 발소리가 들려왔다. 단정치 못하게 계단을 올라오는 발소리가 점점 커지더니, 직후 철문이 덜컹 열렸다. 안에서 튀어나온 것은 젊은 여성이었다.

“3층엔 대체 왜 화장실이 없는 거야? 귀찮게 2층까지 내려갔다 와야 하잖아."

짜증 섞인 목소리로 툭 내뱉은 여성은 고개를 돌려 나와 눈이 마주쳤다. 어쩐지 얼굴이 불그레했다.

"그쪽은 누구셔?"

초면부터 대뜸 반말이다. 조금 당황스러웠지만 별수 없이 다시 같은 인사를 반복할 수밖에 없었다.

"미술관 설비 점검을 하러 온 박현수라고 합니다. 지금은 도현 씨가 전시회 안내를 해주셔서…."

"아, 됐고. 찬민아, 내가 마시던 맥주는 어디 갔어?"

도중에 말을 끊은 걸로도 모자라 내겐 더 이상 관심 없다는 듯 고개를 홱 돌려버렸다. 뭐 이런 사람이 다 있담.

"경화제 처리 작업 때문에 아이스박스랑 같이 잠시 가쪽으로 옮겨뒀어요. 여기요."

찬민이 맥주 캔을 건네자 거칠게 탁 받아들더니 그대로 쭉 들이켠다. 그러더니 빈 캔을 흔들며 "쳇, 다 마셨네." 하고는 바닥에 나뒹구는 캔 무더기에 아무렇게나 툭 던졌다. 설마 저걸 혼자서 다 마신 건가?

"아, 저 애는 제 여자친구입니다. 이름은 조유진이고요. 저랑 같은 미대 출신으로, 재작년 초에 열린 비엔날레에서 처음 만났는데 어쩌다 보니 이렇게 사귀는 사이가 돼서…."

도현이 그 답지 않게 쑥스러운 목소리로 소개했다. 비엔날레가 뭔지는 몰라도 대충 예술 전시회 같은 게 아닐까. 나는 고개를 끄덕이며 유진을 바라보았다.

짧은 단발머리의 유진은 상하의 모두 헐렁한 체육복 차림을 하고 있다. 체격은 상당히 작은 편이다. 민영이 가장 막내라곤 했지만 둘이 나란히 서 있으면 오히려 민영 쪽이 언니로 보이지 않을까. 잔뜩 쌓인 캔 무더기가 증명해 주듯 술기운이 올라오는지 가만히 서있는데도 몸이 조금씩 휘청인다.

유진이 고개를 꺾어가며 맥주를 꿀꺽꿀꺽 마시는 모습을 멍하니 바라보았다. 술기운으로 붉어진 것과는 별개로 어쩐지 얼굴과 목이 하얗게 뜨는 느낌이었다. 뭔가 바른 건가?

“어라? 유진 언니, 혹시 선크림 바꿨어요? 아까랑 좀 다른 것 같은데.”

“오? 역시 민영이는 알아보는구나?”

민영이 눈썰미 좋게 물어보자, 유진이 반색했다.

“나 요즘 레이저 토닝 받고 있잖아. 사후 관리하려면 자외선이나 햇빛을 피해줘야 하는데, 슬슬 원래 쓰던 선블록이 다 떨어져 가서 엊저녁에 집 가는 길에 올영에서 하나 샀지. 이번에 새로 나온 신상이더라고. 오늘 첨 써보니까 좋기는 한데, 이번 건 백탁 있는 타입이라 얼굴이 좀 허옇게 뜨네.”

“아니, 선배. 건물 안인데도 선크림을 발라야 해요?”

“그게 뭔 바보 같은 소리니? 여기 형광등이 얼마나 많은데. 실내조명에서도 자외선이 나온다는 말 몰라? 특히 여긴 벽도 새하얗고 주위에 석고가 잔뜩이라 더더욱 조심해야지.”

찬민의 물음에 유진이 하품을 한차례 내뱉은 후 쏘아붙였다. 어쩐지 얼굴이 과하게 하얗다 싶었는데, 조금 전 화장실에 간 김에 선블록을 잔뜩 펴 바르고 온 모양이다. 목뿐만 아니라 목덜미까지 꼼꼼하게 바른 건 백탁 현상으로 인해 얼굴과 색 차이가 날까 봐 그런 걸까.

그나저나 형광등에서 나오는 자외선은 극미량이라 걱정할 필요는 없을 텐데…. 그런 생각이 문득 들었지만, 그냥 조용히 넘어가기로 했다. 게다가 창문으로도 햇빛은 들어올 테니 잘 발라둬서 나쁠 건 없었다.

"아니, 또 마셔요?"

민석의 말에 나는 퍼뜩 정신을 차렸다. 돌아보니 유진이 그새 아이스박스에서 새 캔을 꺼내들고 뚜껑을 따는 참이었다.

"날도 더운데 뭐 어때."

"어휴, 심장도 안 좋다는 사람이…."

캔에 입을 대고 꿀꺽꿀꺽 마시는 유진을 민석이 어이없다는 표정으로 바라보았다. 그러거나 말거나 유진은 "푸하~" 하는 소리와 함께 캔을 입에서 떼었다. 그러고는 캔 입구를 민석 쪽으로 향하며 말했다.

"소주도 아니고 맥주 정도는 괜찮잖아. 게다가 아직 부정맥이라고 확정난 것도 아닌데 뭐. 여기 기계 박아 넣은 것도 진단하기 애매하니까 그런 거 아니야?"

그러면서 자신의 가슴팍을 주먹으로 툭툭 친다. 부정맥 진단을 위해 가슴에 박아 넣은 기계. 그건 아마 '이식형 사건 기록기'가 아니었을까. 부정맥이 몇 개월에 한 번꼴로 나타나는 경우 심장 쪽 피부 아래에 작은 기기를 심어 심전도를 기록하기도 한다고 어디선가 들은 적이 있었다.

"난 괜찮다고 했는데도 도현이가 그렇게 병원 가보자고 사정사정을 해대니…."

유진이 흘겨보자, 도현은 머쓱하게 웃었다.

"뭐 아무튼, 유진 누나도 돌아왔으니 슬슬 시작해볼까?"

민석이 손뼉을 두어 번 짝짝 치며 화제를 전환했다. 그나저나 뭘 시작한다는 거지? 옆을 보니 도현도 뭔지 모르겠다는 듯 고개를 갸웃거렸다.

우리를 등진 채 아이스박스를 둘러싸고 뭔가를 준비하던 제자들은 이윽고 도현을 향해 돌아보았다. 손에 들린 것은 커다란 아이스크림 케이크였다.

"생일 축하드려요, 선생님!"

"생일 축하해, 도현아~"

세 사람과 취객 한 명이 큰 소리로 외쳤다. 케이크에 꽂힌 초에서 불꽃이 작게 일렁인다.

"어, 으응? 나, 오늘 생일이야…?"

도현이 얼떨떨한 표정을 지었다.

"어휴, 선생님. 또 그러신다. 작년에도 기억 못 해놓고 오늘도 깜빡하신 거예요?"

"요즘 통 바빠서 생일을 신경 쓸 겨를이 있어야지. 언제 이런 걸 다 준비했대?"

그렇게 말하면서도 내심 기쁜 듯 히죽거리는 입꼬리를 숨기지를 못한다.

"아침에 민석 오빠가 몰래 사 왔어요. 아이스박스에 맥주랑 같이 숨겨뒀죠. 선생님께 들키면 어떡하나 싶어 아침부터 얼마나 마음 졸였는지 몰라요."

민영이 붙임성 좋게 말했다. 어쩐지 아이스박스에서 하얀 연기가 새어나온다 싶었더니, 맥주뿐만 아니라 아이스크림 케이크도 함께 넣어뒀던 모양이다.

"자, 촛불 불어서 꺼주세요. 어서요!"

케이크를 들고 재촉하는 민영의 말에 도현은 쭈뼛쭈뼛 케이크 앞으로 다가오더니, 바람을 후 불어 촛불을 껐다. 옆에 선 두 사람과 유진이 신나게 박수를 쳤다. 나도 덩달아 축하 행렬에 가담했다.

"고마워. 아직 녹진 않았지? 이건 넣어뒀다가 좀 있다 영상 상영회 때 다 같이 나눠먹자."

"와아, 좋아요!"

한껏 들뜬 분위기 속에서 제자들은 케이크를 도로 아이스박스에 집어넣었다.

"그러고 보니 이번 달에 나랑 생일이 비슷한 친구가 있었지 않나? 누구였는지 기억이 안 나네."

도현이 별 뜻 없이 툭 내뱉었다. 그러자 화기애애하던 분위기가 순식간에 싸해졌다. 갑작스럽게 달라진 분위기에 나는 조금 당황스러웠다. 아니, 당황한 건 나뿐만이 아니었나 보다.

"어…? 왜, 왜 그래?"

도현이 얼떨떨한 표정으로 주위를 둘러보았다. 제자들은 모두 굳은 얼굴로 서로의 눈치만 살폈다. 대체 뭐길래 그러는 거지? 의아해하며 시선을 돌리던 나는 유진을 바라보고는 내심 깜짝 놀랐다. 유진의 낯빛이 새파랗게 질려 있는 게 아닌가.

"그 애잖아요, 선생님. 올 초에 독립해서 전시회 준비하다가 사고로 죽은…."

민영이 조심스럽게 말했다.

"아, 아아…."

도현의 얼굴에서 순식간에 핏기가 싹 가셨다. 실수했다는 표정이었다.

"어, 그, 그러니까… 아무튼 다들 축하해줘서 정말 고맙고…."

어떻게든 화제를 돌려보려 도현은 더듬더듬 말을 이어갔다. 제자들도 어색하게나마 웃으며 맞장구를 쳤다. 그러나 차갑게 가라앉은 분위기는 쉽사리 돌아오지 않았다.

"뭐, 뭘 그렇게 신경을 써? 전부 자업자득이지 뭐. 괜히 독립하겠다고 설치다가….”

유진이 그렇게 툭 내뱉었다. 나는 곁눈질로 유진의 안색을 살폈다. 애써 아무렇지 않은 척 맥주를 쭉 들이켜지만, 캔을 쥔 손이 미세하게 떨리고 있었다. 안하무인 그 자체였던 그녀가 새파랗게 질릴 정도라니….

어쨌거나 지금은 가라앉은 분위기를 되살리는 게 우선이었다. 나는 어색하게 서있는 제자들을 향해 조심스럽게 물었다.

“저기, 혹시 여기 그려진 무늬는 지금 수정할 순 없는 건가요?”

나는 비상문으로 이어지는 아치형의 작품을 가리켰다. 흰색 석고를 배경으로 알록달록한 물방울무늬가 점점이 그려져 있다.

“표면 경화제를 발라두긴 했지만 수정은 가능합니다. 그런데 그건 왜 물으시는 거죠?”

민석이 되물었다. 나는 작품에서 몇 발짝 물러서며 전체적인 모습을 다시 한 번 바라보았다.

“동선을 따라 전시실을 돌다 보면 마지막에 여기서 비상계단으로 향하게 되는데, 이 방향에서 바라보면 작품이 어색하게 보여서요. 각각의 아치 왼쪽에 그려진 빨간 점들이 이 각도에선 마치 이어진 것처럼 보이거든요. 저기 세 번째랑 다섯 번째 점 위치를 옮겨 그린다면 훨씬 자연스러울 것 같네요.”

내 말에 제자들이 이쪽으로 우르르 몰려왔다. 내 옆에 나란히 서서 작품을 올려다보던 세 사람은 저마다 고개를 끄덕였다.

"오…. 확실히 저 부분만 이어지니 어색하네요. 저희는 바로 밑에서 작업하다 보니 전혀 몰랐습니다. 바로 수정해야겠네요. 눈썰미가 정말 대단하십니다."

"아, 아닙니다. 우연히 눈에 띄었을 뿐이에요."

민석이 감탄했다는 듯 나를 바라보기에 괜히 머쓱해졌다. 그래도 덕분에 분위기가 한결 풀어졌다. 도현도 마음이 놓였는지 제자들이 수정 작업에 들어간 동안 내게 안내를 마저 해주기로 했다. 유진도 어느새 평소의 그녀로 돌아왔다.

"하암~ 오늘따라 왜 이렇게 졸리지?"

술기운도 함께 돌아온 모양이다. 유진은 팔을 쭉 뻗으며 늘어지게 하품을 했다.

"안 되겠다. 난 좀 자다 일어날게. 저기 교수대 방 소파에서 잘 거니까 절대 방해하지 마."

다 마신 맥주 캔을 찌그러트려 툭 내던지고는 그렇게 선언했다.

"아니, 그럼 영상 상영회는요? 상영회까지 앞으로 30분밖에 안 남았는데."

손목시계를 들여다보며 민석이 물었다.

"몰라. 너네 알아서 해. 어차피 그거 1시간은 넘게 걸리잖

아. 난 그냥 안 보고 잘래."

"그래요, 그럼. 상영회 끝나면 깨우러 갈게요."

유진은 적당히 손을 흔들고는 뒤도 돌아보지 않고 비척비척 걸어갔다. 어지간히도 취한 모양이다. 아니, 그나저나….

"'교수대의 방'에서 잠을 자겠다고요…?"

나는 당황스러운 기색으로 물었다. 교수대 옆에서 잠을 잔다니. 상상만으로도 몸서리가 쳐졌다. 나라면 분명 꿈자리가 뒤숭숭할 게 뻔했다.

그러나 그런 내 걱정과는 달리 도현은 대수롭지 않다는 듯 손을 내저었다.

"현수 씨도 앉아보셔서 아시겠지만 저기 소파가 장난 아니게 푹신하긴 하거든요. 한 번 저기서 자본 이후로는 안락함을 못 잊겠다며 저기서 자주 낮잠을 자곤 합니다."

"어휴, 주량도 얼마 안 되면서 저렇게 매일같이 마셔대니…."

민석이 한심하다는 듯 고개를 절레절레 저으며 도로 작업을 이어갔다. 우리도 보던 작품들을 마저 감상하기로 했다.

제2전시실을 둘러보며 도현의 설명을 들었다. 분명 흥미로운 내용이었지만, 내 머릿속은 다른 생각으로 차 있었다. 조금 전에 언급됐던 과거의 사고에 대해서였다. 유진의 반응으로 보아 그녀와도 뭔가 연관이 있어 보이는데, 대체 무슨 일이 있었던 걸까. 하지만 차마 도현에게 직접 물어볼 수는 없었다.

전시실을 돌아보던 도중 교수대의 방 앞을 지나쳤다. 가림막 틈 사이로 소파에 누워있는 유진의 모습이 얼핏 보였다. 드문드문 코고는 소리가 들리는 걸 보면 어지간히도 깊게 잠든 모양이다. 그 태평한 모습에 나는 조금 어이가 없었다.

전시실을 한 바퀴 돌아오자, 제자들은 그새 수정 작업을 끝내고 주변을 정리하고 있었다.

"경화제 처리도 끝냈으니 슬슬 아래층으로 내려갈까요?"

세 제자는 각자 도구를 챙겨들었다. 석고 터널을 지나 비상문을 열고 들어섰다. 비상계단이기는 해도 각 층계참마다 작은 창문이 나있어서 그리 어둡지만은 않았다.

"설비 점검 일을 하신다고 하셨죠? 오늘 업무는 다 끝나신 건가요?"

계단을 내려가던 도중 민석이 가벼운 말투로 물었다.

"아뇨, 아직 시작도 못 했습니다만…."

나는 머쓱해서 머리를 긁적였다. 설마 하라는 일은 안 하고 구경이나 하고 있다고 눈치라도 주는 것인가. 한순간 그렇게 생각했으나 그의 의도는 다른 데 있었다.

"그럼 혹시 이번 영상 상영회에 선생님도 같이 참석해주실 수 있으신가요? 관장님도 함께 봐주시기로 했습니다."

"영상 상영회요?"

그러고 보니 조금 전에도 영상 상영회라는 말이 여러 번 언급됐었다. 옆에서 도현이 부연설명을 해주었다.

"거창한 건 아니고, 저희가 이번에 인터뷰 겸 전시 작품에 대해 설명하는 소개 영상을 촬영했거든요. 이 친구가 바쁜 와중에도 열심히 편집해줬습니다."

도현의 소개에 민석이 가슴을 쭉 폈다. 꽤나 자신이 있는 모양이다. 그나저나 영상 편집까지 할 줄 안다니. 도현이 다재다능하다고 평가한 이유를 알 것 같았다.

"15분짜리 영상이 총 네 편으로, 전시실마다 한 영상씩 틀어놓을 예정이에요. 오늘은 1층 세미나실에서 제가 편집해온 영상을 하나씩 돌려보며 수정사항이나 피드백을 하는 시간입니다. 그래서 저희끼리 영상 상영회라고 장난스럽게 부르는 거죠."

그러고 보니 제1전시실도 그렇고 전시실 곳곳에 커다란 화면이 붙어 있었다. 아직은 전원이 꺼져 있었지만 전시회가 시작되면 영상이 재생되는 건가 보다. 나도 볼 수만 있다면 보고 싶기는 했다.

하지만 아까 유진이 상영회가 1시간은 넘게 걸린다고 하지 않았던가. 아직 작업은 시작조차 못했고, 오늘만큼은 일찍 퇴근하고 싶었는데….

"작품을 보는 안목이 높으시니 분명 좋은 피드백을 주실 거로 생각합니다. 저도 이렇게 부탁드리겠습니다."

옆에서 도현까지 고개 숙이며 부탁했다. 이거 곤란한데….

아직 미완성이긴 해도 공짜로 전시까지 보게 해준 후라서 더더욱 거절하기가 힘들었다.

잠시 고민하던 나는 한숨을 내쉬곤 고개를 끄덕였다.

"좋습니다. 도움이 될지는 모르겠지만 저도 같이 봐 드릴게요."

내 말에 민석의 표정이 한결 밝아졌다.

어느새 2층까지 계단을 내려왔다. 비상문을 열고 들어가는 사람들의 뒤를 따라갔다.

"오오…."

2층 전시실 내부로 들어서자 저절로 감탄이 터져 나왔다. 이곳도 마찬가지로 다양한 작품들이 배치되어 있었다. 그러나 3층의 제1전시실과 제2전시실과는 확연한 차이가 있었다. 전시작 하나하나가 모두 압도적인 크기를 자랑하는 것이었다.

"여기는 3층의 전시실보다 좀 더 넓거든요. 공간이 큰 만큼 이걸 십분 활용해 이곳에는 큼직큼직한 작품들만 모아뒀습니다."

도현이 흐뭇하게 작품들을 올려다보며 설명했다. 나는 감탄스러운 기분으로 전시작들을 둘러보았다. 거대한 장벽처럼 곳곳을 가로막고 서 있는 작품들은 하나같이 웅장한 위용을 자랑하고 있었다.

"그럼 저희는 마저 작업하도록 하겠습니다. 두 분도 느긋하게 작품을 쭉 둘러보고 계세요. 3시쯤엔 마무리하고 다같이 1층으로 내려갈게요."

그렇게 말하며 민석은 작업 도구를 들고 작품 뒤로 사라졌다. 겉보기엔 이미 다 완성된 것 같은데, 아직 작업할 게 남아 있는 건가?

그 의문엔 찬민이 상세히 대답해 주었다.

"요즘 날도 더운 데다가 너무 습하지 않습니까. 그래서 전시회 개장 전에 마지막으로 바니쉬를 꼼꼼하게 덧칠해 주는 작업을 하는 겁니다. 석고도 그렇고 특히 목재는 습기에 취약하니까요."

설명을 마친 찬민은 종종걸음으로 작업을 하러 갔다. 민영도 꾸벅 인사하곤 저편으로 사라졌다. 제자들은 각자 흩어져서 작업을 하는 모양이었다. 큼직한 작품들에 가려져 서로의 모습은 잘 보이지 않았다.

나는 3층에서와 마찬가지로 도현을 따라 2층 전시실을 천천히 둘러보았다. 2층과 3층의 형태는 동일했다. 다만 한 가지 다른 점은 3층의 두 전시실 사이를 구분 짓는 중간 벽이 여기엔 없다는 것이었다. 2층이 훨씬 넓은 이유가 바로 여기에 있었다.

조금 둘러보니 제1전시실의 입구에 해당하던 공간에 화장실이 있는 걸 확인할 수 있었다. 막상 전시실의 입구는 파티션으로 가로막혀 있었다. 그 이유를 물어보자, 도현은 막힘없이 설명해주었다.

“저희가 생각한 이상적인 관람 동선은 이렇습니다. 우선 엘리베이터를 통해 3층으로 올라와서 제1전시실과 교수대의 방, 제2전시실까지 둘러본 후 비상계단으로 내려가 2층의 제3전시실로 향하는 겁니다. 그런데 2층 전시실 입구가 열려있으면 그쪽으로 들어가려는 사람들도 있을 것 아니에요. 그래서 파티션으로 막아둔 겁니다. 가급적이면 손님들이 저희가 의도한 방향대로 관람을 해주셨으면 하거든요.”

전시실을 전부 둘러보니 어느덧 오후 3시가 다 되어갔다. 작업을 마무리한 세 사람은 짐을 챙겨들고 비상문 앞으로 모였다. 우리도 그들에게로 다가갔다.

비상계단을 내려가 1층으로 나서자, 정면에 긴 복도가 보였다. 여기서 오른쪽 통로로 빠지면 앞서 들어왔던 정문과 로비가 나온다. 복도에는 세 개의 방이 연이어 붙어 있었다. 그 중 가운데 방으로 들어갔다. 여기가 바로 세미나실이었다.

내부엔 기다란 책상이 여럿 놓여 있고 정면에 스크린이 내려와 있었다. 관장이 미리 세팅을 해둔 건지 노트북 화면이 빔 프로젝터로 스크린에 커다랗게 띄워져 있었다. 화이트보드는 화면을 가리지 않게 옆으로 치워뒀다.

민석이 맨 앞 노트북 자리에 앉았다. USB를 연결하는 동안 민석은 관장에게 질문하였다.

“관장님, 오늘 기사 선생님 외에도 또 미술관에 오실 분이 있나요?"

"네? 아, 아뇨. 오늘은 더 오실 분은 없습니다."

"그래요? 아쉽네요. 다른 분도 더 오시면 같이 봐줄 사람이 늘어나서 좋았을 텐데."

진심으로 아쉬워하는 듯 보였다. 그만큼 영상에 자신이 있는 걸까.

그러는 사이 민영과 찬민이 아이스박스에서 케이크와 보틀 커피를 꺼내 능숙하게 한 사람씩 앞에 내놓았다. 도현의 앞에는 특별히 케이크 두 조각과 고급 커피가 놓였다. 평소에 주로 즐겨 마시는 커피인 걸까. 그래봤자 똑같이 편의점 커피인 건 변함이 없지만.

"그럼 슬슬 상영회를 시작하겠습니다. 다들 편하게 드시면서 관람해 주세요."

장난스러운 말투로 시작을 알린 민석은 첫 번째 영상을 화면에 띄웠다. 웅장한 BGM과 함께 시작된 영상은 제1전시실의 전경을 쭉 돌아본 후 도현의 인터뷰 장면으로 이어졌다. 영상을 시청하면서 나는 내심 감탄했다. 부드러운 화면 전환과 군더더기 없이 깔끔한 자막, 적절한 카메라 구도까지. 과연 편집 실력을 자부할 만했다.

인터뷰 내용도 꽤나 흥미로웠다. 도현의 평소 성격대로 당당한 말투로 작품에 대해 하나하나 설명해 주는 장면에선 해당 작품을 줌인하여 더욱 몰입감을 높여주었다. 간혹 인터뷰 도중 우스갯소리를 흘릴 때면 제자들 사이에서 한소끔 웃음소리가 터져 나왔다.

어느덧 영상이 종료되었다. 벌써 15분이 지난 건가. 시간 가는 줄도 모르고 있었다.

두 번째 영상을 틀기 전 5분 정도 영상에 대한 피드백 시간을 가졌다. 사소한 오타 지적이나 화면 전환 시간을 늘리면 좋겠다는 등 여러 의견이 오고 갔다. 이어서 두 번째 영상이 시작되었다.

제2전시실을 전체적으로 조망하며 시작하는 두 번째 영상도 큰 흐름은 비슷하였다. 그러나 첫 번째 영상과는 다른 편집기법을 사용하여 지루하지 않고 집중하도록 만드는 힘이 있었다.

영상을 절반 넘게 본 시점이었다. 문득 옆을 바라보니 도현이 창백한 얼굴로 시계와 화면을 번갈아 바라보고 있었다. 어딘가 안절부절 못하는 모습이었다. 대체 무슨 일이지?

그 의문은 영상이 끝난 직후에야 해결되었다.

"저기, 미안한데 잠시 화장실 좀…."

그러고는 급히 문을 열고 밖으로 나섰다. 남은 사람들은 어리둥절한 표정으로 서로를 바라볼 뿐이었다.

십여 분 후 돌아온 도현은 이마와 관자놀이가 땀으로 번들번들했다.

"뭐하다 오셨길래 이렇게 땀이 흥건해요?"

"아니 그게, 배도 아픈데다가 화장실이 너무 덥고 습해서 가만히 있어도 땀이 줄줄 흐르더라고."

민석이 놀라서 묻자, 도현이 무안한지 머쓱하게 웃었다. 다행히 큰 문제는 없어 보여 우리는 피드백을 마저 주고받았다.

이후 나머지 두 영상도 동일한 흐름으로 진행되었다. 영상을 본 후 피드백을 주고받고, 또 다음 영상에 대해 보완하는 식으로…. 그렇게 영상 네 개를 모두 보고 나니 어느덧 오후 4시가 훌쩍 넘어 있었다.

"모두들 수고 많으셨습니다. 오늘 말씀 주신 내용을 바탕으로 더 완벽하게 수정해서 오겠습니다."

꾸벅 인사하는 민석을 향해 박수를 쳤다. 다 먹은 접시와 빈 병을 정리한 후 우리는 복도로 나섰다. 관장은 그대로 안쪽 사무실로 들어갔다.

복도를 지나 비상계단을 올라갔다. 2층 전시실로 들어가려는데 민석이 멈춰 서서 주머니를 뒤적거렸다.

"어라?"

"왜 그러세요?"

내가 묻자, 민석은 난처한 듯 웃으며 말했다.

"세미나실에 USB를 두고 왔네요. 금방 챙겨 오겠습니다."

그러고는 곧장 계단을 성큼성큼 내려갔다.

민석은 1분도 안 지나서 금방 다시 올라왔다. 2층 전시실에서 짐을 정리한 제자들은 금세 돌아갈 채비를 마쳤다.

"상영회도 끝났으니 슬슬 유진 선배를 깨워야 하지 않아요?"

"그래, 그러자. 경화제가 잘 말랐는지 확인도 할 겸. 현수 씨도 3층에 설비 점검하러 가셔야 하죠? 이쪽이 훨씬 빠르니 저희랑 같이 올라갑시다."

네 사람을 따라 비상계단을 통해 3층으로 올라갔다. 제2전시실을 지나 교수대의 방으로 향했다. 민영이 커튼을 걷으며 유진을 불렀다.

"유진 언니~ 저희 이제 집에 가요!"

그러나 대답은 없었다. 아니, 유진의 모습이 보이질 않았다. 분명 소파에 누워 잠들어 있었을 텐데….

"어디 간 거지?"

"화장실이라도 갔나."

제자들이 수군거리던 순간이었다. "아앗!?" 하는 고함 소리가 터져 나왔다. 도현이었다.

"왜 그러세요?"

찬민이 묻자, 도현이 떨리는 손끝으로 무언가를 가리켰다. 우리는 그가 가리키는 곳을 바라보았다.

그곳엔 교수대가 있었다. 굵직한 나무 기둥으로 만들어진 위압감 넘치는 교수대. 그러나 교수대에 매여 있어야할 올가미 매듭이 보이질 않았다. 밧줄은 그대로 묶인 채 고리 부분만이 뎅겅 잘려나간 것이다.

"대체 누가 이런 짓을…."

"서, 선생님. 여기, 바닥에…."

민석이 가리킨 곳에는 화단의 흙이 파헤쳐져 있었다. 마치 무거운 뭔가를 땅에 질질 끌고 간 것처럼, 교수대의 아래서부터 흙자국이 점점이 이어졌다. 그 흔적은 가림막을 지나 제1전시실 쪽으로 향하고 있었다. 무언가 불길한 기분이 들었다.

우리는 홀린 듯이 그 흔적을 따라갔다. 점점이 이어지던 흙자국은 어느새 사라졌으나 그 목적지가 어디인지는 알 것 같았다.

제1전시실을 지나 엘리베이터 앞에 도착했다. 버튼을 눌러보았다. 그러나 문은 꿈쩍도 하지 않았다. 계기판을 보니 엘리베이터는 2층에 멈춰 있었다. 영문 모를 불안감이 더더욱 커져갔다.

우리는 엘리베이터 옆 계단을 내려갔다. 2층 라운지에 내려서자 바로 이변을 알아차렸다. 라운지에 휴식용으로 배치된 의자 하나가 쓰러진 채로 엘리베이터 문틈에 끼어있었다. 등받이가 아래를 향하고 있었다.

버튼을 눌렀다. 이번에는 문이 열렸다. 그리고 그 안에서, 우리는 유진의 모습을 발견할 수 있었다. 엘리베이터 안쪽을 향해 엎어진 채로 고꾸라져 있었다.

"유진 언니!"

민영이 비명을 내지르며 미처 말릴 새도 없이 달려들었다.

유진의 어깨를 끌어안고 격하게 흔들었다. 그러나 유진은 눈을 뜨지 않았다. 얼굴은 핏기 하나 없이 창백했다.

유진의 목에는 올가미가 걸려 있었다. 교수대에서 잘려나간 올가미였다. 그리고 그 처참한 순간을 암시하듯 목에는 밧줄에 강하게 조인 자국이 선명하게 남아있었다.

나는 급히 맥박을 짚어보았다. 아무것도 느껴지지 않는다. 얼굴에 귀를 가까이 댔다. 아무것도 들리지 않는다.

"죽었어…."

허망하게 중얼거렸다. 내 말이 신호탄이 되기라도 하듯, 민영의 울음소리가 자꾸만 커져만 갔다.

요제프랑 아트뮤지엄 내부

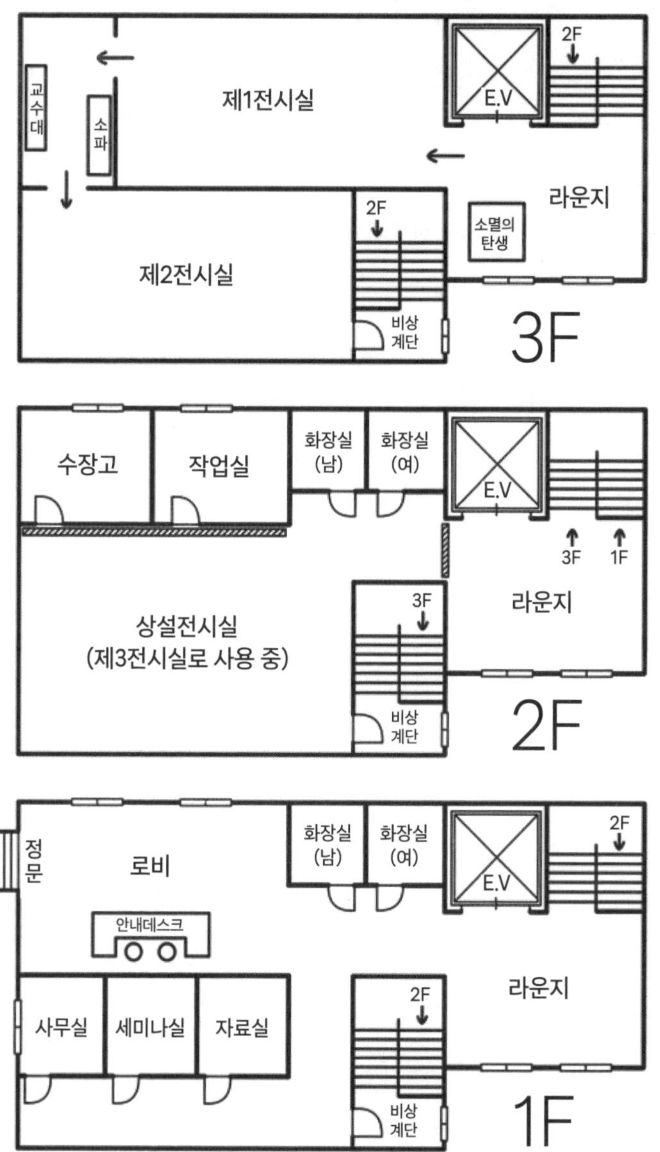

교수대 위의 까마귀

미술관 1층 로비를 여러 복장의 사람들이 분주하게 돌아다니고 있다. 청록색의 근무복을 입은 사람들부터 하얀 방호복에 조끼를 걸친 사람들까지…. 현장을 조사 중인 경찰들이다.

경찰에게 대략적인 상황과 시신 발견 경위를 전달한 후 로비 소파에 앉아 있으니 어느덧 주차장 쪽이 소란스러워졌다. 이윽고 정문이 열리며 한 무리의 사람들이 들어왔다. 형사들이 도착한 것이다.

그 모습을 멍하니 바라보던 나는 선두에 선 사람을 보고 눈이 휘둥그레졌다. 무더운 날씨에도 아랑곳하지 않고 갈색 가죽점퍼를 걸친, 턱수염이 지저분하게 나있는 더벅머리의 남자. 저 사람은 분명….

"대구경찰청 수성경찰서 강력1팀의 하강휘 형삽니다. 신고자는 당신들입니까?"

하 형사는 우리를 한 사람 한 사람 바라보았다. 그러다 나와 눈이 마주치자 한순간 놀란 표정을 짓더니, 곧이어 씨익 입꼬리가 올라갔다.

"아니, 이게 누구야. 추리력 좋기로 소문난 기사 양반이 아니신가."

형사의 말에 사람들의 시선이 내게로 쏠렸다.

"아는 분이세요?"

찬민이 놀란 표정으로 물었다.

"네, 뭐…. 예전에 우연히 몇 번 뵌 적이 있어서요."

그 '우연히'가 전부 사건 현장에서였긴 하지만. 이쪽으로 다가온 형사는 그 거칠거칠한 손으로 내 어깨를 툭툭 두드렸다.

"이 양반이 맹해 보이긴 해도 보기보단 머리가 잘 돌아가거든요. 이전에도 몇 번 도움을 받은 적이 있었습니다."

아무리 그래도 본인 면전에서 맹해 보인다니. 그런 내 눈치에도 아랑곳하지 않고 형사는 쾌활한 목소리로 경찰을 향해 말했다.

"그러면 본격적으로 신고자 진술을 듣기 전에 우선 현장을 좀 살펴볼까? 현장 상황을 보면서 자세한 설명도 들어보고 말이야."

"네, 가능은 합니다만 아직 현장 감식이 진행 중이니 들어가시려면 방호복을 착용하셔야…."

"그래그래. 그 정도야 기본이지."

느긋하게 장갑을 착용하며 라운지로 향하던 형사는 문득 생각난 것처럼 우리 쪽을 슬쩍 돌아보았다.

"현장을 둘러본 후에 당신들한테서 진술을 들을 테니 조금만 기다리고 계십쇼."

그러고는 이내 계단을 올라갔다. 우리는 얼떨떨한 표정으로 서로를 바라볼 뿐이었다.

형사가 다시 돌아온 건 그로부터 한참이 지난 뒤였다. 처음 올라갔을 때와는 달리 비상계단 쪽에서 나온 걸 보면 전시실까지 전부 돌아본 후에 내려온 모양이다.

"자, 그럼 슬슬 한 사람씩 진술을 들어볼까요?"

형사는 장갑 낀 손으로 손뼉을 짝 치며 말했다.

"그러려면 우선 방이 하나 필요한데, 어디 보자…. 그래, 권기범 씨. 여기 1층 복도 끝에 사무실이 하나 있던데, 거길 좀 빌려 써도 괜찮겠습니까?"

갑작스럽게 이름이 불린 관장이 화들짝 고개를 들더니 뒤늦게 "아, 예. 괜찮습니다." 하고 대답했다. 나는 처음 미술관에 도착할 당시 정문 옆에서 보았던 창문을 떠올렸다. 위치로 보아 아마도 그곳이 사무실인 모양이다.

첫 순서는 아티스트 도현이었다. 복도 안쪽으로 느긋하게 걸음을 옮기는 형사의 뒤를 도현이 쭈뼛쭈뼛 따라간다. 그 뒷모습을 바라보며 나는 속으로 한숨을 내쉬었다. 아무래도 오늘도 일찍 퇴근하기는 글렀군.

직후 옆에서 짙은 한숨 소리가 들려왔다. 민영이었다. 그녀는 두 손을 입가에 모으고 누구에게랄 것 없이 혼잣말을 토해냈다.

"누가 이런 끔찍한 짓을…."

그 말에 안 그래도 무겁던 분위기가 더더욱 가라앉았다. 민석이 아무 말 없이 그녀의 등을 토닥여 주었다. 우리와 떨어져 앉아있던 관장은 불안한 시선을 이리저리 던지며 어쩔 줄을 몰라 했다.

나는 조금 전에 목격한 장면을 떠올려 보았다. 밧줄이 중간부터 잘려나간 교수대. 의자가 끼여 문이 제대로 닫히지 않는 엘리베이터. 그리고 그 안에서 죽은 채로 발견된 유진. 목에는 끊어진 고리가 걸려 있고 밧줄에 졸린 흔적이 뚜렷하게 남아 있었다.

분명 자살은 아닐 것이다. 직전까지 유진이 보인 태도나 행동은 도저히 자살할 사람처럼 보이지 않았다. 게다가 자살한 사람이 그런 식으로 발견될 리는 없을 테니까. 그렇다면 결론은 하나다. 타살, 즉 살인이다.

나는 범인의 범행 과정을 순서대로 생각해 보았다. 우선 범인은 남몰래 미술관 3층 교수대의 방으로 향한다. 그리고 소파에 잠들어 있는 유진을 들어 올려 밧줄에 목을 건다. 유진이 사망하면 밧줄 중간을 잘라 끊어낸 후 시신을 끌고 가 엘리베이터 바닥에 던져둔다. 마지막으로 엘리베이터를 2층으로 내려 라운지의 의자를 문 사이에 끼워 넣고는 유유히 사라진다….

여기까지 생각했을 때 드는 생각은 하나였다. 대체 왜 이렇게 번거로운 짓을 한 거지?

우선 시신을 옮기는 부분이다. 유진의 목을 매달아 죽게 했다면 그대로 내버려 뒀으면 됐지 않을까. 목이 매달린 채로 둔다면 자살이라 생각할 여지라도 있을 거고, 설령 그렇지 않더라도 범행에 걸리는 시간이 훨씬 단축된다. 그럼에도 굳이 로프를 끊어가면서까지 시신을 옮긴 이유가 무엇일까.

또 한 가지 의문점은 시신을 엘리베이터로 옮겨온 이후 범인의 행동이다. 범인이 시신을 엘리베이터에 내버려 둔 건 3층에서일 것이다. 그런데 굳이 2층으로 내려가 문이 닫히지 않도록 의자를 끼워놓은 의도를 도무지 알 수가 없었다.

그러나 그런 것보다도 지금 가장 의문인 건 하나였다. 대체 누가 이런 짓을 벌였는가.

"역시 외부인의 짓이겠죠?"

그렇게 말을 걸어온 것은 내 옆자리에 앉아있던 찬민이었다.

"그렇잖아요. 만약 우리 중에 범인이 있었다면, 누가 이런 상황에서 살인을 저지르겠어요?"

그의 말도 일리가 있었다. 이렇게 인원이 한정된 공간에서 사람을 죽인다면 당연히 용의자가 좁혀지게 된다. 그런 리스크를 감수하고서 살인을 저지를 이유가 없다는 것이다.

하지만 과연 그럴까. 나는 머릿속으로 작년 겨울 초에 겪었던 살인사건을 떠올렸다. 그때도 지금처럼 한정된 공간에서 살인이 일어났었지만, 범인에겐 그럴만한 이유가 있었다. 그러니 단순히 불합리하다는 이유만으로 용의선상에서 배제할 수는 없었다. …그러고 보니 그때도 저 형사랑 엮였었지.

게다가….

나는 관장 쪽을 돌아보았다. 눈이 마주치자, 관장은 눈을 동그랗게 떴다.

“관장님, 제가 들어온 이후로 정문은 계속 잠겨 있었나요?”

“네? 아, 예. 그 후로 들어온 사람은 없었습니다. 문도 계속 잠겨 있었고요.”

정문은 잠겨 있었다. 1층의 창문 또한 잠겨 있긴 했지만, 밖에서 조작을 한다면 창문으로 출입할 수는 있지 않을까? 그러나 설령 그랬더라도 창문을 통해 드나든 흔적은 남을 것이다. 그 부분은 경찰이 잘 조사해 주겠지. 어쨌거나 우연히 외부에서 침입한 제3자가 저질렀을 가능성은 떨어진다.

그렇게 생각하던 차에 경찰 한 명이 다가오더니 민석을 호명하였다. 다음 진술 차례인 모양이다. 도현이 돌아오지 않은 걸 보면 진술이 끝난 사람들은 별도의 방에서 따로 대기하는 듯했다.

이어서 찬민, 민영이 불려가고 마지막으로 관장까지 불려가자, 로비에는 나 혼자 남게 되었다. 물론 경찰 몇몇이 지키고 서 있긴 하지만 어쨌거나 적막한 건 다름이 없었다. 멍하니 시간을 버리기도 뭐해서 나는 사건에 대해 이어서 생각해 보기로 했다.

만약 우리들 중에 범인이 있다면, 범행할 수 있었던 사람은 누가 있을까? 아무에게도 들키지 않게 유진의 목을 매달고, 시신을 끌어 옮기고, 엘리베이터에 타고, 의자를 문틈에 끼워 둔 후에 제자리로 돌아와야 한다. 단순하게 생각해도 불과 몇

분 사이에 가능한 일은 아니다. 우리 중에 그만한 시간 동안 자리를 비운 사람이….

꼬리에 꼬리를 물며 생각이 이어졌다. 그러던 중 한 가지 의문이 뇌리를 스쳐갔다.

유진은 정말로 목이 매여 죽은 걸까?

그때 복도 안쪽에서 경찰이 나를 호명하였다. 어느덧 내 진술 차례가 되었나 보다.

안내에 따라 사무실 안으로 들어섰다. 소파 등받이에 기대어 있던 형사는 나를 보며 씨익 웃었다.

"오랜만입니다, 현수 씨. 이리 와서 앉으십쇼."

형사가 가리키는 대로 테이블을 사이에 두고 형사의 맞은편 소파에 앉았다. 형사는 양손을 깍지 낀 채로 머리를 대고 소파에 느긋하게 등을 기대었다.

"뭐, 현수 씨가 범인이 아니란 건 내가 잘 아니까. 편하게 이야기 해봐요. 마지막 순서로 부른 것도 그래서 그런 거니까."

형사가 이래도 되는 건가. 나는 어이가 없었다. 그렇지만 그가 말한 의도는 대충 알 것 같았다.

앞서 진술을 들은 아티스트와 제자들은 피해자와 관계가 깊은 인물들이었다. 관장님 또한 이번 전시회를 준비하며 피해자와 어떤 갈등이나 충돌이 있었을지 모른다. 그에 반해 나는 피해자와 오늘 우연히 마주쳤을 뿐, 엄밀히 말하면 무관계

자라고 할 수 있다. 아마도 범인일 가능성이 가장 낮다고 보는 거겠지. 그렇기에 가장 객관적일 내 진술을 마지막으로 들어보며 앞선 진술에 모순이 있는지를 확인하려는 의도일 것이다.

아무튼, 그런 거라면 나도 성심성의껏 이야기하는 게 좋을 것이다. 형사에게 오늘 있었던 일을 말하며 나도 사건의 흐름을 시간 순으로 다시 한 번 생각해보았다.

우선 오후 2시. 미술관에 도착한 나는 도현과 함께 제1전시실부터 교수대의 방, 제2전시실을 구경한다. 제2전시실에서 제자들 및 유진을 만나 인사한 후 함께 도현의 생일을 축하해준다. 이후 술에 취한 유진이 교수대의 방에 자러 들어간다. 이때가 오후 2시 반이다.

그 후 다함께 2층 상설전시실로 내려온다. 도현과 나는 작품을 둘러보고, 제자들 세 사람은 각자 흩어져서 작업을 이어간다. 오후 3시가 되어 다같이 1층 세미나실에 내려간다.

영상 상영회가 시작된다. 두 번째 영상이 끝난 직후 도현이 화장실을 간다. 십여 분 후 도현이 돌아와 상영회를 마저 진행한다. 상영회는 오후 4시 20분쯤 마무리된다.

다같이 2층 상설전시실로 돌아가 짐을 정리하였다. 민석이 USB를 챙기러 잠시 세미나실에 다녀온다. 관장은 사무실에서 쭉 머무른다. 유진을 깨우러 교수대의 방으로 향한 우리는 유진이 사라지고 교수대의 밧줄이 잘려있는 걸 발견한다. 그리고 제1전시실을 지나 2층으로 내려가 유진의 시신을 발견한다. 오후 4시 반의 일이다.

"흠, 여기까진 딱히 모순되는 부분은 없는 것 같군."

형사는 팔짱을 낀 채로 중얼거렸다. 그러고는 들고 있던 수첩을 펼쳐 메모한 내용을 눈으로 죽 훑어 내려간다. 매사에 대충일 것 같은 성격과는 달리 꽤나 정갈한 필체로 깔끔하게 정리해 뒀다.

생각을 정리하는 건지 형사는 수첩을 내려다보며 한동안 말이 없었다. 그 틈에 나는 조금 전에 떠오른 의문을 형사에게 물어보았다.

"형사님, 유진 씨는 정말로 목이 매여 죽은 건가요?"

내 말에 형사는 고개를 들었다.

"그걸 물어보는 이유는 뭐죠?"

그러면서 나를 보며 씨익 웃는다. 모르는 사람이 보면 마치 나를 의심하는 것처럼 들리겠지만, 아니다. 이건 정말로 단순히 내 사고의 흐름이 궁금해서 물어보는 것이다. 나는 잠시 생각을 정리한 후에 대답했다.

"유진 씨가 정말로 목이 매여 죽었다면 범행 과정이 너무 번거롭습니다. 시간도 오래 걸릴뿐더러 왜 굳이 로프를 잘랐으며 어째서 시신을 옮겼는지가 설명이 안 돼요. 하지만 만약 피해자가 목이 매달려서 죽은 게 아니라면, 그러니까 교수대의 방에서 죽은 게 아니라면 이런 의문점이 어느 정도 해결이 되죠.”

나는 잠시 목을 가다듬었다. 형사가 생수병을 건네주기에 감사히 목을 축였다.

“예를 들면 이런 것도 가능하겠죠. 범인은 사실 3층 교수대의 방이 아니라 2층 엘리베이터 앞에서 피해자를 죽인 겁니다. 어떤 이유로든 피해자를 2층 라운지로 불러낸 범인은, 미리 잘라서 떼어둔 로프의 고리를 피해자의 목에 잽싸게 씌웁니다. 그리고 뒤에서 로프를 강한 힘으로 잡아당겨 졸라 죽이는 거죠. 이러면 범인이 굳이 로프를 자른 이유가 설명됩니다. 게다가 시신을 옮겨오는 과정이 생략되니 시간도 훨씬 단축될 거고요. 2층에서라면 상영회가 시작되기 전이라도 잠깐 빠져나가 죽이고 돌아오기에 충분하지 않을까요?”

나는 그렇게 설명을 마쳤다. 이 방법이면 적어도 의문점 몇 가지는 해결이 된다. 그러나 내 기대와는 달리 형사는 고개를 가로저었다.

“안타깝지만 기사 양반, 그 방법은 논리적으로 불가능해요.”

그러면서 형사는 내 눈앞에 손가락을 하나씩 꼽아 보였다.

“첫째, 2층의 상설 전시관에서 엘리베이터로 나가는 길목에는 커다란 파티션이 가로막고 있다. 실제 살인 장소가 2층 엘리베이터 앞이든 교수대의 방이든 상관없이 범인은 비상계단을 통해 빙 돌아서 갈 수밖에 없는 거죠.

둘째, 피해자는 사망 직전까지 잠들어 있었다. 이건 좀 전에 밝혀진 건데, 피해자의 체내에서 수면제 성분이 다량 검출됐어요. 아마도 직전에 마셨던 캔맥주에 약을 탔거나 취기로 잠든 이후에 주사를 놓았을지도 모를 일이죠. 어쩌면 둘 다일 수도요. 어쨌거나 피해자를 2층으로 불러내는 건 어려웠을 겁니다.

셋째, 만약 정말 그렇다 하더라도 여전히 다른 의문점들은 설명이 되지 않는다. 엘리베이터 문에 의자를 끼운 이유가 뭐지? 왜 하필 엘리베이터 안에 시신을 넣어둔 걸까? 어차피 조사하면 다 드러날 텐데 다른 도구 대신 굳이 교수대의 밧줄을 잘라서 사용한 이유는?"

"아…."

생각보다 결함이 많았다. 너무 급하게 생각한 걸까. 그러나 형사는 거기서 그치지 않고 손가락을 하나 더 펼쳤다.

"그리고 마지막으로 가장 중요한 것. 피해자는 목이 매달려 죽은 게 확실하다. 전문용어로는 완전 의사라고 하지요."

그러면서 나를 향해 씨익 웃어 보였다. 나는 조금 허탈해졌다. 처음부터 그걸 알려줬으면 좋았을 것을.

"목을 맸을 때 특징적으로 나타나는 삭흔이 피해자의 턱 아래서부터 귀 뒤쪽까지 선명하게 남아 있었습니다. 삭흔과 끊어진 고리의 형태도 일치했고요. 그뿐만이 아닙니다. 검시관 선생에 의하면 시신의 얼굴에 울혈은 없었다고 하는데, 이 또

한 완전 의사에서 보이는 전형적인 소견이지요. 현수 씨의 말처럼 뒤에서 목을 졸랐다면 동맥은 불완전하게 막히고 정맥만 막힐 텐데, 이러면 피가 머리로는 올라가지만 아래로 내려오지는 못해 얼굴에 피가 몰리는 안면울혈이 심하게 나타납니다. 눈밑 점막의 모세혈관도 터져 점 출혈도 발생하고요. 이런저런 점들을 고려해 봤을 때 피해자의 사인은 완전 의사임이 확실합니다."

"그렇군요…."

그런 게 생긴다는 건 처음 알았다. 어쨌거나 피해자가 목이 매달려 죽었다는 건 확실해 보였다. 그렇다면 조금 전의 내 가설은 근본적으로 불가능하다.

"현수 씨가 이런 쪽으로 머리가 잘 돌아간다는 건 알지만, 아직은 정보가 부족하잖습니까. 벌써부터 복잡하게 생각하진 말고 일단 지금은 사건 정보에 대해 차근차근 파악해 봅시다."

"아무래도 그게 좋겠네요."

나는 머리를 두어 번 흔들어 복잡해진 생각을 털어냈다. 그러자 당연히 먼저 생각했어야 할 것이 그제야 떠올랐다. 비정상적인 상황이 눈앞에 닥쳐서 그런지 가장 기본적인 걸 놓치고 있었다.

"그러고 보니 CCTV는요? 엘리베이터랑 라운지 천장마다 하나씩 달려 있었으니 그걸 확인해 보면 바로 알 수 있을 텐데요."

내 말이 채 끝나기도 전에 형사는 넌더리가 난다는 듯 한숨을 내쉬었다.

"아직 개관 전이라 꺼뒀답니다, 관장이."

"네…?"

순간 말뜻을 제대로 이해하지 못했다. 꺼뒀다고? CCTV를?

"뭐랬더라, 전기세 절감 차원에서랬나? 딱히 누가 훔쳐 갈 것도 없고, 설마 이런 일이 생길 줄은 꿈에도 몰랐다나 뭐라나. 나 참, 정신이 있는 건지 원."

형사가 신랄한 말투로 투덜거렸다. 나 또한 어이가 없었다. 아무리 그래도 그렇지, 감시카메라까지 꺼버릴 줄이야.

그나저나 하필이면 살인사건이 벌어지던 때에 타이밍 좋게 CCTV가 꺼져 있다니…. 그렇게 생각하다가 나는 고개를 저었다. 아니, 그게 아니다. 반대로 CCTV가 꺼져 있었기 때문에 마음껏 살인을 저지를 수 있었던 거다. 그렇다면 역시 범인은 이 사실을 잘 알고 있는 내부인이 틀림없다.

결국 지금 가장 중요한 건 그거다. 피해자는 '어느 시점'에 살해당했는가.

"그러면 사망 추정 시각은요? 검시를 통해 죽은 시간을 밝혀낼 수는 없었나요?"

"물론 어느 정도 밝혀내긴 했죠. 그렇지만 검시만으로는 사망 시각을 완벽하게 밝혀낼 수는 없습니다. 사후 경직으로 뭔가를 판단할 수 있는 단계도 아니고, 체온 하강도도 크게 도움이 되지 않았다는군요. 현재 밝혀진 건 기껏해야 사후 한두 시간이 지났다는 정도뿐입니다. 자세한 건 부검을 해봐야 알겠지만, 그래도 오차 범위를 한 시간 이내로 좁히지는 못할 겁니다."

사후 한두 시간이라면 유진이 자러간 시점부터 시신으로 발견된 순간까지가 전부 포함된다. 이래서는 정확한 사망 시각을 알지 못한다.

아쉽긴 해도 우선 당장은 시간대별로 범행할 수 있었던 인물을 최대한 추려볼 수밖에 없었다. 일단 지금까지의 내용으로는 유진이 '교수대의 방'에 자러 들어간 오후 2시 반부터 엘리베이터에서 시신으로 발견된 4시 반까지가 대략적인 사망 추정 시각일 것이다.

아니, 잠깐. 어쩌면 시간대를 더 줄일 수 있지 않을까? 우선 영상 상영회가 끝나고 다 같이 시신을 발견하기까지의 시간대는 배제해도 좋을 것이다. 사람을 죽일 만큼 오랫동안 시야에서 벗어난 사람도 없었으니.

유진이 잠든 후 상영회가 시작하기 전까지는 모두가 2층 상설전시실에 있었다. 이 시간대도 배제할 수 있을까? 아니, 이때도 빈틈은 충분히 있었다. 상설전시실에는 큼직한 작품들이 곳곳에 배치되어 있어 서로가 보이지 않는 순간이 많았다. 내게 안내를 해주느라 내내 함께 붙어 있던 도현을 제외한 세 제자 모두 마음만 먹으면 범행할 수 있었을 것이다. 게다가 1층 사무실에 혼자 있었던 관장 또한 충분히 범행할 수 있다.

마지막으로 영상 상영회가 진행되던 시간대. 이때는 범행이 가능한 인물이 명확했다. 상영회 도중 유일하게 자리를 떴던 아티스트 도현이다. 자리를 비운 시간은 대략 십여 분. 피해자를 목매달아 죽이고 엘리베이터에 옮긴 후 돌아오기에 충분한 시간이다.

그러면 결국 가능성은 둘뿐이다. 영상 상영회 시작 전이냐, 혹은 상영회 도중이냐. 이 둘 중 하나로 좁힐 수 있다면 용의자를 한정할 수 있을 것이다. 검시나 부검 외에 사망 시각을 확실하게 좁혀줄 만한 건 없을까?

그렇게 생각하던 순간 어떤 생각이 머릿속을 스쳐 지나갔다. 그래, 그거라면…!

나는 자리에서 벌떡 일어나 다소 흥분된 목소리로 말했다.

"이식용 사건 기록기! 피해자가 부정맥 진단용으로 가슴에 기록기를 삽입했다고 했어요. 피해자의 심전도 기록을 확인하면 사망 시각을 정확하게 알아낼 수 있지 않을까요?"

꽤 괜찮은 발상이라고 생각했다. 그러나 형사는 별다른 표정 변화 없이 훗, 하고 코웃음을 쳤다. 혹시 이번에도 뭔가 잘못 생각한 건가?

"경찰을 너무 물로 보시는구먼. 그 정도야 벌써 확인했지요."

그러고는 능글맞게 웃으며 나를 올려다본다. 그런 거였나. 나는 괜히 뻘쭘해져 도로 의자에 앉았다.

"원래는 심부전이 발생한 순간을 기록하는 기기이지만, 원리를 따져보면 비정상적인 심장의 리듬을 인지하면 그 순간을 포함한 앞뒤 시간대의 심전도를 자동으로 저장한다더군요. 병원 측에 협조를 요청하느라 시간이 좀 걸렸지만, 지금쯤이면 결과가 나왔을 겁니다."

형사의 말이 끝나기가 무섭게 문을 똑똑 두드리는 소리가 들리더니, 젊은 경찰이 상체부터 들이밀었다.

"형사님. 심전도 판독 결과가 나왔습니다."

판독지를 받아 든 형사는 진지한 눈빛으로 그것을 훑어나갔다. 그러다 한 지점에서 시선을 멈추고는 한참을 응시했다. 마침내 판독지에서 고개를 든 형사는 입꼬리를 슬쩍 올렸다.

"이걸로 명확해졌네요. 이때가 바로 피해자가 사망한 시점입니다."

형사는 판독지를 뒤집어 보이며 한 부분을 가리켰다. 판독지에는 심전도 그래프가 줄줄이 이어져 있다. 그중 한 부분, 형사가 가리킨 곳의 그래프가 명백하게 이상했다. 직전까지 규칙적인 파형을 보이던 그래프가 이 시점부터 마구 요동치기 시작하는 것이다. 점점 격렬하게 날뛰기 시작하던 파형은 어느 순간 잠잠해지더니, 점차적으로 미약해지다가 완전히 사라졌다. 심장이 정지한 것이다.

"아무래도 이 순간에 목이 매달리고, 몸부림을 치는 과정에서 심장 박동이 급격히 빨라지다가 사망에 이른 것 같군요."

나는 심전도 그래프가 보여주는 파형에 따라 피해자의 모습을 떠올렸다. 잠결에 목이 매여 발버둥치는 유진의 모습. 그녀는 그 순간 얼마나 괴로웠을까. 괜스레 마음이 착잡해져 나는 애써 생각을 떨쳐내었다.

일단 지금은 사망 시각에 집중하자. 심전도 그래프가 요동치기 시작하는 순간이 실질적인 살해 시각일 것이다. 나는 판독지에 표시된 발생 시각을 확인하였다. 오후 3시 47분. 영상 상영회 도중이었다.

나는 눈이 휘둥그레져 형사를 바라보았다. 상영회 도중에 자리를 뜬 사람은 단 한 사람밖에 없었다. 바로 도현이다.

"도현 씨가 화장실에 간 시간이 언제라고 했었죠?"

형사의 말에 나는 기억을 되짚어 보았다. 분명 두 번째 영상이 끝난 직후였다. 영상 하나당 15분 정도였고, 피드백 시간이 5분. 오후 3시가 조금 넘어 상영회를 시작했으니, 그러니까 그때가 대략….

"오후 3시 45분…."

"빙고네요."

형사가 손가락을 딱 튕겼다. 나는 당황스러웠다. 정말로 도현이 범인이라고? 아니, 대체 어째서?

도현이 정말 범인이라면, 왜 그는 자신이 의심받을 상황에서도 살인을 감행한 것일까? 하필이면 자기 작품을 활용하여 죽인 건 어째서지? 시신을 굳이 엘리베이터로 옮긴 이유는?

혼란스러워하는 내 모습을 재밌다는 듯 바라보며 형사가 말했다.

“걱정하지 마세요. 저도 이것만으로 도현 씨가 범인이라 단정 짓지는 않을 거니까요. 부검 결과도 기다려 봐야 하고요. 게다가 도현 씨가 범인이라고 해도 여전히 의문점들이 해결되지 않아요. 물론 수사에 혼란을 주기 위해 일부러 헷갈리게 했을 가능성도 있습니다만.”

뭐 아무튼, 하며 형사는 자리에서 일어났다.

“현수 씨 진술은 여기까지 들어보도록 하고요. 슬슬 용의자들을 보러 가봅시다.”

지금까지 진술이라고 할 만한 걸 했던가? 형사랑 추리를 주고받은 것밖에는 없었던 것 같은데. 어쨌거나 나도 형사를 따라 자리에서 일어났다.

문고리를 돌리기 전, 형사는 나지막한 목소리로 내게 말했다.

“사망 추정 시각에 대해선 일단 다른 사람들에겐 비밀로 해 둡시다. 추가로 확인해야 할 것들도 있으니까요.”

그러고는 느긋하게 문밖으로 나섰다.

진술을 마친 사람들은 세미나실에 모여 있었던 모양이다. 사람들을 불러 모은 형사는 크흠, 헛기침을 하고는 큰 목소리로 말했다.

"다들 정신없는 와중에 진술까지 해주시느라 수고하셨습니다. 수사관들이 이것저것 확인을 해봤습니다만, 현재 외부인의 침입 가능성은 낮아 보입니다. 그리고 피해자의 사인에 대해서 말인데요."

형사는 수첩을 슬쩍 보고는 다시 말을 이었다.

"검시 결과 피해자는 잠든 상태에서 로프에 목이 매달려 사망한, 경부 압박에 의한 질식사의 가능성이 높아 보입니다. 그리고 또한 피해자의 체내에서 수면제 성분이 검출되었습니다. 자세한 건 조사를 해봐야겠지만 아무래도 피해자가 마신 맥주 안에 수면제를 탔을 가능성이 큽니다."

그 말에 도현과 제자들은 눈이 휘둥그레져서 서로를 바라보았다.

"피해자가 마신 캔맥주는 전부 아이스박스에 보관되어 있던 것으로 보이는데, 이건 누가 챙겨온 겁니까?"

그 질문에는 찬민이 대답했다.

"아이스박스는 민석이가 챙겨왔습니다만, 캔맥주는 저희 셋이 함께 편의점에서 사왔어요. 유진 선배는 항상 저희한테 맥주 심부름을 시키거든요. 케이크도 여기에 같이 담아왔고요."

"흠, 그렇군요."

형사는 두어 번 고개를 끄덕인 후 별다른 말없이 넘어갔다. 나는 유진이 마시다 남은 맥주를 벌컥벌컥 마시던 모습을 떠올렸다. 어쩌면 유진이 자리를 비운 틈을 타 개봉된 캔에 약을 주입한 것일지도 모르겠다. 그렇다면 도현뿐만 아니라 다른 제자들도 모두 수면제를 탈 기회는 충분했을 것이다.

"자, 그럼 질문은 여기까지 하고."

형사의 목소리에 나는 다시 생각에서 벗어났다. 어느새 손에는 하얀 면장갑을 착용한 채였다.

"마침 현장 감식이 끝났다고 하니 다 같이 한번 올라가봅시다. 현장에서 달라진 건 없는지도 확인해야 하고요."

그럼 가봅시다, 하며 형사가 먼저 발걸음을 옮겼다. 우리는 머뭇거리며 형사의 뒤를 따라갔다. 현장을 보러 간다기에 엘리베이터로 향하나 싶었으나, 형사는 곧장 비상계단의 문을 열고 들어갔다. 가까운 곳부터 보려는 걸까?

계단에 발을 내딛으려던 형사는 잠시 발걸음을 멈칫했다.

"이런 곳에 창고가 있었군요."

형사의 시선을 따라가 보았다. 그곳은 계단 오르막 아래에 생기는 빈 공간으로, 계단과 맞닿는 왼편을 벽으로 막고 정면에 문을 달아 창고로 사용하고 있었다. 문틈이 살짝 열려 있는 걸 보면 잠겨 있지는 않은 모양이다.

"열어봐도 되겠습니까?"

딱히 동의를 구하려던 건 아니었는지 대답을 듣기도 전에 형사는 창고 문을 드르륵 열었다. 그 바람에 잡동사니 위에 얹혀 있던 물건이 데구루루 굴러 떨어졌다.

"어이쿠… 응?"

잽싸게 허리 숙여 주워든 형사는 그 물건을 유심히 들여다보았다. 플라스틱으로 된 원통형 심을 하얀 노끈이 둘둘 감고 있었다.

"이건 뭐지?"

"어, 이건 저희가 전시품을 포장하거나 옮길 때 쓰는 밴딩끈입니다. 박스 포장할 때 자주 쓰는 그거요. 보기보다 엄청 튼튼하기도 하고 운반이 쉽다보니 자주 사용하곤 합니다만, 이게 왜 여기에…."

도현이 대신 설명하며 고개를 갸웃거렸다. 형사는 둘둘 말린 끈을 천천히 풀어보았다. 길이가 꽤 상당했다. 다만 끈이 도중에 끊어져 있었고, 게다가 기존에 깔끔하게 말려 있던 다른 끈과는 달리 유독 혼자만 급하게 감은 듯 엉성하게 말려 있었다. 중간에 매듭이 하나 묶여 있는 것도 뭔가 수상쩍었다.

"흠…. 뭐, 잘 알겠습니다. 일단 이건 넘어가보죠."

형사는 끈과 원통 심을 경찰에게 넘기고 이어서 계단을 올라갔다. 이제 2층 상설전시실을 보려나 싶었으나 형사는 그대로 문을 지나쳐 곧장 3층으로 올라갔다. 나는 그제야 깨달았다. 이 형사는 지금, 우리가 시신을 발견하기까지의 동선을 그대로 따라가고 있는 것이다.

3층 제2전시실을 지나 [교수대 위의 까마귀], 이른바 교수대의 방으로 들어섰다. 언제 보아도 중압감이 상당한 교수대에 매인 끈은 그 끝이 너덜너덜하게 잘려 있었다. 유진의 목이 매달려 발버둥 치는 처참한 장면이 눈앞에 생생하게 그려졌다. 그 위에 앉은 모형 까마귀의 새까맣고 공허한 눈동자가 우리를 내려다보고 있었다. 교수대 위의 저 까마귀는 그 순간, 대체 무엇을 보고 있었을까.

"혹시나 해서 말씀드리는 건데, 피해자의 목에 걸려 있던 고리의 끝과 여기 밧줄의 잘려나간 부분이 서로 일치했습니다. 절단면이 일정하지 않고 들쭉날쭉한 것도 피해자의 몸이 매달린 상태에서 잘랐기 때문에 그랬을 거고요. …그러고 보니 어째서 밧줄을 목에서 풀지 않고 고리째로 잘라낸 거지?"

마지막은 누구에게 묻는다기보단 그저 순수한 의문에 중얼거린 듯했다.

"매듭을 억지로 푸는 것보단 자르는 게 더 간편해서 그런 게 아닐까요?"

그 옆에서 나는 한 마디 거들었다. 그 외에 다른 이유는 없을 거라 생각했는데, 그 직후 생각지도 못한 대답이 들려왔다.

"아마 밧줄이 에반스 매듭으로 묶여 있었기 때문이겠죠."

그렇게 대답한 사람은 제자 중 한 명인 민영이었다.

"사형수의 목에 거는 그 고리 형태의 매듭이요. 교수인의 매듭이라고도 하는데, 당기면 당길수록 매듭이 조여들어서 마치 올가미처럼 목이 졸리게 돼요. 그래서 잘라내지 않고 그냥 풀기는 어려웠겠죠."

"오호…."

형사가 신기하다는 눈빛으로 민영을 바라보았다. 사람들의 시선이 몰리자 그녀는 뻘쭘한 듯 "자, 자료를 찾아본 덕에 알게 된 거예요." 하며 해명했다.

"뭐 아무튼, 피해자가 여기서 목이 매여 사망한 건 확실해 보이는군요. 그리고 마침 말이 나와서 여쭤보는 겁니다만, 보통 이렇게 목을 매는 경우 근육이 풀리며 배설물이 아래로 흘러내리는 경우가 흔합니다. 그런데 여기엔 그런 흔적이 남아 있지 않더군요. 검시관 선생이 확인해보니 피해자가 생리대를 착용하고 있어서 분변이 흘러내리지 않은 것 같다던데, 이에 대해 뭔가 알고 계신 분은 없으십니까?"

"생리대요? 아뇨, 저한테도 그런 얘기는 잘…."

도현이 처음 들어본다는 듯 고개를 저었다. 이번에도 반응을 보인 건 민영이었다.

"어라? 그럴 리가 없을 텐데?"

다시 한 번 시선이 몰리자 민영은 약간 머뭇거리더니 조심스레 설명했다.

"저번 주에 유진 언니랑 통화할 때 언니가 그랬거든요. 요 며칠 그날… 그러니까 생리기간이라서 신경이 너무 예민해 졌다고. 그게 벌써 일주일 전이니 지금은 생리 기간이 끝났을 거예요. 그런데도 생리대를 차고 있는 건 이상하네요."

신중하면서도 또박또박 말하는 민영의 말에 형사가 "흐음, 그건 확실히 이상하군요." 하고 반응했다.

"혹시 뭔가 그걸 입증할 만한 증거가 있습니까? 피해자 분과의 통화 녹음을 저장해둔 게 있다거나."

"으음, 따로 녹음하거나 그러진 않았는데…. 아, 혹시 유진 언니 폰에 앱이 깔려 있지 않을까요? 그 왜, 요즘은 다들 달력보단 배란일 계산기나 생리 주기 어플을 더 많이 사용하거든요. 언니도 그걸 쓰고 있었다면 분명 다음 생리 날짜나 주기가 기록되어 있을 거예요."

"오호, 그런 게 다 있나 보군요."

눈을 반짝이며 설명을 듣던 하강휘 형사는 우리 뒤에서 지키고 서있던 다른 형사에게 지시했다.

"류 형사, 피해자의 소지품 중에서 스마트폰 어플을 확인해봐. 그런 내용이 들어 있는지."

"넵."

류태준 형사는 곧장 어디론가 전화를 걸며 비상계단 쪽으로 달려갔다. 전에 봤을 때보다 다크서클이 더 내려와 있었다.

“자 그럼 자세한 확인은 저 친구에게 맡기고, 여긴 볼 만큼 본 것 같으니 슬슬 이동해 볼까요? 당신들도 둘러보면서 혹시나 기억과 달라지거나 수상한 부분이 있는지 잘 확인해 주십쇼.”

형사의 말에 나는 다시 한번 방 안을 둘러보았다. 잘린 로프와 교수대, 화단에서부터 이어지는 뭔가가 끌려간 흔적. 딱히 달라진 건 없어 보였다.

우리는 제1전시실을 지나 3층 엘리베이터 앞 라운지로 갔다. 전시실 입구엔 여전히 거대한 공룡의 머리뼈가 입을 쩍 벌리며 우리를 반겨주었다. 처음 봤을 때와는 달리 골격과 알이 모두 주황빛 노을로 물들어 있었다. 벌써 시간이 이렇게 됐나.

[소멸의 탄생]은 창문을 등지고 있는 위치에 있기에 작품에 햇빛이 다이렉트로 내리꽂히게 된다. 직사광선에 노출되더라도 큰 문제는 없는 걸까.

“아앗!?”

그때 난데없이 외마디 비명이 터져 나왔다. 소리의 주인공은 도현이었다.

“이, 이게 왜… 대체 누가 이런 짓을….”

“왜 그러십니까?”

부들거리는 도현에게로 형사가 다가갔다. 도현은 손가락을 쭉 뻗더니 [소멸의 탄생]을 가리켰다.

"여, 여기! 여기가 지금, 부서져 있지 않습니까! 아아, 어째서 이런 끔찍한 짓을…."

나는 그가 가리키는 부분을 보았다. 그러나 어디가 부서져 있다는 건지 도저히 알 수가 없었다. 아아, 하고 뭔가를 깨달은 사람은 찬민이었다.

"여기 알 윗부분이 깨져있네요. 원래도 깨져 있긴 하지만 구멍이 이 정도로 넓진 않았어요."

그 말을 듣고 보니 어느 부분인지 알 것 같았다. [소멸의 탄생]은 말 그대로 공룡의 화석이 알을 깨고 나오려는 모습을 형상화한 작품이었다. 그중 알의 윗부분, 머리가 빠져나오며 부서진 틈이 이전보다 더 커져 있다는 거였다. 확실히 듣고 보니 낮에 봤을 때보다 구멍이 더 넓어진 것 같았다.

"여기 안쪽에 부서진 석고 파편들이 쌓여 있네요. 이것도 원래는 없는 겁니까?"

형사가 알 내부를 들여다보며 말했다. 나도 따라서 들여다봤다. 깨진 알껍데기들이 알 밑바닥에 잔뜩 쌓여 있었다.

"네, 이것도 원래는 없어야 되는 거예요. 아무래도 알 윗부분을 부술 때 나온 파편을 죄다 넣어둔 것 같네요."

찬민이 덤덤하게 말했다. 그와 대조적으로 도현은 여전히 창백해진 안색으로 손을 부들부들 떨고 있었다. 유진의 시신을 목격하고도 이렇게까지 동요하지는 않았었는데…. 내 머릿속에서 도현의 이미지가 변해가는 것 같았다.

"흠. 이것도 범인이 한 짓인가? 도무지 의도를 알 수가 없군. 안에 들어가서 숨으려고 했다기엔 입구가 너무 좁고."

형사가 턱수염을 만지며 중얼거렸다. 나도 이래저래 머리를 굴려보았지만 딱히 떠오르는 건 없었다.

"뭐 아무튼, 이것도 기억해두겠습니다. 그 외에 다른 특이사항이 없으면 아래로 내려가도록 하죠."

엘리베이터 옆 계단을 내려갔다. 내려가던 도중 형사의 휴대폰이 울렸다. 몇 번 대꾸하더니 전화를 끊고 우리를 돌아보았다.

"방금 류 형사한테서 연락이 왔습니다. 피해자의 스마트폰에 말씀하신 어플이 있었다고 하는군요. 확인 결과 민영 씨의 말대로 지금은 월경 주기가 아니라고 합니다. 그렇다면 생각해볼 수 있는 건 두 가지겠군요. 무슨 이유에선지 피해자가 직접 착용했든지, 혹은 범인이 일부러 입혔든지."

범인이 피해자에게 일부러 생리대를…? 그랬다면 그 이유는 분명 분변이 밖으로 흐르지 않게 하기 위함일 것이다. 실제로도 그랬으니까. 하지만 그렇게 해야만 하는 이유를 도저히 모르겠다.

2층으로 내려온 우리는 엘리베이터 앞에 도착했다. 엘리베이터는 문이 열린 채로 멈춰 있었다. 조사를 위해 세워둔 모양이다.

"피해자는 여기 바닥에 무릎을 꿇은 자세에서 이마를 바닥에 대고 엎어진 자세로 발견되었다고 했었죠?"

"네, 맞아요. 발견 직후에는 설마 죽었을 거라곤 생각을 못해서 눕혀놓긴 했지만요…."

민석이 침울한 목소리로 말했다. 그때의 광경은 나도 생생하게 기억난다. 마치 끌고 온 시신을 그대로 엘리베이터 바닥에 내동댕이쳐둔 것 같은 자세였다.

"사망 후 충분한 시간이 지나기 전에 시신을 움직이면 시반이 새로운 자세에 맞춰 옮겨가게 됩니다. 그래서 저희가 도착했을 당시엔 이미 시반이 이동한 후였다고 하는군요. 아니, 당신들을 탓하려는 건 아닙니다만. 아무튼 그렇기 때문에 피해자가 정확히 어떤 자세로 놓여 있었는지를 판단하려면 당신들의 진술이 중요하다는 겁니다."

능청스럽게 설명을 마친 형사는 이어서 다른 화제를 꺼내들었다.

"그리고 당신들이 이 층에 도착했을 때 라운지의 의자 하나가 엘리베이터 문 사이에 끼어 있었다고 했었죠. 등받이가 바닥을 향하게요."

"네, 그랬습니다."

"이 부분도 아직 범인이 그렇게 한 이유를 모르겠군요. 단순히 엘리베이터를 멈춰두기 위해서? 아니면 이것도 시신을 옮겨온 것과 연관이 있는 건가?"

이것도 한참 고민해봤지만 이렇다 할 답은 얻지 못했다. 그러던 때였다.

"저어…."

이때까지 잠자코 따라다니던 관장이 조심스레 손을 들었다.

"무슨 일이시죠?"

"아니, 그게…. 그냥 개인적인 생각입니다만, 범인이 굳이 시신을 끌고 올 필요가 있었을까요?"

조심스러운 말투로 그렇게 말하는 관장. 그게 무슨 뜻이냐는 형사의 물음에 관장은 더욱 움츠러든 목소리로 말했다.

"이런 말씀 드리긴 좀 죄송하지만, 돌아가신 유진 님은 체구가 작으시잖습니까. 체중도 그렇게 많아보이진 않으시던데, 굳이 바닥에 끌고 갈 필요가 있었을까요? 그냥 들춰메거나 양손으로 안고 가면 되는 거 아닌가요?"

그것도 맞는 말이었다. 괜히 시신을 질질 끌어 흔적을 남기는 것보다는 들어올려서 단숨에 옮기는 게 시간도 더 절약될 것이다. 그리고 여기 있는 대부분에겐 그럴 만한 힘이 있었다. 민석은 헬스 덕에 몸이 다부졌고, 찬민은 덩치가 있으니 그리 힘든 일도 아닐 것이다. 관장이나 도현 역시 비실비실한 인상은 아니었다. 물론 나도 마찬가지였다. 그렇다면….

사람들의 시선이 한 사람에게로 쏠렸다. 우리 중 유일한 여성이면서 호리호리한 체형의 인물. 주목을 받은 민영은 어리둥절해하다가 상황을 깨닫고는 역정을 냈다.

"아니, 왜 다들 날 봐요? 유진 언니 정도면 저도 충분히 들 수 있거든요? 아니, 애초에 그 잠깐도 못 들 정도면 교수대에 목은 어떻게 걸었겠어요?"

씩씩거리며 화를 내던 민영은 이내 아차, 하는 표정을 짓더니 다시 원래의 차분한 모습으로 돌아갔다.

"…미안해요. 억울한 상황은 잘 못 견디는 성격이라. 어쨌거나 저는 절대 아니에요."

그럼에도 여전히 기분은 언짢아 보였다.

"자자, 겨우 그런 것만으로 범인으로 의심하고 그러진 않으니 안심하십쇼. 아무튼 이제 볼 만큼 둘러본 것 같으니 슬슬 돌아가도록 하지요."

형사가 상황을 적당히 무마하며 사람들을 계단 아래로 내려 보냈다. 1층 로비로 돌아온 우리는 형사의 다음 지시를 기다렸다.

"다들 힘든 와중에 수고 많으셨습니다. 덕분에 새로운 정보도 많이 얻은 것 같군요. 정보를 수합하는 동안 여러분은 일단 세미나실에서 대기해주십쇼. 그리 오래 걸리지는 않을 겁니다. 아참, 참고로."

형사는 말을 끊고 모두를 바라보았다.

"심전도 기록기 덕분에 피해자의 정확한 사망 추정 시각이 밝혀졌습니다. 사망 시각은 오후 3시 47분경입니다. 일단은 다들 그리 알고 계십쇼."

그러고는 휙 돌아 복도 안쪽으로 향한다. 뒤늦게 그 의미를 깨달은 도현의 얼굴이 순식간에 사색이 되었다.

경찰의 안내에 따라 사람들과 함께 세미나실로 이동하던 나를 하강휘 형사가 불러 세웠다. 무슨 일인가 싶어 돌아보니 그는 비상문에 손을 짚고 서있었다.

"현수 씨는 잠시만 저랑 같이 행동합시다. 현장을 다시 한 번 둘러볼 겸 해서요."

"네? 그래도 되는 건가요?"

"뭐 어떻습니까. 참고인 조사 명목으로 데리고 다녔다고 하면 되지요."

하는 수 없이 형사를 따라가는 수밖에 없었다. 아니, 그보다는 사건에 대한 형사의 생각이 궁금하기도 했다.

비상계단을 올라 2층 상설전시실에 들어섰다. 여전히 거대한 작품들의 존재감에 압도되는 공간이었다. 그런 기분이 드는 것도 잠시, 이어지는 형사의 질문에 나는 당황할 수밖에 없었다.

"현수 씨 생각엔 누가 범인일 것 같습니까?"

"네?"

"근거는 없어도 됩니다. 심증만이라도 충분합니다. 수사에서 증거 확보만큼이나 중요한 게 형사의 감이니까요."

그러면서 나를 보며 씨익 웃는다. 어쩔 수 없이 나는 속으로 생각하던 것들을 가감 없이 털어놓았다.

"솔직히 말하자면, 도현 씨는 범인이 아닌 것 같습니다. 좀 이상한 사람이긴 해도 이렇게 본인이 의심받을 상황에서 살인을 저질렀을 것 같지는 않아요. 오히려 저는 제자들 세 사람 쪽이 조금 더 의심스럽네요. 물론 다들 알리바이는 확실합니다만."

"미술관 관장은요?"

"관장님도 딱히…. 잘 모르겠군요. 제자들이 의심스럽다고는 해도 셋 중에 누가 범인일지는 전혀 모르겠습니다."

"좋아요. 잘 알겠습니다."

형사가 손뼉을 짝 마주쳤다. 그러더니 맞잡은 손을 그대로 쭉 펴고 기지개를 켠다. 어쩐지 나도 목이 뻐근해진 느낌이 었다.

"그럼 일단 도현 씨가 범인이 아니라고 가정해보죠. 그렇다면 범인은 분명 무언가 수를 썼을 겁니다. 이를테면 알리바이 트릭이란 거죠. 범인은 어떻게 사망 추정 시각에 자리를 벗어나지 않고 피해자를 살해했을까요?"

"알리바이 트릭…."

나는 열심히 머리를 굴려보았다. 한 가지 짚이는 건 있었다.

"영상 상영회 도중에 살해당한 거잖아요. 그래서 그 시간대에 알리바이가 없었던 도현 씨가 유력 용의자가 된 거고요. 만약 영상 상영회 시간을 조작한다면 알리바이에 빈틈이 생기지 않을까요?"

"오호…. 그럼 그 시간은 어떻게 조작하실 건데요?"

"으음, 예를 들어 영상의 길이를 조작하면 어떨까요? 15분 길이의 영상이라고는 했지만, 사실은 그보다 짧았던 겁니다. 그래서 원래는 상영회가 끝난 시점에서 살인을 저질렀지만, 저희는 두 번째 영상이 끝났을 시각에 죽었다고 착각하게 된 거지요."

"흠. 아쉽지만 그건 불가능합니다. 저희도 영상은 다 확인해봤지만 길이는 전부 15분 내외였어요."

딱히 자신 있게 내세운 가설은 아니었다. 이제 막 떠오른 생각일 뿐이었으니까. 그러나 형사의 말을 들으니 괜한 오기가 생겼다.

"아, 맞아요! 상영회가 끝난 직후에 민석 씨가 혼자서 세미나실에 갔다 왔거든요. USB를 깜빡했다면서요. 혹시 그때 영상을 바꿔치기한 게 아닐까요? 시간은 좀 빠듯하겠지만 어떻게 잘만 한다면…."

말하면서도 점점 자신감이 없어졌다. 형사는 절레절레 고개를 저었다.

"10분짜리 영상을 15분이라고 속이는 것도 아슬아슬할 겁니다. 게다가 그렇게 시간을 줄여봤자 1시간 반짜리 상영회를 절반 가까이 줄일 수는 없을 겁니다. 그리고 상영회 이후에는 아무도 죽일 시간이 없었다고 본인이 직접 말씀하셨지 않습니까? 애초에 세미나실엔 시계도 있고, 다들 휴대폰이나 손목시계 하나씩은 가지고 있었잖아요?"

하나하나 맞는 말이었다. 결국 다시 원점에서 생각해봐야 하나. 상영회 당시나 이후가 아니라면, 상영회 이전에 살인을 저질렀을 가능성은 없을까.

"…아."

보다 근본적인 부분에서 의문이 들었다. 애초에 지금 밝혀낸 사망 추정 시각은 정확한 걸까?

"심전도 자체를 조작한 게 아니냐, 하는 거군요."

"네. 저도 그쪽으론 잘 모르긴 하지만, 심전도 기록기를 조작할 수만 있다면 알리바이는 무너지는 게 아닐까요? 사실은 상영회 이전에 죽였는데 모종의 방법을 써서 심전도는 상영회 도중에 기록되도록 한다면, 혹은 기록기의 내장 시계를 조작해서 시간을 앞당긴다면…."

"아뇨, 그건 불가능할 겁니다."

이번에도 형사는 딱 잘라 단언했다.

"저도 원리는 잘 모르겠습니다만, 이식형 사건 기록기는 부정맥을 인지하는 순간 자동으로 심전도를 기록해 원격으로 병원에 전송한다더군요. 그러니까 기록기 자체를 조작하는 건 의미가 없다는 겁니다. 게다가 기록기는 피부 안쪽을 절개해서 삽입한 후 다시 봉합한다고 하던데, 이걸 의사도 아닌 일반인이, 그것도 상처를 일절 남기지 않고 끄집어내서 조작할 수는 없을 겁니다."

"그건… 확실히 불가능 하겠군요."

나는 순순히 납득했다. 그렇다면 사망 추정 시각은 거의 확실하다고 볼 수 있을 것이다.

"사망 시각이 상영회 도중이 확실하다면, 범인은 원격으로 피해자를 살해했다는 건데…. 소파에 잠들어 있는 피해자를 원격으로 교수대에 매달고, 죽은 후에 원격으로 밧줄을 잘라서 엘리베이터로 끌고 온 후에 원격으로 엘리베이터를 2층으로 내려 원격으로 라운지의 의자를 문틈에…."

원격, 원격, 원격…. 말하면서도 게슈탈트 붕괴가 일어날 것만 같았다. 아니, 애초에 그런 방법이 존재하기나 할까?

그런 내 모습이 우스운지 형사는 소리 죽여 킥킥 웃었다. 그러고는 부드러운 말투로 조언했다.

"한꺼번에 모든 걸 생각하려면 아무래도 골치 아파지죠. 하나씩 차근차근 생각해보면 어떻겠습니까?"

하나씩 차근차근이라…. 내가 생각하기 수월하도록 형사는 방금 전의 말을 한 부분씩 읊어주었다.

"소파에 잠들어 있는 피해자를 원격으로 교수대에 매단다. 이건 가능할 것 같습니까?"

나는 눈을 감고 생각해 보았다. 술에 취해, 아니, 수면제에 취해 소파에 누워 잠들어 있는 유진. 이 상태에서 유진의 목을 원격으로 교수대에 거는 방법은 두 가지가 있다. 첫째, 유진의 몸이 직접 움직여 스스로 목을 건다. 둘째, 교수대의 로프가 스스로 움직여 유진의 목을 낚아채서 끌어올린다….

"…모르겠습니다. 피해자에게 스스로 목을 걸라고 최면이라도 걸지 않는 이상은 도저히 불가능할 것 같네요. 이 부분은 일단 넘어갈게요."

"좋아요. 그럼 다음 부분. 피해자가 사망한 후 원격으로 밧줄을 잘라서 엘리베이터로 끌고 온다. 이거는요?"

이건 앞선 부분보다 훨씬 어려워 보였다. 백 번 양보해서 어찌어찌 원격으로 밧줄을 잘랐다고 치자. 바닥에 쓰러진 시신을 어떻게 엘리베이터까지 옮겨올 것인가. 단순히 일직선으로 쭉 끌어오는 거라면 뭔가 방법이 있을지도 모른다. 그러나 교수대의 방과 엘리베이터 사이에는 제1전시실이 있다. 전시실에는 여러 작품들이 동선을 따라 배치되어 있기 때문에, 단순히 시신을 일직선으로 끌고 가다보면 도중에 작품에 턱 가로막히게 된다.

"이 부분도… 도저히 모르겠습니다. 여기도 일단 보류할게요."

"그래요. 너무 심각하게 생각하진 마십쇼. 다음 부분입니다. 시신이 든 엘리베이터를 원격으로 2층으로 내린다."

"아."

형사의 말을 듣는 순간 뭔가가 퍼뜩 떠올랐다. 조금씩 실마리가 잡혀가는 것 같았다.

"이건 가능할 것 같네요."

"오?"

내 대답이 의외라는 듯 형사는 흥미롭게 바라보았다. 나는 잠시 생각을 정리한 후 천천히 말을 이어갔다.

"엘리베이터를 원격으로 2층으로 내리는 건 간단합니다. 엘리베이터 안에서 2층 버튼을 눌러둔 채로 나오기만 하면 되니까요. 그러면 문이 닫히는 순간 엘리베이터는 자동으로 2층으로 내려가겠죠. 문제는 그겁니다. 어떻게 시신이 엘리베이터 안으로 들어올 때까지 문을 닫히지 않게 열어둘 것인가."

"호오. 그래서 그 방법은요?"

"그건…."

나는 필사적으로 머리를 굴려 보았다. 단순하게 생각하면 문 사이에 뭔가를 끼워두면 될 일이다. 그리고 타이밍 좋게 끈 같은 것으로 잡아당겨 쑥 빼내면 그만이다. 하지만 이건 결국 범인이 끈을 직접 잡아당겨야 한다는 뜻이 된다. 이래서는 원격 트릭이라고 할 수 없다.

그럼 끈이 없어도 스스로 빠져나올 수 있는 물체면 되지 않을까? 예를 들자면 무선조종을 할 수 있는 RC카 같은 것이다. 바퀴가 달려 있으니 전진 키만 눌러준다면 쉽사리 빠져나올 수 있지 않을까. 하지만 이 경우엔 도구를 처리하는 게 문제다. 그런 걸 가지고 있었다면 소지품 검사에서 곧장 들통났을 테고, 미술관 어딘가에 숨겨놨더라도 과학수사대가 진즉에 찾아냈을 것이다.

결국 포인트는 그거다. 엘리베이터 문 사이에 끼워둘 수 있고, 적당한 타이밍에 스스로 빠져나올 수 있으며, 따로 숨기지 않더라도 알아서 모습을 감추는 물건이어야 한다. 그런 물건이 과연 있을 리가… 어라?

"아앗!?"

흥분한 나머지 그만 나도 모르게 큰 소리를 내고 말았다. 그래, 그거라면…!

"드라이아이스! 드라이아이스를 문틈에 끼워두는 겁니다! 이러면 원하는 시간에 맞춰서 엘리베이터가 닫히게 할 수 있어요. 완전히 승화되는 시간을 고려해 적당한 크기의 드라이아이스를 끼워두기만 하면 되니까요!"

"아아, 맞다. 그런 게 있었죠. 아이스크림 케이크를 보관하기 위해 아이스박스에 드라이아이스를 넣어왔다고 했던가요. 그래, 그거라면 말이 되는군요. 아주 좋습니다."

형사는 흡족한 듯 고개를 끄덕였다.

"이제 마지막이군요. 2층에 도달한 엘리베이터의 문틈에 원격으로 라운지의 의자를…."

"그 부분은 훨씬 간단합니다. 엘리베이터 문에 미리 의자를 기대어 세워두면 되니까요."

형사의 말이 채 끝나기도 전에 나는 잽싸게 대답했다. 앞서 엘리베이터 문을 열어두는 문제로 고민하던 중에 자연스레 떠오른 해결책이었다. 이러면 문이 열리는 동시에 의자가 안쪽으로 쓰러져 저절로 문틈에 걸리게 된다.

내 말에 잠시 멍하니 허공을 바라보던 형사는 이내 실소를 흘렸다.

"허, 참. 이건 맹점이었네요. 지금껏 범인이 직접 옮겼다고만 생각해서 이런 단순한 방법을 떠올리지도 못했군요."

좋습니다, 하고 형사는 이야기를 마무리 지었다.

"일단 네 가지 원격 중 두 가지는 해결책을 찾았군요. 앞의 두 가지는 차차 생각해보도록 합시다. 이어서 추가로 발견된 의문점들을 정리해보자면…."

형사는 수첩을 찬찬히 들여다보았다.

"첫째, 1층 비상계단 아래 창고에서 발견된 수상한 밴딩끈. 사건과 관련이 있는 지는 아직 불명. 둘째, 불필요하게 차고 있던 생리대. 이건 목을 매달았을 때 배설물이 흘러내리는 걸 방지하는 목적으로 생각됨. 셋째, 이전보다 더 많이 깨져 있는 공룡 알. 이 또한 범인이 한 짓으로 보임. 넷째, 범인이 시신을 들어서 옮기지 않고 굳이 바닥에 끌고 간 이유는? …일단 이 정도인 것 같군요."

형사의 정리를 들으며 나도 머릿속으로 장면들을 떠올려보았다. 가장 이해가 안 되는 건 범인이 일부러 피해자에게 생리대를 입혔다는 것이다. 목적은 형사의 말마따나 배설물이 흘러나오지 않게 하려는 것으로 보이는데….

나는 순간 도현의 얼굴이 떠올랐다. 작품이 파손될 때마다 과잉반응을 보이며 부들부들 떨던 그의 모습. 설마, 기껏 꾸며놓은 화단이 배설물로 오염될까봐 생리대를…. 아니, 그건 아닐 것이다. 그런 걸 걱정했다면 애초에 교수대를 흉기로 쓰진 않았겠지. 게다가 이미 밧줄은 끊어졌고 화단도 엉망이 된 상태였다.

아무래도 지금 생각해 볼만한 건 하나였다. [소멸의 탄생]이다. 범인이 알을 깨트린 이유는 무엇일까?

"그럼 현장을 다시 보러 가보죠. 뭔가 떠오를지도 모르니까요."

우리는 비상계단을 빙 돌아 3층 라운지로 향했다. 엘리베이터 앞에서 여전히 위엄을 과시하고 있는 거대한 공룡의 골격. 그 아래의 알껍데기를 우리는 다시 찬찬히 살펴보았다.

"범인은 무슨 목적으로 알을 부순 걸까요? 구멍을 넓혀봤자 이득 될 게 없어 보이는데."

"그러게요. 아니면 구멍을 넓히려는 목적이 아닐 수도…."

나는 관점을 다르게 바라보았다. 이번에는 조금 떨어져서 전체적인 모습을 보았다. 그러고 나니 뭔가가 보일 듯 했다. 어쩌면 구멍을 넓히려던 게 아니라, 높이를 낮추려던 건 아니었을까? 공룡의 알은 위로 갈수록 뾰족한 타원형을 하고 있다. 그 윗부분을 깨트린다면 구멍이 넓어지는 것은 물론 알의 높이도 함께 낮아지게 된다. 하지만 그게 무슨 의미가 있단 말인가.

목과 어깨가 뻐근해 가볍게 스트레칭을 했다. 슬슬 다리도 아팠다. 오랫동안 못 앉고 계속 돌아다닌 탓일까. 바닥에 쪼그려 앉자 무릎에서 따닥 소리가 났다. 한동안 그 상태로 종아리를 주물러주었다.

문득 고개를 들자 어느덧 창밖엔 해가 거의 저물어가고 있었다. 노을빛으로 물들었던 공룡의 뼈도 점차 원래의 회색빛으로 돌아오고 있었다. 알이 깨진 덕분에 공룡 뒤쪽의 창문이 훤히 들여다보였다. 창밖의 풍경까지 훤하게….

"아…?"

나는 홀린 듯이 자리에서 일어났다. 터벅터벅 창문을 향해 걸어갔다. 여전히 알을 들여다보고 있던 형사는 뭔가 싶은 표정으로 나를 쳐다보았다.

창가에서 고개만 내밀어 아래를 내려다보았다. 3층 높이임에도 바닥이 아찔했다. 오른쪽으로 돌아보자 앞으로 툭 튀어나와 꺾인 외벽이 보인다. 그 외벽을 따라 비상계단의 창문이 수직으로 늘어서 있다.

고개를 뒤로 뺐다. 숨을 크게 들이마시고 심호흡을 했다. 심장이 마구 쿵쿵거리기 시작했다. 꽉 쥔 주먹에선 땀이 배어나왔다.

"설마, 뭔가 알아낸 겁니까?"

형사가 날카로운 눈빛으로 나를 바라보았다. 나는 고개를 끄덕였다.

"형사님. 계단 아래 창고에서 발견된 밴딩끈을 가져와주실 수 있나요? 그리고 가능하다면 증거품 외에 사용 가능한 긴 끈도요."

"물론입니다."

형사는 곧바로 휴대폰을 꺼내들었다. 몇 마디 전달한 후 전화를 끊자, 잠시 후 류태준 형사가 증거품과 끈을 하나씩 들고 올라왔다.

"밴딩끈을 꺼내시려면 장갑을 착용해주세요. 혹시나 증거가 지워지지 않게 가급적 문지르진 마시고요."

"괜찮습니다. 전부 다 꺼내지는 않을 거니까요."

형사가 건네준 장갑을 착용한 후 조심스럽게 밴딩끈의 양 끝단을 비닐봉투 밖으로 끄집어냈다. 그리고 양 끝을 서로 맞대어 보았다.

"역시나…."

양 끝의 절단면이 완전히 일치하였다. 원래는 하나의 큰 원을 이루고 있었던 것이다.

"어쩐지 끈 중간에 매듭이 묶여 있는 게 이상하다 싶었습니다. 원래는 긴 끈의 양끝을 묶어 커다란 고리로 만들어서 사용했을 겁니다. 사용한 후에는 이렇게 적당한 부분을 잘라서 심에 둘둘 감아둔 거고요."

"'사용했다'라는 건, 역시 이건 범인이 쓴 물건이라는 건가요?

"맞습니다. 그것도 엄청 중요한 역할을 해주는 물건이었어요."

나는 고개를 끄덕였다. 그리고는 류 형사를 돌아보았다.

"류태준 형사님, 끈 길이는 측정해보셨나요?"

"예, 과학수사대 사람들이 줄자로 측정했습니다. 기록을 보여드릴 수도 있습니다."

"그럼 혹시 이 끈을 반으로 접는다면, 그러니까 이 끈의 절반 길이로 계산해본다면 이 미술관을 기준으로 몇 층 정도 높이가 나올까요?"

"그건…."

류 형사가 수첩을 두드리며 머릿속으로 계산했다.

"이 건물 기준이라면 4층 정도 길이는 나올 것 같군요."

"예상대로네요. 감사합니다."

나는 끈을 도로 봉투 안에 집어넣고 류 형사에게 건넸다. 그리고 추가로 챙겨온 일반 끈을 받아들어 죽 늘여보았다.

"형사님, 여기 끝을 잠시만 잡아주시겠어요?"

"얼마든지요."

끈을 건네며 부탁하자 하강휘 형사는 능글맞게 웃으며 흔쾌히 받아들었다.

"끈을 잡고 창가에 서주세요. 끈은 창틀 맨 오른쪽에 대주시고요. 네, 좋습니다."

나는 끈을 팽팽하게 당기며 엘리베이터 앞까지 뒷걸음질 쳤다. 그리고 바닥에 쪼그려 앉아 엘리베이터 문 아랫부분에 반대쪽 끝을 대었다. 창문에서부터 엘리베이터 하단부까지 끈이 일직선으로 놓였다.

"어떤가요? 알 윗부분이 깨진 덕분에 끈이 작품에 걸리지 않고 팽팽하게 이어질 수 있게 됐어요."

"오오. 일부러 알을 깬 건 이것 때문이라는 거군요."

형사가 감탄하며 말했다. 나는 추가로 내 생각을 덧붙였다.

"[소멸의 탄생]은 오늘 오전에 도현 씨의 지시로 즉석에서 옮겨졌다고 들었습니다. 범인의 입장에선 기껏 준비한 트릭이 이거 하나 때문에 방해를 받게 된 것이죠. 하지만 그렇다고 작품을 혼자서 옮기거나 죄다 박살낼 수도 없는 노릇이었습니다. 따라서 트릭이 방해받지 않을 정도의 최소한으로만 알을 부순 것이겠지요."

"오호, 그렇군요…. 하지만 범인이 이걸로 뭘 어떻게 했다는 겁니까?"

나는 아직 대답하지 않고 끈을 둘둘 감아 회수하였다.

"일단 밖으로 나가봅시다. 마지막으로 하나만 더 확인해보면 모든 게 확실해질 거예요."

계단을 내려가 1층 로비를 지나쳤다. 로비에서 대기 중이던 경찰들이 우릴 향해 경례했다. 하강휘 형사는 여유롭게 웃으며 한 손을 들어 경례를 받았다.

정문을 나선 후 우리는 곧장 건물을 왼편으로 쭉 돌아갔다. 마침내 멈춰선 곳은 비상계단과 라운지가 만나서 생기는 모서리 공간이었다. 조금 전 3층에서 창문으로 내려다봤던 바로 그곳이다.

"제 추리가 맞는다면 분명 여기에 그게 있을 겁니다."

나는 주위를 유심히 살펴보았다. 그리고 마침내 그것을 찾아냈다.

"배수관?"

옆에 선 형사가 나를 따라 고개를 돌렸다. 1층 비상계단의 창문 바로 옆 외벽에 파이프 하나가 아래로 툭 튀어나와 있었다.

"옥상에서 이어지는 물 빠짐용 배수관인 것 같네요."

나는 장갑 낀 손으로 파이프를 잡고 움직여 보았다. 벽 안에 단단하게 박혀 있어서 움직임이 전혀 없었다. 두께도 꽤 있었다.

"형사님, 여기를 꼼꼼히 조사해달라고 부탁해주세요. 특히 뭔가에 쓸린 흔적이나 묶인 흔적 같은 거요."

"오, 드디어 진상을 알아낸 겁니까?"

"네."

나는 단호하게 고개를 끄덕였다.

"우리는 처음부터 범인에게 완전히 속고 있었던 겁니다."

세미나실에 모인 사람들이 불안한 눈빛으로 서로를 바라본다. 아티스트 도현과 미술관 관장. 도현의 제자인 민석과 찬민, 민영까지. 세미나실 뒤쪽에는 경찰들이 굳은 표정으로 지키고 서있었다.

"자, 그럼 시작해보도록 합시다. 현수 씨, 준비되셨나요?"

내 옆에 선 하강휘 형사가 서두를 열었다. 나는 고개를 끄덕이고는 자리에서 일어났다. 모두의 시선이 내게로 모여든다. 나는 가볍게 목을 가다듬고는 최대한 또박또박한 목소리로 말했다.

"우선 이렇게 여러분들을 한데 모은 이유는, 유진 씨를 살해한 범인에게 자수를 권하기 위해서입니다. 지금이라도 본인의 죄를 자백한다면 형을 감해줄 여지가 있다고 하는군요."

수군거림이 번져간다. 나는 한 사람, 한 사람씩 찬찬히 바라보았다. 시곗바늘 소리가 째깍- 째깍- 울렸다.

"아무도 없습니까?"

재차 물어보았지만 아무도 대답하지 않았다. 나는 짙은 한숨을 내쉬었다.

"아쉽게 됐군요. 그럼 지금부터 범인을 지목해보도록 하겠습니다."

내 선언에 수군거림이 더더욱 커져갔다. 휘둥그레진 눈으로 바라보는 사람도 있었고, 덜덜 떨며 어쩔 줄을 모르는 사람도 있었다.

"우선 피해자의 사망 시각을 확실히 짚고 넘어가겠습니다. 아까 전 형사님께서 말씀하셨듯이, 피해자의 가슴에 이식된 심전도 기록기를 통해 정확한 사망 시각을 확인할 수 있었습니다. 시각은 오후 3시 47분. 영상 상영회가 진행되던 도중이었습니다."

거기까지 말했을 때 누군가가 창백해진 얼굴로 벌떡 일어났다. 도현이었다. 앞으로 모은 두 손은 벌벌 떨고 있었다.

"저, 저는 범인이 아닙니다. 절대로 제가 그런 게 아니에요…."

"네, 알고 있습니다. 걱정하지 마세요."

내 말에 도현은 더욱 동그래진 눈으로 나를 올려다봤다. 도현을 진정시킨 후 나는 마저 설명을 이어갔다.

"사망 시각만을 놓고 보자면 도현 씨밖에 범행이 불가능해 보입니다. 영상 상영회 도중에 자리를 뜬 사람은 도현 씨밖에 없었으니까요. 하지만 과연 그럴까요? 만약 그 시각에 피해자의 목을 원격으로 매달 수만 있다면 그 자리에 있지 않더라도 살인이 가능하지 않을까요?"

여기서 말을 끊고 사람들의 반응을 살폈다. 잠시만요, 하고 손을 든 건 제자인 민영이었다.

“잠든 사람의 목을 손 하나 까딱하지 않고 교수대에 거는 게 가능하긴 한가요? 그게 된다고 쳐도 밧줄을 자르고 옮기는 건요? 그런 건 도저히 불가능하잖아요!”

“네, 맞아요. 그런 건 불가능합니다.”

다소 흥분된 목소리로 따지는 민영을 향해 나는 고개를 끄덕였다. 예상치 못한 반응인지 민영은 얼떨떨한 표정을 지었다.

“민영 씨가 마침 잘 말씀해주셨습니다. 저희는 모두 그런 식으로 착각하고 있었죠. 아니, 정확히는 그렇게 착각하도록 범인에게 속은 겁니다. 교수대의 밧줄을 잘라내고, 일부러 바닥에 끌려간 흔적을 남겨둬서, 마치 피해자가 ‘교수대의 방’에서 목을 맨 것처럼 착각하게 만든 겁니다.”

이번에는 좀 더 반응이 격했다. 입을 떡 벌린 채 나를 바라보는 사람이 있는가 하면 필사적으로 머리를 굴려보려는 사람도 있었다. 그리고 그중 한 사람, 유일하게 표정이 딱딱하게 굳어가는 인물이 있었다.

찬민이 휘둥그레진 눈으로 물었다.

“그럼, 유진 선배는 교수대에서 목을 맨 게 아니라는 건가요?”

“그렇습니다.”

“아니, 하지만 그럼 대체 어디서…. 아니, 어떻게….”

“그 방법을 이제부터 하나씩 알려드리도록 하죠.”

나는 화이트보드를 두어 번 두드려 혼란스러워하는 사람들의 시선을 집중시켰다.

"우선 범인의 행동을 순서대로 살펴보도록 하겠습니다. 범인은 우선 피해자가 마시던 캔맥주에 수면제를 탔습니다. 피해자를 잠재울 필요가 있었기 때문입니다. 그리고 예상대로 피해자는 교수대의 방에 자러 들어갑니다. 이때가 바로 저희가 피해자의 모습을 마지막으로 목격했던 순간입니다."

나는 화이트보드에 3층의 평면도를 간단하게 그렸다.

"그리고 오후 2시 반이 되어 저희는 다 함께 2층 상설전시실로 갔습니다. 얼핏 이때는 모두가 범행이 불가능해 보이지만, 사실은 가능했습니다. 2층의 전시실에는 테마에 맞게 커다란 작품들이 곳곳에 전시되어 있었기 때문에 작품을 사이에 두고 서로 반대편에 있는 사람의 모습은 잘 보이지가 않았죠. 따라서 범인은 모두가 보지 못하는 틈을 타서 비상계단을 통해 몰래 3층으로 올라올 수 있었던 겁니다."

3층 평면도 아래에 2층을 그려 넣었다.

"3층으로 올라온 범인은 곧장 교수대의 방으로 향했습니다. 그리고 교수대의 올가미를 붙들고 매달린 채로 밧줄을 잘라냈습니다. 그래야 절단면이 불규칙하게 끊겨 무게가 실린 상태에서 잘라냈다고 속일 수 있으니까요. 그리고 잘라낸 올가미는 따로 챙겨둔 채, 깊게 잠든 피해자를 들어 올립니다. 맥주에 탄 수면제로도 부족했다면 이때 수면제를 추가로 투여했을지도 모르겠네요. 어쨌거나, 범인은 잠든 피해자를 교수대 아래 화단에 눕힌 채로 살짝 끌어 흙이 쓸린 흔적을 남겨두었습니다. 그 이유는 아까도 말했듯 피해자가 교수대의 방에서 목이 매달린 것처럼 속이기 위해서입니다.

거짓 흔적을 어느 정도 남긴 후에는 다시 잠든 피해자를 안아 올린 채로 이동했을 겁니다. 아무리 수면제로 재웠다지만 바닥에 질질 끌고 가다가는 도중에 잠이 깨버릴 수도 있을 테니까요. 그렇게 범인은 엘리베이터까지 피해자를 옮겨왔습니다. 그리고 여기부터가 진짜 핵심입니다."

나는 화이트보드에 그려진 3층 평면도 위에 크고 네모난 상자를 그려 넣었다. 엘리베이터다.

"범인은 엘리베이터를 열고 피해자를 안에 내려놓았습니다. 이때 피해자가 엘리베이터 문 안쪽에 등을 기대도록 앉혀두는 것이 중요합니다. 목에는 잘라낸 올가미를 걸어두었지요. 그리고 여기서 등장하는 게 바로 이 밴딩끈입니다."

내 말에 따라 형사가 비닐봉투 안에 든 밴딩끈을 흔들어 보여주었다.

"밴딩끈의 한쪽은 올가미의 매듭부분에 연결해두고 끈을 엘리베이터 문 사이로 통과시킵니다. 그리고 나머지 반대쪽 끝은 엘리베이터 밖 어딘가에 단단히 고정해두는 거죠. 이때 끈의 길이는 팽팽해지지 않고 약간 여유가 생길 정도로만 남겨둡니다. 그리고 엘리베이터 안에서 2층 버튼을 누르고 나온 범인은 문이 닫히기 전, 미리 준비해온 드라이아이스를 문 틈에 끼워둡니다. 이것으로 모든 준비가 끝난 겁니다."

나는 화이트보드에 그림을 보충했다. 3층 엘리베이터에 기대어 앉은 피해자의 모습과, 올가미에서부터 이어져 엘리베이터 바깥에 고정되어 있는 밴딩끈의 모습이다.

"그럼 여기서 드라이아이스가 녹으면 어떻게 될까요? 한 시간이 지나 완전히 승화되도록 준비해온 드라이아이스는 예정대로 영상 상영회 도중에 완전히 녹아 없어질 겁니다. 그 직후 문이 닫히고, 엘리베이터는 미리 눌러뒀던 대로 2층을 향해 내려가기 시작할 겁니다. 그와 동시에 피해자의 몸도 바닥과 함께 아래로 내려가겠죠. 그러다가…."

나는 2층 엘리베이터에 3층에서부터 아래로 꺾여 내려온 끈과 피해자의 모습을 그려 넣었다.

"…마침내 끈 길이가 다하는 순간, 피해자의 목은 순식간에 공중에 매달리게 되는 겁니다."

여기저기서 작은 탄식이 터져 나왔다. 그림을 바라보던 민영의 얼굴이 괴롭게 일그러졌다.

유진은 교수대의 방에서 목이 걸린 게 아니었다. 누군가가 강제로 목을 건 것도 아니었다. 그저 엘리베이터의 작동 원리를 악용하여 저지른, 높이차를 이용한 원격 살인이었던 것이다.

나는 지금까지의 설명을 한 문장으로 정리하였다.

"말하자면, 이 엘리베이터 자체가 '움직이는 교수대'로 작용한 것입니다."

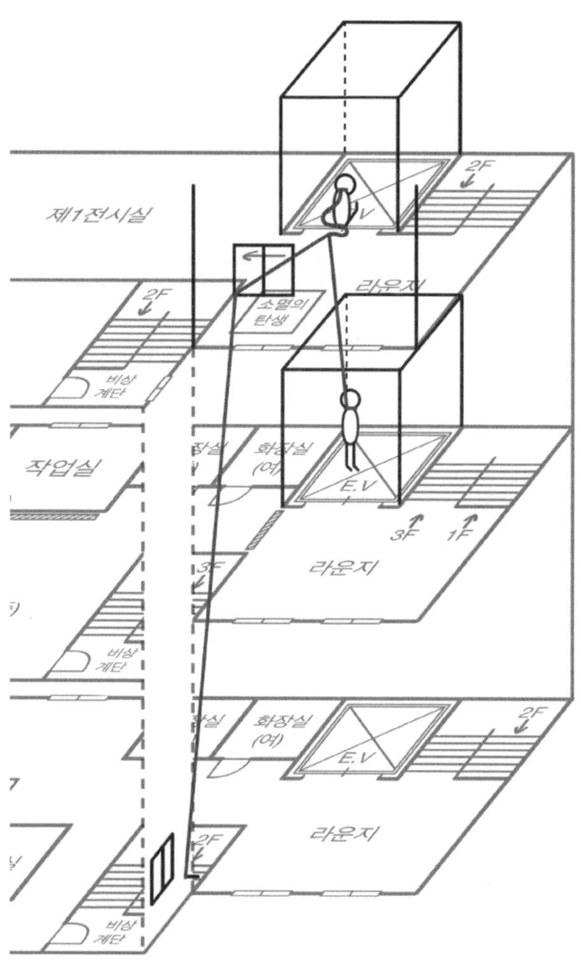

“저기, 한 가지 궁금한 게 있습니다.”

찬민이 조심스럽게 손을 들었다.

“뭔가요?”

“범인이 어떤 방법으로 유진 선배를 죽였는지는 이해가 됐습니다. 하지만 올가미를 고정한 끈은 어떻게 회수한 건가요? 저희가 3층에 갔을 때는 이미 끈이 없었지 않았나요?”

“네, 그랬었지요. 앞서 설명할 땐 이해를 돕기 위해 생략했습니다만, 사실 범인이 끈을 고정해둔 곳은 3층이 아니었습니다. 바로 1층의 여기, 비상계단에서 바깥으로 나있는 창문 옆이었습니다.”

나는 화이트보드에서 해당 부분을 표시하였다.

“아까 전 형사님과 확인해봤습니다. 1층 비상계단의 창문 옆 외벽에 물 빠짐용 배수관이 단단하게 박혀있더군요. 범인은 3층의 창문을 통해 밴딩끈을 반대쪽 끝을 바깥으로 늘어뜨린 후 아래로 내려와 이곳에 끈을 고정해뒀던 겁니다. 이러면 미술관 밖으로 나가지 않고도 창문 밖으로 손만 뻗으면 쉽게 회수가 가능하죠.”

“그래도 완전히 회수할 수는 없지 않나요? 1층의 끈을 풀더라도 반대쪽은 여전히 올가미에 묶여 있을 거니까요.”

“맞아요. 그래서 범인은 밴딩끈을 일자로 묶는 대신, 일단 끈을 올가미에 통과시킨 후 양끝을 묶어 커다란 원형 고리 형태로 사용했을 겁니다. 이러면 파이프에 걸어서 고정할 수도 있고, 회수할 때도 한쪽만 잘라주면 잡아당겨서 회수가 가능하니까요."

화이트보드에 그림을 그려 설명해주니 찬민이 고개를 끄덕이며 납득했다.

"그럼, 유진이를 이런 방식으로 죽인 사람은…."

도현이 떨리는 눈으로 한 사람을 바라보았다.

"그렇습니다. 상영회가 시작하기 전 피해자를 옮겨 트릭을 설치하고 상영회가 끝난 후 밴딩끈을 회수할 수 있었던 유일한 인물. 바로 민석 씨 당신입니다."

나는 민석을 가리켰다. 지목을 당한 민석은 자리에서 벌떡 일어났다. 핏발 선 눈을 부릅뜨고 나를 노려보았다. 나는 신경 쓰지 않고 설명을 계속 이어갔다.

"상영회 직후 당신은 USB를 놓고 왔다는 핑계로 계단을 내려갔었죠. 하지만 사실 그때 당신은 세미나실에 가지 않았던 겁니다. 모두가 2층 상설전시실로 들어간 틈을 타 당신은 1층 비상계단의 창문을 열고 밴딩끈을 잘라 회수했습니다. 피해자의 시신이 앞으로 고꾸라지듯 쓰러진 건 이때였을 겁니다. 어쨌거나 끈을 회수한 당신은 끈을 플라스틱 심에 대충 감아 창고 안에 던져 넣었겠죠. 너무 오래 시간을 끌면 자칫 들킬 수도 있으니까요. 하지만 심을 창고 안에 제대로 얹어두지 않은 탓에 문을 열자마자 균형을 잃고 굴러 떨어져 발목을 잡게 되었네요."

"당신, 지금…!"

"참고로 피해자에게 생리대를 씌운 것도 트릭을 위해서였을 겁니다. 만약 목이 매달린 피해자가 엘리베이터 바닥에 배설물을 흘리게 되면 사망 장소가 처음부터 엘리베이터였다는 게 드러날 테니까요.

마찬가지로 엘리베이터를 2층에 세워둔 것도 비슷한 이유에서였습니다. 혹시라도 피해자가 사망하기 전에 누군가가 엘리베이터를 조작한다면 알리바이가 깨지는 것은 물론 트릭이 들통나버리게 되니까요. 그리고 혹시라도 상영회가 끝난 후 사람들이 비상계단이 아니라 엘리베이터를 타고 곧장 피해자를 깨우러 3층으로 갈 생각이었다면, 엘리베이터가 멈춰서 당황하는 사이에 재빨리 끈을 회수할 틈을 벌기 위한 의도도 있었을 겁니다. 덧붙여서 2층의 의자는 사전에 미리 엘리베이터 문에 기대어 세워뒀을 겁니다. 2층에 내릴 사람은 아무도 없을 거니까요."

내 말에도 민석은 여전히 온몸을 부들부들 떨고 있었다. 혹시 모를 사태에 대비해 그의 양옆에 경찰이 다가와 바싹 붙었다. 나는 마지막으로 그를 향해 쏘아붙였다.

"지금 생각해 보면 분명 이상했습니다. 외부인인 저를 굳이 영상 상영회에 참석시켰던 것이요. 그건 분명 제가 아직 미술관 점검 업무를 덜 끝냈기 때문이었을 겁니다. 그렇기에 당신은 저를 무리해서라도 상영회에 붙들어둬야만 했던 거지요?

제가 설비를 점검한답시고 멋대로 돌아다녔다간 트릭이 바로 들통났을 테니까요. 겸사겸사 알리바이의 증인도 추가로 확보할 겸 해서요.

…여기까지 더 하실 말씀 있으신가요?"

내가 묻자 민석은 고개를 들고 나를 똑바로 쳐다보았다.

"증거는요?"

"네?"

"제가 범인이라는 확실한 증거 말입니다. 당신이 말한 건 전부다 상황에 억지로 끼워 맞춘 망상일 뿐이지 않습니까. 제가 그랬다는 증거가 대체 어디 있습니까? 예?"

민석은 이때까지의 싹싹한 모습에서 돌변하여 공격적으로 따지고 나섰다.

"그건…."

기세에 눌려 잠시 주춤하였다. 그 순간 하강휘 형사가 내 앞으로 나섰다.

"지문이 남아 있었다면 확실한 증거가 되겠죠?"

"네…?"

형사는 그때까지 들고 있던 비닐봉지를 눈앞에 치켜들었다.

"이 밴딩끈에 당신의 지문이 묻어 있었습니다. 상영회가 끝나고 잠들어 있는 피해자를 찾으러 가는 그 짧은 순간에 끈을 회수해야 했으니, 장갑을 착용할 새도 없었겠죠. 밴딩끈의 재질 탓에 지문 확보에 시간이 걸리긴 했지만, 그래도 뚜렷한 지문을 얻을 수 있었습니다."

"하, 무슨 소리를 하는가 했더니!"

민석은 어이없다는 듯 어깨를 으쓱했다.

"밴딩끈에 제 지문이 묻어 있었다고요? 그게 뭐 어쨌다는 겁니까? 아까도 말했지만, 밴딩 끈은 작품을 옮겨올 때 안전하게 포장하기 위해 사용하던 겁니다. 포장은 저를 포함한 제자들이 도맡아서 했으니, 알게 모르게 제 지문이 묻어 있을 수도 있는 거죠. 뭐, 설마 지문이 언제 묻었는지까지 알아낼 수 있다고 말하려는 건 아니겠죠?"

그가 코웃음 쳤다.

"확실히 현대 과학으로도 그 정도로 정밀하게 알아내는 건 불가능합니다."

형사는 순순히 인정했다.

"그럼…!"

"하지만, 지문이 묻은 위치에 따라 언제 묻은 건지는 충분히 유추해 볼 수 있지요."

이어지는 형사의 말에 민석은 순간 말을 잃었다. 그러다 이내 발끈하며 다시금 쏘아붙였다.

"위치가 뭐 어땠다는 겁니까? 그걸로 뭘 알아낼 수 있는데요?"

"피해자가 오늘 뭘 발랐다고 했는지 기억나십니까?"

형사는 여유로운 말투로 그렇게 물었다.

"오늘, 뭘…?"

"엊저녁에 새로 산 선블록을 발랐다고 했었죠. 오늘 처음 써본다는, 그것도 백탁이 있는 타입으로."

"…."

민석은 아연한 얼굴로 형사를 바라보고 있었다. 그제야 자신의 실수를 깨달은 것이다.

"이 밴딩끈에는 피해자가 바른 것과 같은 제품의 선블록이 묻어 있었습니다. 그리고 당신의 지문 중 일부가 그 선블록 위에 고스란히 찍혀 있었지요. 여러분들의 진술에 따르면 피해자가 이 선블록을 바른 것은 화장실에 다녀왔을 때, 그러니까 피해자가 잠들기 바로 직전이었습니다. 그러면 이 밴딩 끈에 선블록이 묻은 건 대체 언제였을까요? 듣기로는 피해자가 목덜미까지 꼼꼼하게 선블록을 발랐다고 하던데, 아마도 당신이 밴딩 끈을 잘라 회수하던 순간 헐렁해진 끈이 피해자의 목덜미를 스치며 묻어나온 것이겠지요. 그렇기에 당신 지문이 그 위에 그대로 찍혀 나온 것이고요. 어떻습니까? 이 정도면 충분히 증거가 되어주겠지요?"

형사는 이빨을 드러내며 씩 웃었다. 범인이었다면 분명 전의를 상실하고 전율했을, 소름 끼치는 미소였다.

평일인데도 미술관 내부는 사람들로 북적북적했다. 전시회가 개장한 지도 어느덧 4일 차다.

3층 엘리베이터 앞을 지키고 있던 [소멸의 탄생]은 결국 제1전시실 안으로 도로 옮겨졌다. 반갑지만은 않은 그 얼굴은 여전히 커다란 입을 쩍 벌린 채 전시실 구석에서 나를 맞이하였다.

전시실 벽에 설치된 화면에서는 도현의 인터뷰 영상이 흘러나오고 있었다. 영상은 수정 없이 그대로 사용하게 된 모양이다. 열띠게 피드백을 주고받던 그 시간들이 무색해졌다. 그럴 수밖에 없었다. 영상 제작자가 더 이상 작업을 못 하게 되었으니까.

민석은 그날 그 자리에서 체포되었다. 연행되는 순간에도 그는 반항 한번 없이 순순히 따라갔다고 한다. 어지간히도 충격을 받았나 보다.

그날 이후 한동안은 미술관에서 벌어진 살인사건으로 신문이며 뉴스가 떠들썩했다. 현실에선 보기 드문 알리바이 트릭을 사용했다는 점에서 일부 미디어가 관심을 보이기도 했지만, 세간의 이목이 쏠린 건 다름 아닌 범인의 동기였다.

계기는 연인의 사망이었다고 한다. 스승으로부터 독립해 자신만의 전시회를 준비하던 도중 불운한 사고로 사망한 젊은 여성. 거대한 구체 내부를 전선으로 마구 엮은 작품을 혼자서 만들던 도중, 사다리가 쓰러지며 그만 전선에 목이 매달린 것이다. 목을 옭아매는 전선에서 벗어나려 발버둥 칠수록 더더욱 조여드는 탓에 그녀는 결국 자기 작품 한가운데에서 싸늘하게 죽어갔다고 한다. 안타까운 사고사였다.

그러나 사실은 그게 아니었던 모양이다. 그녀 혼자 있었다고 알려졌던 작업실에 실은 두 사람이 더 있었다는 게 체포된 민석에 의해 뒤늦게 밝혀졌다. 술에 잔뜩 취한 한 사람이 그녀가 올라간 사다리를 홧김에 걷어찼고, 나머지 한 사람은 이 사실을 은폐한 채 그대로 달아났다고 한다. 그들이 바로 그녀의 스승이자 선배였던 아티스트 도현과 유진이었다.

민석이 이 사실을 어떻게 알아낸 것인지는 모른다. 다만 그의 증언에 의하면 그 사실을 알게 된 순간 두 사람을 도저히 용서할 수가 없었다고 한다. 특히나 연인을 직접 살해한 거나 마찬가지였던 유진을.

유진의 사망 추정 시각에 도현의 알리바이가 불분명했던 것도 민석이 한 짓이었다. 도현이 마실 커피에 미리 설사약을 탄 것이다. 의도한 대로 도현이 죄를 뒤집어쓴다면 가장 좋았겠지만, 만약 시간대가 어긋나더라도 상관없었다고 한다. 유진을 살해한 것만으로도 충분히 목적을 이뤘으니까.

문득 그런 생각을 해보았다. 어쩌면 유진을 일부러 목매달아 죽인 것도 복수의 일부가 아니었을까. 자기 작품에 목이 매달려 사망한 연인의 복수를 위해 그녀와 똑같이 피해자를 목매달아 죽인 것이다. 어쩌면 작품의 일부인 교수대의 올가미를 사용한 것도…. 거기까지 떠올린 나는 애써 생각을 털어냈다.

연일 새로운 소식을 내보내던 기사도 일주일이 지나고부터는 언제 그랬냐는 듯 잠잠해졌지만, 며칠 전 미술관 개장에 맞춰 또다시 가십거리로 간간이 떠오르고 있었다. 민석이 어떤 형을 선고받았는지는 따로 찾아보지 않았다. 아니, 알고 싶지도 않았다.

제1전시실을 마저 둘러보았다. 이미 자세한 설명을 들은 후였지만, 혼자서 관람하는 건 또 다른 느낌이었다.

사람들의 발걸음이 제1전시실 안쪽에서 멈춰 선다. 다음 방으로 넘어갈 수가 없었기 때문이다. 북적이는 사람들의 말소리와 카메라의 찰칵거림이 한데 뒤섞여 가림막 바깥으로 새어 나오고 있었다.

한참을 기다린 끝에 틈을 비집고 안으로 들어갈 수 있었다. 미술관을 방문하는 모든 관람객의 관심을 한 몸에 받는 이곳이 바로 작품명 [교수대 위의 까마귀], 일명 '교수대의 방'이다.

실로 오랜만에 들어와 봤다. 이곳은 기억 속의 모습 그대로였다. 풍겨오는 꽃향기. 알록달록한 화단. 푹신한 소파. 그리고 그 한가운데서 버티고 서있는 거대한 교수대….

로프는 잘려 나간 그대로였다. 교수대의 상징인 올가미가 사라졌지만, 오히려 고리가 있을 때보다 더욱 으스스한 느낌을 주었다.

그러나 그런 감상도 한순간에 사라져 버렸다. 여기저기서 들려오는 사건에 대한 얄팍한 이야기. 흥미 본위의 웃음소리. 찰칵거리는 소리가 만들어 내는 불협화음이 불쾌한 느낌을 자아낸다. 이미 이곳엔 순수한 감상이 남아 있지 않았다. 나는 이내 발걸음을 돌렸다.

가림막을 걷어 올리기 전, 나는 마지막으로 고개를 돌아보았다. 모든 것이 변질된 공간 속에서, 유일하게 변하지 않은 것이 하나 있었다. 그 새까맣고 공허한 눈동자를 나는 가만히 바라보았다. 그리고 고개를 돌려 가림막을 지나쳤다.

교수대 위의 까마귀는 여전히 이 모든 순간을 조용히 내려다보고 있었다.

사실 이 트릭은 꽤 오래전에 구상해 둔 것이었다. 지금처럼 구체적인 형태를 갖추지는 않았지만, 엘리베이터와 끈을 이용한 원격 살인이라는 기본 뼈대는 유지한 채 여러 형태로 변형시켜 보며 이 트릭과 가장 어울리는 배경과 스토리가 뭐일지 계속 고민해보았다. 하지만 마땅히 떠오르는 게 없어 소재 노트에만 기록해둔 채 한동안 묻어두었다.

그러다 이번 본격 앤솔로지에 참여하게 되면서 다시금 이 트릭을 꺼내보았고, 트릭의 형태가 마치 교수대와 유사하다는 점에서 착안하여 교수대에 관해 찾아보던 도중 작중에서도 언급된 '교수대 위의 까치'라는 작품을 알게 되었다. 거기서 미술관을 배경으로 교수대를 모티브로 한 작품을 등장시켜 미스리드를 해보자는 발상이 떠올랐고, 여기에 자료조사를 통해 살을 덧붙여 가며 만든 소설이 바로 이번 단편인 [교수대 위의 까마귀]였다. 구상부터 완성까지 오랜 시간이 걸린 만큼 개인적으로 꽤나 애착이 많이 생긴 작품이다.

주요 등장인물들의 이름은 추리소설 모임으로 만난 친구들의 이름을 그대로 가져왔다. 의도한 건 아니었지만 제자들 이름을 넣고 보니 셋 다 이름에 '민'이 들어가는 게 통일감도 있고 재밌어서 변경 없이 그대로 사용하였다. 피해자의 이름 또한 친구에게

서 따온 건데, 처음엔 피해자 역으로 친구 이름을 빌려 쓰기가 껄끄러웠으나 막상 친구 본인이 화끈하게 죽여달라기에 마음 놓고 화끈하게 죽여줬다.

작중 주인공인 현수와 하강휘 형사가 서로 아는 사이처럼 묘사되고 실제로 이전에 같은 주인공이 등장하는 작품이 있는 것처럼 말하긴 했지만, 사실 둘 다 이번 소설이 첫 등장이다. 제멋대로면서도 두뇌 회전이 빠른 형사 캐릭터는 이번에 처음 시도해보는 성격이었는데, 막상 만들어 놓고 보니 성격이 꽤 마음에 들어서 다른 소설에서도 또 써보고 싶어졌다. 어쩌면 다음에 이런 느낌의 본격 미스터리를 쓴다면 하강휘 형사를 다시 만날 수 있을지도 모르겠다.

한국본격 미스터리 작가 클럽 ❶
교수대 위의 까마귀

초판 1쇄 인쇄 2024년 12월 20일
초판 1쇄 발행 2024년 12월 27일

지은이 홍정기 외
펴낸이 박세현
펴낸곳 서랍의 날씨

기획 편집 곽병완
디자인 김민주
마케팅 전창열
SNS 홍보 신현아

주소 (우)14557 경기도 부천시 조마루로 385번길 92 부천테크노밸리유1센터 1110호
전화 070-8821-4312 | **팩스** 02-6008-4318
이메일 fandombooks@naver.com
블로그 http://blog.naver.com/fandombooks

출판등록 2009년 7월 9일(제386-251002009000081호)

ISBN 979-11-6169-324-8 (03810)

서랍의날씨는 팬덤북스의 가정/육아, 문학/에세이 브랜드입니다.